HERANÇA MACABRA

VERÓNICA E. LLACA

HERANÇA MACABRA

ALGUNS CRIMES SE UNEM POR LAÇOS
QUE ATRAVESSAM DÉCADAS

Tradução: Carol Aquino

Faro Editorial

LA HERENCIA © BY VERÓNICA ESCALANTE LLACA, 2021
BY AGREEMENT WITH PONTAS LITERARY & FILM AGENCY.
COPYRIGHT © FARO EDITORIAL, 2024

Todos os direitos reservados.
Nenhuma parte deste livro pode ser reproduzida sob quaisquer meios existentes sem autorização por escrito do editor.

Diretor editorial **PEDRO ALMEIDA**
Coordenação editorial **CARLA SACRATO**
Assistente editorial **LETÍCIA CANEVER**
Preparação **RAQUEL SILVEIRA**
Revisão **ANA SANTOS E BARBARA PARENTE**
Capa e diagramação **OSMANE GARCIA FILHO**
Imagens de capa **ILDIKO NEER | TREVILLION IMAGES**

Dados Internacionais de Catalogação na Publicação (CIP)
Jéssica de Oliveira Molinari CRB-8/9852

Llaca, Verónica E.
   Herança macabra / Verónica E. Llaca ; tradução de Carol Aquino.—São Paulo.—São Paulo : Faro Editorial, 2024.
   288 p.

   ISBN 978-65-5957-451-3
   Título original: La herencia

   1. Ficção mexicana 2. Ficção policial I. Título II. Aquino, Carol

23-5747   CDD-M863

Índice para catálogo sistemático:
1. Ficção mexicana

1ª edição brasileira: 2024
Direitos de edição em língua portuguesa, para o Brasil, adquiridos por **FARO EDITORIAL**

Avenida Andrômeda, 885 — Sala 310
Alphaville — Barueri — SP — Brasil
CEP: 06473-000
www.faroeditorial.com.br

Você espera ansiosamente pelo próximo impulso, afinal o importante não é aonde ele te levará, mas apenas que te levará. Uma vez lá, você permanece atado por uma temporada. Até que novamente se desespera.
RAMÓN CÓRDOBA

O pobre homem, sabendo que não podia rir de uma ogra, pegou sua enorme faca e subiu ao quarto da pequena Aurora.
CHARLES PERRAULT

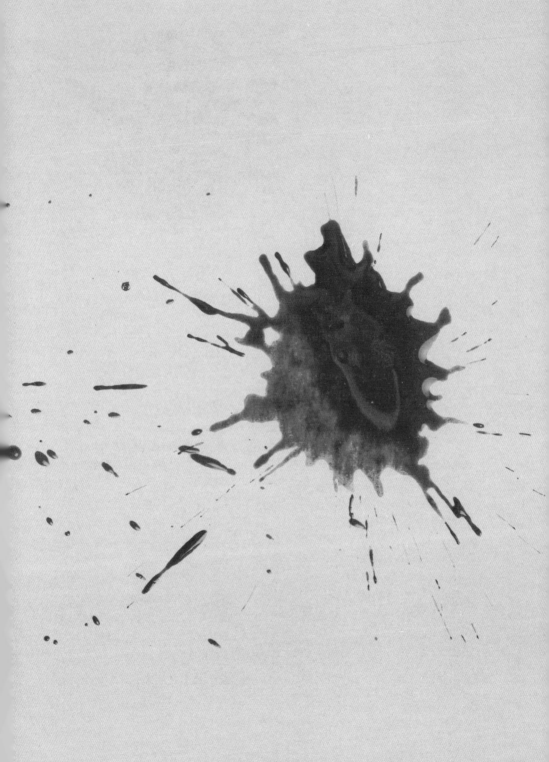

*Para Ana, Luisga, Montse e JP, que voam do ninho
e se multiplicam enquanto escrevo.*

*Para Luis, sempre.
Para aqueles que conheceram a depressão e a ansiedade.*

PRIMEIRO FRAGMENTO **15**

SEGUNDO FRAGMENTO **27**

TERCEIRO FRAGMENTO **41**

QUARTO FRAGMENTO **53**

QUINTO FRAGMENTO **75**

SEXTO FRAGMENTO **87**

SÉTIMO FRAGMENTO **101**

OITAVO FRAGMENTO **119**

NONO FRAGMENTO **131**

DÉCIMO FRAGMENTO **145**

DÉCIMO PRIMEIRO FRAGMENTO **157**

DÉCIMO SEGUNDO FRAGMENTO **169**

DÉCIMO TERCEIRO FRAGMENTO **177**

DÉCIMO QUARTO FRAGMENTO **189**

DÉCIMO QUINTO FRAGMENTO **215**

DÉCIMO SEXTO FRAGMENTO **229**

DÉCIMO SÉTIMO FRAGMENTO **243**

DÉCIMO OITAVO FRAGMENTO **251**

AGRADECIMENTOS **283**

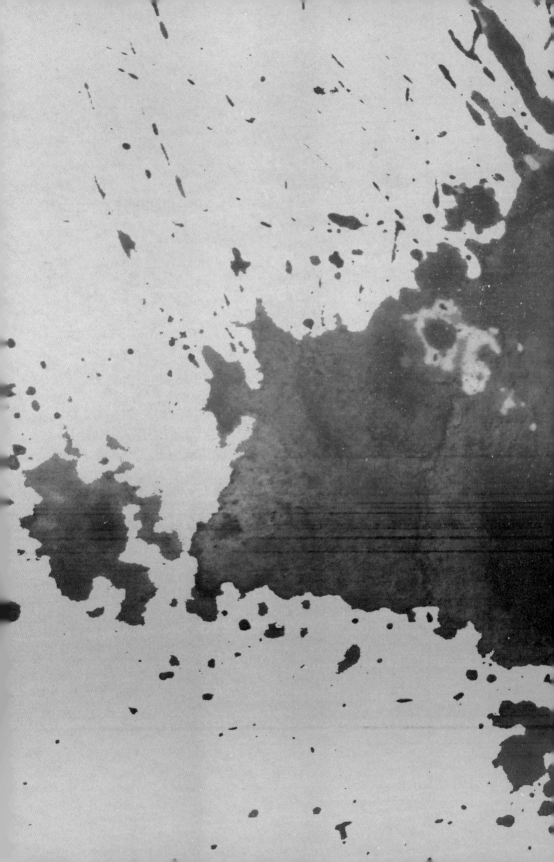

HERANÇA MACABRA

O vento bate no corpo, brinca com os cachos castanhos e parece dar vida a eles. Um homem observa a cena, solta lentamente uma baforada de fumaça que desaparece rapidamente no ar. Joga a bituca do cigarro no chão, a apaga e, em seguida, a pega de volta e a guarda no bolso de sua calça. Ele se aproxima da moça e tenta ajeitar seu cabelo, mas a corrente de vento insiste em despenteá-la. Ao se aproximar do objetivo, foca o cadáver, dispara e segundos depois a câmera vomita uma foto instantânea. De repente, a luz do poste pisca e o vento levanta umas folhas até o colo da adolescente.

O homem se afasta, entra em seu carro e se perde na noite.

Primeiro fragmento

Era uma vez uma mulher, a qual a imprensa apelidou de Mulher Hiena. Esquarteja-dora de inocentes. Bruxa. Estripadora de crianças. Trituradora de anjinhos. Monstro. A Ogra do bairro Roma.

Julián e eu a chamávamos de *mãe*.

Seu nome era Felícitas Sánchez Aguillón.

Sua avó.

Não sei exatamente os motivos que me levam a contar a história de minha mãe. A nossa história. Ninguém consegue se lembrar perfeitamente de tudo que aconteceu em sua vida, apenas de algumas partes: mensagens que o cérebro nos envia esporadicamente, um montão de neurônios enganosos e incapazes de recordar uma cena completa, apenas partes da obra que fomos obrigados a interpretar.

Porém, devo contar a vocês, direto da bancada, de um assento longe da primeira fila, perdido entre a multidão, longe do cenário onde tive de representar o papel do filho de uma assassina.

Ela nasceu em 1890, na então fazenda de Cerro Azul, o nome perfeito para ser o berço de uma princesa de conto de fadas, não o lugar de nascimento de uma ogra.

No casarão localizado na região de Huaxtecapan, onde com um mesmo movimento se espantavam as moscas e o calor, se cultivava milho, feijão e a letargia como estilo de vida. Os trabalhadores da fazenda, na maioria indígenas descendentes da etnia huasteca*, acabaram tão oprimidos pelos conquistadores que se deixaram

---

* Grupo de povos indígenas descendentes dos maias que se estabeleceram na região da costa do Golfo do México. (N.T.)

vencer pelo torpor e pelo entorpecimento causados por esse clima, fazendo com que a região do norte de Veracruz ficasse conhecida como Bela Adormecida. Uma coincidência que não deixa de me surpreender: no conto *A Bela Adormecida* de Perrault, mencionou-se pela primeira vez uma ogra.

A mãe de Felícitas, minha avó, tinha algum defeito de nascença, que por ignorância foi confundido com o cansaço característico de seus parentes. Aos quinze anos, com uma mentalidade de sete e o corpo em pleno desenvolvimento, menstruando a cada vinte e oito dias, foi violada por um primo e desse ato nasceu minha mãe. Ela cresceu trancada em um curral, mãe e filha reclusas por ordem do patrão, que considerava uma aberração os grunhidos e gemidos da minha avó, que sobressaíam entre os cantos dos pássaros, os grasnidos dos patos e os uivos dos coiotes.

Não. Isso não é verdade. Estou imaginando. Inventando.

Minha avó morreu um dia depois de dar à luz, pariu agachada e deixou a menina cair sobre uma colcha que cobria o chão de terra, deitou-se com a criança em um colchão sujo e adormeceu até que não restasse mais sangue em seu corpo. A menina cresceu abandonada, nua sobre o mesmo colchão urinado, defecado, criada por minha bisavó, que mendigava para sustentá-las e que de vez em quando se aproximava para lhe dar uma mamadeira sem levantá-la...

Também não é verdade.

Tento inventar um passado que desconheço: o nascimento de minha mãe. Não sei nada sobre sua infância, sua adolescência, grande parte de sua vida adulta. Possuo algumas informações como a extrema pobreza da casa de campo onde nasceu, trabalhadores de uma fazenda localizada sobre um enorme manto petrolífero, da qual seus proprietários seriam expulsos com uma frase icônica: "Se não me vendê-la, eu a compro de sua viúva". Os camponeses tiveram que se tornar trabalhadores das empresas petrolíferas; construíram poços, trilhos de trem, casas, estradas; deixou de ser uma aldeia e a população se multiplicou.

Sua família jamais imaginou que a região quente onde habitavam, afastada do mundo por uma natureza voraz e exuberante, cercada de montanhas que a isolavam e uma temperatura que prolongava e derretia as horas, se tornaria um município ativo.

Quando decidi rastrear as origens de minha mãe quis entrar em contato com algum parente, encontrei sua certidão de nascimento no cartório e os nomes dos meus avós, mas deixei o tempo passar e não pude localizar nenhum parente próximo. Sinto que me falta conhecimento e imaginação para narrar como se transformou em uma anomalia.

A ciência explica, como se fosse uma receita, que para moldar um assassino é necessário: um ambiente familiar falido, pais violentos, alcoólatras, talvez algum parente próximo com uma doença mental. Maltrato físico e psicológico infantil grave. Uma mãe negligente, fria, distante, sem contato físico ou calor afetivo. Diferentes traumas: abuso infantil, rejeição escolar. Drogas, distúrbios sexuais. Também podemos acrescentar a herança genética. Deveria existir um alarme que ativasse todas as vezes que uma anomalia chegasse ao mundo para estarmos atentos ao seu crescimento ou nos livrarmos dela instantaneamente. Talvez minha avó tenha pressentido o destino de sua filha e por isso tentou salvá-la batizando-a com esse nome feliz.

Minha mãe nunca ultrapassou um metro e meio de altura, quase uma anã robusta, larga, com mãos e pés desproporcionais, olhos que pareciam prestes a saltar das órbitas e uma mandíbula de crocodilo. Nas primeiras horas da manhã, quando a névoa ainda não havia se dissipado, sua figura carnavalesca e seu tamanho deviam transfigurá-la em uma alucinação, uma ogra quando ainda não era, ou talvez sempre tenha sido.

Em 1907, aos dezessete anos, em plena exploração petrolífera de Huasteca, Felícitas deixou Cerro Azul para trabalhar em Xalapa, onde uma prima lhe havia indicado para trabalhar como empregada doméstica na casa de um médico. Porém, a esposa do doutor se sentiu intimidada pelo seu tamanho, seu temperamento irritável e seu silêncio. O médico a contratou como intendente em sua clínica recém-inaugurada, onde, além de atender vários doentes, também se faziam partos. Depois de um tempo, contagiada pelo ambiente de trabalho, quis se tornar enfermeira. Sob a supervisão do médico, chegou o dia em que trocou seus vestidos de algodão pelo uniforme de enfermeira, as sandálias por sapatos, e descobriu seu fascínio pelo calçado. Ela se dedicou arduamente aos estudos, e em nenhum momento vislumbrou o próspero negócio que faria vinte anos depois.

Confesso – e interrompo aqui esta... biografia? – que descobri um motivo muito obscuro para escrever a história de minha mãe: justificar minhas ações para todos vocês. Escrevo para expiar, para cortar o mal pela raiz.

Depois de um ano trabalhando na clínica, Felícitas ajudava a receber as crianças, e depois de dois anos voltou para o seu povoado. Vinte e quatro meses de trabalho e a experiência em enfermagem fizeram dela uma autoridade em um lugar onde mal se fazia o ensino primário – ela mesma estudou até o terceiro ano.

Enquanto os ventos da Revolução sopravam na República, a geografia protegia a região onde Porfirio Díaz estimulava a exploração petrolífera. O ritmo dos barris de petróleo que eram extraídos diariamente marcava o crescimento do povoado. Chegaram estrangeiros, principalmente norte-americanos, alguns com sua família, pessoas de outros estados que trabalhavam há tempos na Huasteca Petroleum Company. O crescimento fez com que Felícitas tivesse mais partos para realizar, além das famílias novas ou dos filhos que os trabalhadores das companhias petrolíferas espalharam por toda a região.

Nossa vida deve estar escrita em alguma parte do corpo, com uma linguagem que ainda não deciframos, nas linhas das mãos, nas impressões digitais, nas rugas, nas pintas ou nas manchas de pele. Penso nos troncos das árvores, nos círculos concêntricos cujo número corresponde à vida da árvore e às estações chuvosas ou secas. Minha mãe tinha alguns círculos mais profundos que outros, momentos nos quais deveria existir uma música de fundo, algum efeito sonoro que nos alertasse, como nos filmes, dizendo que tudo ia mudar: um homem, Carlos Conde, meu pai, apareceu em sua vida.

Edward Dawson, sócio de uma das companhias petrolíferas, conheceu Carlos Conde, um dos empregados que trabalhava na perfuração, em San Luis Potosí. Meu pai se esforçava para ser diferente dos demais, não usava aqueles sombreiros enormes como a maioria dos mexicanos, usava outros menores, aprendeu um inglês básico e imitou da melhor forma possível o jeito de os norte-americanos se vestirem. Filho de mãe solteira, trabalhou desde os catorze anos na mina La Concepción, até o incêndio no poço que causou seu fechamento. Nessa época, as jazidas de petróleo já eram exploradas na região; sendo assim, conseguiu um emprego na empresa de Dawson. O norte-americano o levou para Veracruz, e lá se estabeleceu junto a sua esposa Dorothy.

Em novembro de 1910, em pleno auge da Revolução, Dawson pediu a Conde que procurasse uma parteira para levá-la até sua esposa que estava prestes a dar à luz. O parto foi antecipado e a guerra impediu que um médico estrangeiro chegasse a tempo. Dorothy Dawson a rejeitou com o argumento de que nenhuma índia iria tocá-la, mas não pôde dizer mais nada porque as contrações ficaram mais intensas e ela não teve outra opção que não fosse aceitar sua ajuda. Foi um parto complicado, do qual nasceu uma menina que viveu poucos dias.

Quando minha mãe voltou para sua casa, ela se olhou no espelho do banheiro e se sentiu índia, muito índia; e não gostou disso. Procurou uma tesoura e cortou sua trança comprida e preta.

Daquele parto infeliz nasceu algo forte e saudável: uma mórbida curiosidade de Carlos Conde pela parteira; ele gostou de sua habilidade e segurança na hora de atender a uma mulher que não falava o seu idioma e a desprezava por ser uma índia.

Começou a visitá-la atraído pela força desse buraco negro que era minha mãe, sem saber que nada, nem matéria, nem energia, nem mesmo a luz, pode escapar dele. Felícitas, que não estava nada acostumada às visitas de um homem, não quis recebê-lo no quarto onde morava, calçou os sapatos que tinha comprado em Xalapa e se deixou levar pela surpresa de que alguém tivesse alguma atenção para com ela. Não compreendo o que existiu entre meus pais, se foi amor ou alguma sensação parecida. O que existiu foi uma sociedade sem documentos assinados, um negócio obscuro.

Na sucessão de eventos que uniu o destino dos meus pais, uma mulher, quase uma menina, recusou-se a ficar com a filha que acabava de dar à luz, fruto da violação de um dos homens que havia chegado com as companhias petrolíferas. "Não a quero. Pode vendê-la, procure outra mãe para ela, outra família, faça o que quiser com ela, eu te pago para que faça isso." A menina, filha de uma índia morena, nasceu com a pele clara e os olhos azuis, parecida com qualquer um dos engenheiros norte-americanos que exploravam a região. Carlos Conde a ofereceu para Dorothy Dawson, que inesperadamente a comprou. Esse foi o primeiro negócio entre vários outros que fariam. A notícia se espalhou e outras mulheres apareceram por diferentes motivos, elas pagariam Felícitas para que se livrasse de seus filhos; e ela procurava outras famílias para essas crianças e as vendia.

Felícitas e Carlos Conde se casaram no dia 6 de junho de 1911, ano em que a Revolução Mexicana causou a queda do governo de Díaz e arrastou consigo o mercado mexicano do petróleo. As ferrovias foram interrompidas, trens foram destruídos e muitos estrangeiros saíram do país. Os Dawson ficaram e criaram sua filha, metade gringa, metade mexicana, nessa região que parecia inesgotável.

Em uma manhã de maio de 1914, dias após as forças norte-americanas desembarcarem no porto de Veracruz, Felícitas deu à luz uma menina, minha irmã. Em Huatesca, o sentimento anti-ianque era mais forte que o revolucionário, o movimento armado parecia estar destinado a expulsar os estrangeiros. Mais que um exército, o que existia eram grupos isolados, grupos de ladrões que rondavam, roubavam e amedrontavam os povoados e os campos petrolíferos. Apareceram cinco homens armados com revólveres e facões na casa dos meus pais; era noite e os três dormiam. Eles acordaram pelo barulho de vidros quebrados, meu pai foi tirado da cama e deram uma surra nele. Os homens, bêbados, sabiam que ele trabalhava com Dawson. "Você gosta de um pau gringo, seu sacana? Sua esposa vai adorar o meu."

Ele tentou se levantar, o sangue escorria por sua testa e entrava em seus olhos, cegando-o, não permitindo que visse o movimento rápido e preciso que fraturou seu braço direito. Ele caiu no chão e colocou o braço em frente ao peito, em seguida um chute em seu rosto fez com que perdesse os sentidos. Escuridão. Ele não viu quando atacaram a minha mãe, nem ouviu seus gritos misturados com os gemidos dos homens. Quando ele acordou, encontrou-a sentada na cama com o rosto machucado, inchado, roxo. Felícitas balançava em suas mãos algo parecido com uma trouxa feita de cobertas.

Ele conseguiu engatinhar até ela, o sangue escorria pelos ossos do antebraço que estavam expostos. Ela olhou para ele e em seguida voltou a olhar para aquilo que parecia uma trouxa. Uma perninha apareceu entre as dobras dos panos. O que aconteceu depois, como conseguiram chegar até a clínica onde os funcionários da companhia petrolífera eram atendidos, ninguém nunca soube. Quando ele recebeu alta e voltou para casa, com sua esposa, enterraram a filha de cinco meses sob um silêncio incômodo.

Vinte e sete anos depois, quando esteve na prisão, jogada no chão ao lado das grades de sua cela, minha mãe gritava para que a deixassem sair porque tinha que cuidar da filha.

UM

SEXTA-FEIRA, 30 DE AGOSTO DE 1985.
5H

O vento não a deixava dormir, invadiu seus sonhos e entoou uma nota que vibrou nos ouvidos de Virginia como uma mariposa na luz, com um canto muito parecido com uma ronqueira, um pesadelo que parecia emanar dos corpos que prepara na funerária. Cinco anos se passaram desde que se casou com o dono da Funerária Aldama e ainda não tinha se acostumado com a morte.

Procura seu relógio sem acender a luz, tateia a mesa de cabeceira para não acordar seu marido, aperta o botão do meio, que ilumina parte de seu rosto com um tom azulado. São cinco da manhã. Temerosa de que o pesadelo volte, ela se levanta, veste um robe azul-claro em cima da camisola e entra no banheiro. Sentada no vaso sanitário percebe a umidade em sua calcinha. Isso acontece depois de um pesadelo. *Qualquer hora dessas vou molhar a cama*, pensa enquanto troca sua roupa íntima.

Depois de escovar os dentes, olha-se no espelho, arruma seu cabelo com os dedos antes de sair do quarto na ponta dos pés e descer para a funerária. No salão onde ficam os caixões, passa o dedo sobre a tampa de um deles e pensa que vai demorar a manhã inteira para limpá-los. Abre o tranco da porta e sai armada com a vassoura para varrer a terra, o lixo que a ventania noturna deixou na calçada.

Em cima da porta, há uma placa: "Funerária Aldama". As luzes que vêm dos postes começam a se apagar enquanto os raios de sol limpam a escuridão. Apoia a vassoura no chão e a claridade se espalha, permitindo-lhe ver um vulto apoiado na parede do local, bem embaixo da janela.

Ela se aproxima devagar, semicerra os olhos para poder enxergar melhor e olha de novo para a garota sentada na calçada. Estende uma mão e a sacode pelo ombro. A garota não se mexe, parece que está dormindo. *Está bêbada*, pensa. O sol ilumina um pouco mais e Virginia comprova o que já sabia de antemão. Ajoelha-se devagar, todos os dias vê mortos, mas nunca fora do ambiente de trabalho.

Uma vizinha se aproxima por trás, Virginia não escuta seus passos, concentrada no rosto arroxeado da defunta.

— Virginia! — grita a vizinha, fazendo com que ela dê um pulo e caia de costas. A mulher corre para ajudá-la. Virginia tenta ajeitar a camisola que deixou à mostra a calcinha que acabou de trocar, e aponta a garota à sua frente. A vizinha sufoca um grito com as mãos na boca e olha para a garota sentada no chão com as pernas abertas, as mãos sobre a barriga inchada pela gravidez, o olhar perdido, a boca aberta, o cabelo comprido, castanho, bagunçado, e a maquiagem que agora mais parece uma máscara escorrida que acentua seu péssimo estado.

Gritam em coro e alertam as casas próximas. O marido de Virginia, o senhor Aldama, é o primeiro a chegar aonde as mulheres estão. Pega o braço da esposa, ajuda-a a se levantar e ela se refugia em seu peito.

— Chame a polícia! — pede o senhor Aldama ao filho da vizinha, que curioso se aproxima para observar a morte pela primeira vez.

DOIS

SEXTA-FEIRA, 30 DE AGOSTO DE 1985.
6H35

Uma hora mais tarde, às seis e meia da manhã e cinco ruas mais abaixo, Leopoldo López, dono da Funerária Modernos, sai de seu escritório com uma xícara de café na mão. Dormiu no lugar pela impossibilidade de separar a viúva do morto que estava sendo velado na capela número dois; nem ele nem ninguém conseguiu tirá-la do lugar antes das quatro da manhã.

Revisa o estado da funerária. Abre a tampa do caixão para comprovar que o homem lá dentro continua em seu lugar, na mesma postura em que o deixou no dia anterior, talvez um pouco mais rígido. Arruma as flores, prepara a cafeteria, troca as xícaras sujas por limpas, coloca novas caixas de lenços de papel nas mesas, borrifa o lugar com aromatizante de lavanda, abre as janelas para deixar o ar viciado em dor circular e se persigna diante do Cristo pendurado no meio do salão. Ao acender as velas ouve gritos na rua e umas batidas na porta. Apaga o fósforo e corre até a entrada onde está sua assistente.

— Está morta, está morta! — diz a mulher, com um tom tão agudo que Leopoldo leva a mão direita ao ouvido direito, onde está seu aparelho para surdez, e diminui o volume. A funcionária o arrasta pelo braço e o leva até o corpo de uma adolescente sentada no chão com as pernas abertas e a cabeça apoiada na parede onde se lê: "Funerária Modernos". Ele, acostumado com os mortos, reconhece o gesto imediatamente. Volta para o local com a funcionária agarrada ao seu braço e chama a polícia.

Leopoldo López sai novamente, aproxima-se do corpo da garota, ajoelha-se devagar, sente o ranger dos joelhos e franze a testa de dor, apoia uma mão no chão para não perder o equilíbrio e observa a morta, que está com as mãos sobre uma barriga inchada. Estende um dedo para tocar o buraco na testa, quase no meio das sobrancelhas.

— Não faça isso! — diz o dono da mercearia da esquina, que apareceu atraído pelos gritos. Leopoldo tenta ficar de pé e o comerciante o ajuda a se levantar. — Não a toque, seu Leopoldo, pode deixar suas digitais na roupa e o acusarão de assassinato.

Leopoldo concorda com a cabeça.

— As digitais podem ficar na roupa? — pergunta olhando para a saia vermelha da garota e o único sapato que está usando.

— Sim, foi o que disseram em um programa. A garota era bonita, é uma pena.

— Era uma adolescente, quase uma criança.

Leopoldo aumenta o volume do aparelho em seu ouvido e consegue ouvir uma sirene de longe.

No meio da manhã, os corpos das jovens assassinadas descansam sobre as mesas de aço do necrotério, onde Esteban del Valle, médico-legista, se prepara para examiná-los.

Virginia e o senhor Aldama repetem no Ministério Público o mesmo que declararam a manhã inteira. Ela nunca tinha estado ali e considera o lugar monótono, desagradável, sufocante, barulhento e cinza, e percebe que os murmúrios se tornam mais intensos a cada segundo.

— Por que você saiu tão cedo? — pergunta-lhe pela milésima vez um homem que se identificou como senhor Díaz. — Ouviu algo estranho durante a noite? Viu alguém perto do corpo?

— Não, não vi ninguém, estava escuro — repete Virginia, exasperada, cansada, suando, não lhe deram tempo nem para tomar um banho, apenas pôde tirar a camisola e o robe. Ela não gosta de sair assim, sem se arrumar, e ainda por cima há o calor abafado que não a deixa em paz, por mais que se abane com o leque. — Estava começando a clarear quando saí de casa.

Duas mesas à direita, Leopoldo López e sua funcionária, que não deixa de abraçar sua bolsa, falam com outro homem que se identificou como agente Rodríguez. Leopoldo olha de canto de olho para Virginia, cujo tom de voz lhe obriga a baixar novamente o volume de seu aparelho auditivo.

— A que horas costuma chegar para trabalhar? — pergunta o homem a Leopoldo.

— Às seis da manhã. Quando fica muito tarde eu acabo dormindo no escritório, onde tenho um sofá-cama e uma muda de roupa.

— E a senhorita? — pergunta à funcionária.

— Às sete. Hoje cheguei antes porque tinha combinado com o patrão e pensei em ajudá-lo a arrumar a sala antes que os enlutados voltassem. Devem estar desesperados, a missa de corpo presente seria às dez e já é quase meio-dia.

O agente ergue os olhos do relatório, faz um leve movimento com a cabeça e volta a olhar para o papel.

— A que horas a última pessoa se retirou? — pergunta a Leopoldo, apontando-o com uma caneta Bic azul que segura em sua mão.

— Em torno das quatro da manhã.

— E o corpo da defunta não estava lá?

— Não sei, fechei a porta depressa para que não entrasse sujeira pelo vento que soprava.

— E as pessoas que saíram não viram nada?

— Acho que não; correram até o carro para fugir do lixo e do pó que o vento levantava.

— Então não escutou nada estranho?

— Tenho um aparelho — diz mostrando o ouvido direito. — Não escuto direito.

O agente ministerial concorda lentamente, coça o queixo, observa o aparelho auditivo e anota: "Testemunha surda".

Às duas da tarde eles foram autorizados a se retirar, depois de serem avisados que serão procurados novamente, caso seja necessário ampliar a declaração. Leopoldo López, Virginia e seu marido se conhecem há anos; durante um tempo foram concorrentes, mas depois compreenderam que havia mortos para todos.

— Deve ser alguém que quer desprestigiar as funerárias — diz Virginia em voz baixa, enquanto acende um cigarro.

— Quem mataria duas moças para desprestigiar uma funerária? Pelo amor de Deus, mulher, não fala bobagem — diz o senhor Aldama arrancando o cigarro da mão da esposa e dando uma tragada.

— Não sei, alguém — ela responde, pegando seu cigarro de volta. — Não consigo tirar a imagem daquela garota da minha mente.

— Você já viu muitos mortos.

— Isso é diferente.

— Não é diferente, é só outro morto.

— Eu tenho que ir, há outro morto trancado na funerária — diz Leopoldo López fazendo sinal para um táxi que passa na frente deles.

— É um babaca — afirma Virginia, jogando a bituca no chão. — Vamos.

Segundo fragmento

Em meados de 1923 aconteceram dois fatos na casa dos meus pais: um homem e sua mulher foram até lá, ela estava grávida de oito meses e sangrava de maneira abundante. A parteira a deitou e poucos minutos depois a mulher expeliu seu último suspiro e uma criança morta. O marido saiu e voltou poucos minutos depois, armado e com seus dois irmãos preparados para destruir a facadas o que estivesse ao seu alcance. Os vizinhos vieram ajudar e ameaçaram chamar a polícia. Os agressores juraram que voltariam para matá-los.

Além disso, a queda dos preços internacionais do petróleo reduziu ao mínimo o ritmo de produção das companhias e Carlos Conde foi despedido. O braço do meu pai nunca sarou, ele quase não podia usá-lo; portanto, foi demitido por invalidez e deixou de ser indispensável para Edward Dawson. Facilmente foi substituído por outro trabalhador inteiro e com vontade de progredir. E assim, eles decidiram se mudar para a capital do país.

Depois de procurar por semanas encontraram uma casa na rua Cerrada de Salamanca, número 9, que ficava em cima de um comércio. Felícitas jamais imaginou ter pisos de cerâmica, paredes pintadas de branco, um quintal, uma cozinha com um fogão de verdade, nada de fogão a lenha, um armário com prateleiras maiores que o quarto que dormia em Cerro Azul. O lugar conservava rastros da vida dos antigos habitantes: além de lixo, havia uma mesa e um colchão, que se tornaram a única mobília que possuíam. O barulho dos carros, trens, bondes, caminhões, pedestres, ciclistas compunha a sinfonia da nova paisagem sonora à qual deviam se acostumar.

Ela queria se mudar para Xalapa, nunca tinha saído de seu estado, e longe de Cerro Azul era apenas uma desconhecida entre as milhares de pessoas que vivem na Cidade do México. Seu marido falou sobre as oportunidades que teriam com tantas grávidas que não podiam pagar um hospital particular ou ter acesso aos serviços públicos. Ele lhe prometeu que abririam uma clínica.

Ao imaginar tudo isso, gostaria de estar na pele da minha mãe. Entender as raízes de sua história. Busquei no fundo do meu coração o que sentia por ela e tenho quase certeza de que a princípio era amor, o mesmo que todos os filhos sentem pelos pais na infância, algo muito parecido com um reflexo, um reflexo que hoje desapareceu.

Carlos Conde fez um acordo com a proprietária de um imóvel da região mais pobre do bairro Roma, afastado das avenidas onde os estilos francês, colonial, árabe, neogótico, romano imperavam em edifícios e mansões de uma classe social que não existia em Cerro Azul. A dona não quis saber dos detalhes das atividades que realizariam e só lhes advertiu que os vizinhos não deviam reclamar.

Quando Felícitas saiu para percorrer as ruas, sentiu-se deslocada entre as mulheres que caminhavam de salto alto, saias e vestidos bem diferentes da roupa de algodão bordada que trazia de seu povoado. Sua primeira compra foi um par de sapatos pretos de salto, modelo escolhido de acordo com o que cabia em seus pés. Sentia a necessidade de se misturar, queria ser uma mulher da cidade grande.

Quem foi sua primeira cliente? Como conquistou certa fama? Vamos imaginar que uma mulher, de alguma casa vizinha, tenha entrado em trabalho de parto antes do tempo, um sangramento inesperado, abundante, acompanhado pelas dores que a fizeram gritar nas primeiras horas do dia. O marido saiu desesperado pela rua pedindo ajuda. Todos os dias Carlos Conde saía em busca de trabalho; o dinheiro que tinham não duraria muito, e era difícil que contratassem um homem com um braço deficiente. Escutou os gritos, deu meia-volta rapidamente e levou a esposa para atender a mulher em trabalho de parto. Uma criança saudável nasceu, era uma menina. A notícia se espalhou; não havia parteiras no bairro, e não demorou para que uma segunda mulher a chamasse, depois outra e mais outra. Com o dinheiro recebido compraram mobílias e Felícitas passou a se vestir melhor, com roupas e calçados novos.

Suas clientes começaram a comentar que ela também podia conseguir bebês. E assim, três anos depois de sua chegada à capital, em 1926, retomaram a comercialização de crianças.

Até que chegou um menino que não puderam vender. Os dias se passaram e a criança chorava desesperadamente, esfomeada, cagada e molhada. Não encontravam um comprador. A oferta nem sempre correspondia à demanda.

Choro e mais choro.

Em uma manhã, Felícitas o pegou na caixa onde o deixava e o levou ao banheiro. O menino se retorcia ávido por um peito onde pudesse mamar. Com os polegares ela apertou o pescoço do recém-nascido que não parava de chorar. Apertou um pouco mais e a criança começou a se debater e a agonizar em busca de oxigênio como um peixe fora d'água.

Os olhos esbugalhados da minha mãe o penetraram com o olhar. Mais pressão. Os bracinhos caíram flácidos, os lábios ficaram com cor de lavanda e, lentamente, a cabeça se rendeu à gravidade.

Silêncio.

Os nervos crispados de Felícitas aliviaram-se da tensão. Deixou o corpinho sem vida esparramado sobre o piso frio de cerâmica do banheiro. Olhou para suas mãos, suas manzorras, fechou-as e suspirou.

Foi até a cozinha, pegou uma faca e voltou para o banheiro. Observou o cadáver durante uns minutos. Com os dedos indicadores e polegares pegou um pé e, sem nenhuma pressa, jogou, da mesma forma que fazia com os embriões mortos, pequenos pedaços de carne pelo vaso sanitário.

Dois anos depois da chegada de meus pais ao bairro Roma apareceu uma mulher com corte de cabelo *à la garçonne*, um chapéu de aba pequena, saia no joelho, sobrancelhas delineadas, boca vermelha em formato de coração – como as outras que depois procurariam a minha mãe –; desceu de um Chevrolet preto modelo 1925. A primeira das "senhoritas riquinhas", como foram apelidadas por minha mãe. Olhou para os dois extremos da rua, abriu uma cigarreira e acendeu um cigarro com as mãos tremendo, teve dificuldade em aproximar a chama do cigarro, pigarreou um pouco, pediu que o motorista a esperasse nesse lugar e respirou fundo para aliviar sua inquietude. O vento apagava a fumaça. Ajeitou o chapéu e começou a andar olhando para o chão, atenta ao ritmo de seus sapatos, concentrada no barulho do salto. De vez em quando olhava para a frente a fim de medir a distância que a separava de seu objetivo. Parou em frente a uma porta com o número nove. Deu a última tragada, jogou a bituca e a esmagou com mais força do que era necessário, como se esmagasse também os pensamentos que imploravam para que desse meia-volta e retornasse para casa.

Uma lágrima inesperada, quente, gorda, deslizou pelo seu rosto até chegar à calçada. Endireitou o corpo, limpou o nariz com um lenço que pegou em sua bolsa, ajeitou a ponta do chapéu, limpou a garganta, levantou a mão direita e bateu na porta. Ouviu alguns passos se aproximando. Estava prestes a sair correndo, mas conseguiu se controlar.

— É aqui que a parteira atende? — perguntou depressa para não se arrepender.

Respondendo à sua pergunta, Carlos Conde abriu um pouco mais a porta, deixando o caminho livre, e mostrou duas cadeiras em uma espécie de recepção. A mulher se sentou devagar, colocou a bolsa em cima das pernas, alisou a saia com as mãos e olhou para o mosaico do chão. Em seguida, Felícitas apareceu. A moça se levantou rapidamente; o coração bombeava sangue frio para todo seu corpo. Abriu a boca para se apresentar e imediatamente se arrependeu, gaguejou ao dizer o primeiro nome que veio à sua mente, queria ter inventado um, mas foi traída pelo nervosismo e acabou dizendo o nome de sua cunhada. Felícitas fez um movimento com a cabeça; ao seu lado, a mulher se sentia minúscula, parecia ter menos de um metro e meio de altura. Foi difícil controlar os dedos da mão, relutantes em tirar um envelope de dentro de sua bolsa.

— Eu quero tirar o filho que estou esperando.

— Você está muito magra para estar grávida.

Carlos Conde arrancou-lhe o envelope das mãos e pegou o dinheiro.

— Eu quero tirar esse filho... — repetiu quase sem voz. — Quero abortar.

— Eu não faço abortos.

A mulher pegou outro maço de dinheiro e teve dúvidas sobre a quem deveria entregá-lo. Carlos Conde esticou a mão e contou o dinheiro em silêncio enquanto ela se sentava novamente, temerosa de que a qualquer momento suas pernas bambeassem.

— Você está grávida de quanto tempo?

— Acho que de uns quatro meses.

— Você esperou muito; não posso garantir nem o resultado nem a sua vida.

— Não posso ter esse filho.

— O serviço será feito — interveio Carlos Conde. — Serviço é serviço — disse à parteira em um tom imperativo.

A mulher ficou de pé. Felícitas a observou em silêncio, analisando-a de cima a baixo, dando uma atenção especial a seus sapatos.

— Onde você os comprou?

— Em Paris.

— São bonitos.

A mulher concordou em silêncio e em seguida seguiu a parteira com a sensação de estar tendo acesso a um dos infernos de Dante com Felícitas como seu Virgílio. Afastou esses pensamentos e se concentrou em seu marido, em sua família, em sua vida ao lado de um dos homens do governo do presidente Calles.

— Não quero mais filhos — tinha lhe dito o marido.

— O que quer que eu faça? — perguntou ela.

— Isso é problema seu, quatro filhos são suficientes, não quero mais nem um — disse ele.

Instintivamente ela levou as mãos à barriga, fechou os olhos por alguns segundos para se despedir do filho que esperava.

Sem saber, inaugurou um novo negócio para Felícitas.

TRÊS

SEXTA-FEIRA, 30 DE AGOSTO DE 1985.
9H

Com os restos das imagens do sonho se dissolvendo em sua mente, Elena Galván estica um braço para tocar o corpo de Ignacio Suárez, mas seus dedos só encontram o frio lençol. Sonhava com seu irmão Alberto quando eram crianças, estavam em uma casa desconhecida caindo aos pedaços, e antes de abrir os olhos conseguiu ouvir o eco de sua risada. Devagar abre os olhos, mas os fecha imediatamente pela entrada de luz que fere suas pupilas, fazendo-a lembrar as duas garrafas de vinho tinto que tomaram na noite anterior. Obrigou-se a abri-los novamente com uma mão sobre o rosto.

— Ignacio? O que houve?

Ele está sentado na beirada da cama, de costas para ela, com os cotovelos sobre os joelhos e o rosto perdido na palma de sua mão esquerda. Está nu e com a respiração agitada, descompensada. Elena se arrasta até Ignacio; a base da cama range, não troca os móveis de seu quarto desde que era uma adolescente. As tábuas de madeira velha já suportaram dois colchões novos, vários amantes, noites tranquilas, pesadelos e, há quase três anos, o suave amor de Ignacio.

Ele se assusta ao sentir os dedos de Elena que contornam a cicatriz em formato de meia-lua que tem na omoplata direita, passa a mão pelo cabelo grisalho e depois tampa a boca para sufocar as palavras que procuram abrir caminho entre os dentes.

O lençol branco desliza pelo corpo de Elena, que abraça Ignacio por trás, encostando os seios nus contra suas costas:

— Venha se deitar, vamos ficar mais um pouco. Minha cabeça está doendo, duas garrafas foram muita coisa. Vou ter que te convencer?

Elena escorrega uma mão até chegar à ponta do sexo de Ignacio, brinca com esse membro flácido para tentar excitá-lo, mas ele afasta a mão dela e se levanta.

— Duas garotas foram assassinadas — diz e dá um passo em direção à janela sem olhar para Elena, a cortina se move quase imperceptivelmente.

— Quê? Você teve um pesadelo por essas coisas que escreve.

— Não, Elena, me ouça — insiste e lhe mostra as fotografias que segura na mão direita. — Jogaram isso por debaixo da porta. Não sei a que horas, me levantei para ir ao banheiro há uns vinte minutos e as vi.

Ignacio coloca duas fotografias Polaroid sobre a cama. Elena se inclina para pegá-las; os mamilos roçam o edredom, seu cabelo preto e longo cobre-a por um momento como se fosse uma cortina, até que ela se encosta na cabeceira de madeira escura, e com uma mão ajeita a cabeleira atrás da orelha. Ignacio se aproxima da janela a passos largos, enquanto ela observa seu corpo nu, suas nádegas velhas de que ela zombou tantas vezes; mas de que tanto gosta, assim como as manchas desse corpo moreno que percorreu com as palmas, com os olhos, com a língua, assimilando cada parte. Lentamente observa as imagens, ela nunca gostou de câmeras instantâneas, não são nítidas como as reflex.

— Estão mortas — diz Ignacio, enquanto ela semicerra os olhos na tentativa de ver claramente os rostos nas fotografias.

— "Me procure" — lê em voz alta a frase escrita em preto em uma das imagens. — Quem...?

Elena não consegue juntar as palavras para formular uma pergunta, as fotos Polaroid escapam dentre seus dedos e ela tampa a boca com as mãos.

Ignacio se senta ao lado dela, pega as fotos e não vê as imagens que têm em suas mãos, e sim as que vêm de um passado que volta ao seu presente, contagiando a vida que tanto se esforçou para escrever sem rascunhos.

— Devemos perguntar se alguém viu quem deixou as fotografias. Deve ser uma brincadeira. Quem pode ter feito uma coisa dessas?

Ignacio dá de ombros e nega em silêncio.

— Reconhece alguma delas?

— Não. Mas sei quem as matou... É uma mensagem para mim, Elena.

— Uma mensagem?

Ignacio permanece em silêncio, Elena pega as fotografias das garotas que estão sentadas com as pernas abertas, as mãos na barriga, não é possível ver certos detalhes porque foram tiradas à noite, com flash; mal dá para ver a calçada, a parede onde estão encostadas.

— Não se parecem com os assassinatos de um de seus livros? — pergunta-lhe com as fotografias como se fossem cartas de baralho, duas rainhas assassinadas.

— Sim, acho que sim. Sou um idiota. Deveria ter imaginado.

Ignacio volta a caminhar pelo quarto, aproxima-se novamente da janela, e a cortina parece tremer com sua presença. Ele se afasta, vai até a porta e volta mais uma vez. O quarto é minúsculo para sua ansiedade.

De uma estante, doze livros parecem observar o vaivém de seu autor; Elena obrigou-o a autografar cada um deles com uma dedicatória diferente. Oito deles protagonizados por José Acosta, personagem icônico na literatura de Suárez, detetive capaz de descobrir o culpado que jogou as fotografias por debaixo da porta.

— Tenho que ir.

— Aonde? Vou com você.

— Não, devo ir sozinho.

Ignacio pega sua calça dobrada em cima de uma cadeira e a camisa, que abotoou na noite anterior, meticulosamente, para evitar que se amarrotasse. Veste-se rápido; ela pula da cama e pega seu vestido no chão ao lado da calcinha, o sutiã mais adiante, perto das pernas da penteadeira. Ignacio se veste e sai sem terminar de abotoar a camisa, com os sapatos e o cinto na mão.

— Ignacio, espera!

Elena corre atrás dele com seu vestido de *chiffon* azul-marinho e florido, e sem roupa íntima.

— Vou te sequestrar — dissera a Ignacio assim que voltou na tarde anterior. — Vamos nos desconectar — disse brincalhona, beijando-o na boca ao mesmo tempo que colocava uma mão dentro de sua calça. Ele não pôde resistir. Então, se trancaram na sala de Elena, desligaram o telefone e colocaram a placa onde estava escrito "Não perturbe", para que nenhum de seus funcionários os interrompesse.

Elena corre descalça pelo pátio central, ante o olhar surpreso da hóspede que dá um pulo para o lado permitindo que ela passe. Quando chega à saída, ouve Ignacio tocando a buzina de seu Fairmont cinza modelo 84.

— Elena, presta atenção — começa a explicar, ela se aproxima da porta do carro: — Caso algo me aconteça, preciso que tire do meu quarto todos os cadernos vermelhos, papéis e as caixas que te proibi de abrir. Pegue tudo que considerar importante e esconda. Não entregue nada nem aos meus filhos nem à minha ex--esposa. Esta é a chave da gaveta da escrivaninha, pegue tudo que tem dentro.

— Ignacio, Ignacio! Você fala como se não fosse voltar, por favor.

— Elena, agora eu não posso explicar. Tenho que ir. Talvez não volte ao hotel por alguns dias. Devo encontrá-lo.

— Ignacio. Espera. Quem você deve encontrar? Aonde vai? Deixe-me ir com você.

Elena mal consegue dar um passo para se esquivar do pneu traseiro do automóvel que acelera pela rua de paralelepípedo e deixa para trás um rastro de poeira.

QUATRO

SEXTA-FEIRA, 30 DE AGOSTO DE 1985.
21H47

A mãe de Leticia Almeida se levanta lentamente da cadeira onde permaneceu durante horas à espera do corpo da filha. Já faz tempo que ela parou de exigir que a deixassem ficar com sua menina. O choro desesperado se transformou em um murmúrio que escapa dentre seus lábios semiabertos. Seu marido não soltou sua mão fria e a acaricia ansiosamente com seu polegar. Não se sabe quem apoia quem.

Procuro algum familiar de Leticia Almeida, dissera uma voz masculina pelo telefone. Receberam a ligação às cinco horas e trinta e dois minutos. Ricardo Almeida, pai de Leticia, pegou o fone e olhou para o relógio, um movimento sem explicação, como se soubesse de antemão para que estavam ligando e precisasse registrar a hora exata que estavam comunicando a morte da filha. Leticia não tinha voltado do colégio e ninguém sabia onde estava. O pai acabou contagiado pelo nervosismo da esposa, diretamente proporcional aos minutos que se passavam. Sua filha tinha dito que dormiria na casa de sua amiga Claudia Cosío, mas quando perguntaram aos Cosío descobriram que ela não tinha dormido lá.

— Ela sempre avisa — repetia a mãe. — Ela sempre avisa onde está.

O marido a impediu três vezes de sair para procurá-la pelas ruas:

— Aonde vai? É melhor esperá-la aqui.

Eles se sentaram na cozinha, na cama de Lety, no quarto do casal, na sala de jantar, perambularam pela casa inteira. A inquietude havia se aninhado como um carrapato em seu peito, limitando a entrada de ar, causando uma necessidade de movimento que aumentava a ansiedade.

— Para de ficar andando de lá pra cá, calma, sente-se — repetia o marido. — Você está me deixando nervoso.

— Temos que ligar para a polícia — repetia a senhora Almeida.

— Elas devem estar zanzando por aí — dizia o marido. — Vamos esperar mais um pouco.

Ele se serviu três vezes do conhaque que guardava para ocasiões especiais, o único que estava à mão, bebendo-o rapidamente sem desfrutá-lo. Sua esposa o repreendeu dizendo que deveria estar sóbrio caso fosse necessário sair para procurar a filha.

— Sim, sou o pai dela — respondeu ao homem no telefone, que sem enrolação alguma disse que deviam ir reconhecer o corpo de uma garota que poderia ser sua filha. Ouviu o endereço do lugar e o anotou no bloco onde anotavam os recados, como se fosse uma mensagem qualquer. Seu pulso não tremeu ao escrever, manteve-se firme durante toda a ligação.

— Quem era, Ricardo? O que disseram? Responde, Ricardo!

Ele ficou de boca aberta, esqueceu as palavras, o coração perdeu o ritmo, bateu acelerado e o ar não foi suficiente para pronunciar o nome da filha em voz alta.

— Era a Leticia, não era? Era a Leticia — repetia a esposa sacudindo-o pelos ombros, enquanto ele arquejava e movia a cabeça de um lado para o outro.

No necrotério, sentado em frente a eles, com a cabeça perdida entre as mãos, estava Mario Cosío, pai de Claudia. Uma cena semelhante à ocorrida na casa dos Almeida ocorreu na casa dos Cosío, onde a mãe atendeu o telefone e não conseguiu anotar o endereço no bloco de recados, porque o fone caiu de sua mão enquanto gritava:

— Não, Claudia, não!

O senhor Cosío pegou o fone e não teve que anotar o endereço porque um ano antes havia estado nesse mesmo lugar para reconhecer seu irmão mais novo que tinha se acidentado.

— O que houve? — perguntou o filho mais velho à sua mãe, que não parava de repetir a mesma coisa. — Pai? Com quem está falando? — O filho tentou arrancar--lhe o fone sem sucesso. — Pai, quem era?

— Fique com a sua mãe — ordenou o senhor Cosío enquanto abaixava o braço lentamente, com a impressão de que a mão que segurava o telefone não fosse sua. Deixou o aparelho cair sobre a mesa sem desligá-lo.

— Mãe, mãe. Calma. Mãe, o que aconteceu?

A mãe parou de gritar quando Mario Cosío disse:

— Tenho que ir ver o cadáver de uma garota no necrotério porque acham que pode ser a sua irmã.

— Eu vou com você.

— Não, você fica aqui — ordenou o senhor Cosío e segurou sua mulher pelos ombros.

— Quanto tempo mais vão deixar minha filha aí dentro? — perguntou novamente a mãe de Leticia à mulher que satura o ambiente com o aroma de seu perfume barato e o tec tec tec da máquina de escrever.

— Não sei, senhora. Já lhe disseram que pode se retirar. Nós avisaremos quando puder vir buscar o corpo.

— Leticia! O nome da minha filha é Leticia Almeida!

— Não tem por que ficar aqui, é um desgaste para todos, para vocês e para nós.

— Desgaste? Eu estou atrapalhando? Estou interrompendo? — A mãe de Leticia para ao lado de sua mesa e exclama em voz alta com as mãos sobre uma pilha de folhas: — A minha vida acabou de ser interrompida para sempre!

O senhor Almeida segura a esposa pelos ombros antes que jogue no chão todos os objetos que estão em cima da mesa. A secretária se levanta rapidamente e a cadeira cai no chão. Como uma camisa de força, Ricardo Almeida abraça a esposa, mal consegue mantê-la em pé, tem a impressão de que a esposa emagreceu nas últimas horas, ela estremece sem poder controlar o choro. Ele também gostaria de se entregar à tristeza, de se afogar entre as lágrimas que não se atreve a deixar cair. *Você deve ser forte por sua esposa*, tem repetido essa frase em sua mente como um mantra. Quer acreditar nessas palavras, convencer-se de que pode ser forte, mas sabe que essa frase feita é uma mentira, a ilusão de que diante do impensável é possível apoiar o outro. Passa uma mão pelo cabelo bagunçado dela; em circunstâncias normais – se é que tal estado de normalidade existe – a esposa jamais teria saído descabelada ou sem passar seu batom carmim nos lábios. Inclusive, tem um espelho ao lado da porta de sua casa, em cima de uma pequena mesa com uma gaveta onde guarda um blush, um batom e uma escova de cabelo para poder se retocar antes de sair.

— Calma, meu amor, calma. Vamos para que descanse, a senhorita tem razão. Você toma um banho e come alguma coisa.

— Me solta. Não me peça para ter calma. Não vou me acalmar. Quero a minha filha e a quero agora mesmo. Você está me ouvindo? Eu quero a minha filha neste instante!

Mónica Almeida se solta das mãos do marido e vai em direção às portas que levam ao anfiteatro.

— A senhora não pode entrar aí.

Um dos agentes que tomam conta da entrada, alertado pelos gritos, a segura pelo antebraço.

— Me solta!

— Eu já disse que a senhora não pode entrar aqui.

Ela luta para se livrar daquela mão que a aperta com muita força; sente a dor física se estendendo pelo braço, pelo ombro, pelo peito, pelo abdômen, uma dor que a parte pela metade, que a quebra, o homem a segura para evitar que caia completamente e seu marido consegue segurá-la pelas costas.

Outro homem, de terno cinza e com um forte cheiro de suor, se aproxima do agente e faz um sinal pedindo para que se acerque. Os homens conversam a poucos metros de distância enquanto o casal caminha de volta às cadeiras, onde o pai de Claudia Cosío observa a cena em silêncio; sabe que também deveria exigir que lhe entregassem o corpo da filha mais nova, mas não tem força suficiente para se levantar. O senhor Almeida ajuda a esposa a se sentar na cadeira de plástico preta, que range como se estivesse reclamando por receber o peso da tristeza e desolação da mãe.

— Em um instante poderão levar suas filhas — diz o agente com as mãos apoiadas no cinto. — Deverão assinar alguns papéis para prepararem os corpos e ligarem para a funerária.

Terceiro fragmento

Suponhamos uma data: novembro de 1931. Salvador Martínez, encanador, se apresentou na rua Cerrada de Salamanca, número 9, com suas habituais ferramentas. Meus pais contrataram seus serviços devido a um problema com o encanamento, privada entupida, algo simples. Ao entrar na casa, seus receptores olfativos foram surpreendidos por um cheiro horrível, mesmo acostumado a esses odores, considerou que seria um trabalho muito mais intenso em comparação aos que já tinha realizado antes. Carlos Conde o recebeu e lhe mostrou os banheiros.

— As privadas estão entupidas — explicou ao levá-lo até o banheiro.

Salvador Martínez levantou a tampa da privada e, ao fazer isso, teve que levar uma mão aos lábios. Sentiu náuseas e sua boca se inundou de um gosto amargo. Apertou a mandíbula para não vomitar sobre o mosaico do piso. Cuspiu na pia. Abriu a torneira, fez um bochecho com água e cuspiu novamente, depois respirou fundo para acalmar a náusea. Fazia muito tempo que isso não acontecia.

— É seu primeiro trabalho? — perguntou Felícitas. Apoiada no batente da porta, observava Salvador concentrado em controlar seu estômago.

— Não — respondeu ao se aproximar novamente da privada. Olhou novamente para inspecionar melhor a massa que boiava. — Há quanto tempo esse banheiro está assim?

— Desde ontem.

Salvador balançou a água com um desentupidor e teve que se inclinar um pouco para pressionar com mais força, molhando os braços. Ao tirar o desentupidor da água, ele trouxe consigo o que a princípio pareciam restos de papel higiênico, mas ao examiná-los, deu um pulo para trás e jogou o desentupidor contra a parede, manchando-a de marrom escuro. O desentupidor caiu no piso de mosaicos azuis com uma perna pequenininha presa em uma das pontas da ventosa de borracha.

— O que...? — o encanador tentou formular uma pergunta, mas em vez disso se aproximou do lugar onde boiavam os restos do corpinho ao qual a perna esteve unida. Pegou rapidamente sua caixa de ferramentas e deixou o desentupidor.

Felícitas o impediu de sair:

— Você ainda não pode ir, não terminou o seu serviço.

— Eu não faço esse tipo de serviço.

— Quanto quer pelo serviço?

— Deixe-me ir embora.

Salvador ouviu o tilintar das ferramentas dentro de sua maleta de trabalho. Levantou uma mão para tirar Felícitas de sua frente, quando Carlos Conde reapareceu atrás da esposa.

— Saia — disse o encanador à Felícitas.

— Amigo... — disse Carlos Conde apontando-lhe com o dedo indicador. — Seus serviços foram recomendados por um ex-colega seu de prisão, que disse que você...

— Nunca a uma criança!

— Esse colega nos contou sobre um morto.

— Está me ameaçando?

— Aqui não ameaçamos, aqui fazemos negócios.

Carlos Conde esticou uma mão onde segurava um maço de notas e o entregou a Salvador Martínez.

— E pagamos bem.

Salvador observou o dinheiro na palma de sua mão e calculou o valor sem mexer no maço. Ao olhar para cima deu de cara com os olhos de Felícitas. Sentiu que seu olhar o perfurava como uma víbora.

— E então?

Salvador Martínez desviou o olhar e olhou novamente para as notas, depois observou os mosaicos azuis onde estava a perninha e depois a privada. Guardou o dinheiro em um dos bolsos de seu macacão, pegou o desentupidor e deixou o pequeno membro no chão, se inclinou sobre a privada e disse:

— Vou precisar de outro tipo de ferramentas.

Em março de 1932, Salvador Martínez levou sua cunhada, Isabel Ramírez Campos, viúva de seu irmão, para trabalhar com a minha mãe. Ele lhe disse que meus pais precisavam de uma pessoa para ajudar com a limpeza, que o pagamento era bom e que a ajudaria com os gastos após a morte do marido. Felícitas lhe mostrou onde estavam os produtos de limpeza e, sem enrolação, disse para ela se virar sozinha porque tinha muitas pacientes naquele dia. Salvador havia lhe dito que a tal senhora era parteira e precisava de alguém que cuidasse da casa e preparasse a comida. Isabel ouviu quanto seria seu salário e as condições de trabalho em silêncio, enquanto Felícitas a observava dos pés à cabeça, hesitando acerca de se deveria dizer que ela também limparia o quarto onde suas clientes eram atendidas. Porém, chegou à conclusão de que era melhor não falar nada por ora.

Depois de guardar sua mochila, Isabel amarrou o avental e começou a arrumação. Balde e esfregão em uma mão e pano para tirar o pó na outra, andava pelo apartamento quando escutou um barulho debaixo da mesa que utilizavam para comer. Ela se agachou lentamente e encontrou um menino escondido entre as pernas de uma das cadeiras. Engatinhando chegou até a criança, que abraçando seus joelhos a via aproximar-se de olhos bem abertos e sem emitir nenhum ruído.

— Vem comigo — disse a ele, e estendeu-lhe uma mão.

O menino não se mexeu, continuou em silêncio como uma estátua, grudado no chão. Isabel conseguiu tocá-lo no ombro e de repente sentiu os dentes da criança cravados em seu antebraço, ela perdeu o equilíbrio e bateu contra a cadeira.

— Me solta — disse a Julián sem aumentar o tom de voz; a dor da mordida atravessava sua pele. — Me solta — repetiu e se arrastou para mais perto dele.

Não cabia. Enfiou os dedos da mão livre na boca do menino para abrir sua mandíbula.

— Solta ela — eu disse a meu irmão atrás de uma cadeira. — Solta ela — disse novamente e me enfiei debaixo da mesa.

Peguei Julián pelo cabelo e o arrastei até que soltasse Isabel. Ela ficou em pé imediatamente, aproximou o braço machucado do corpo, as marcas dos dentes sangravam. Debaixo da mesa Julián e eu batemos um no outro. Tínhamos seis e quatro anos.

Esse foi o primeiro encontro com Isabel, uma das lembranças mais nítidas que guardo da minha infância. Isabel com seus olhos pretos, uma trança comprida em volta da cabeça e uma covinha na bochecha direita.

— Acalmem-se! Vamos, parem de brigar! — disse Felícitas ao chegar à sala.

Ao vê-la ficamos paralisados; em seguida, ela pegou Julián pelo braço e perguntou:

— O que tá acontecendo? — sacudiu-o como a um boneco, e com uma de suas manzorras bateu em sua cabeça e jogou-o no chão.

Eu tentava fugir engatinhando para a cozinha, mas Felícitas agarrou um dos meus pés:

— Leva seu irmão para o quarto e só saiam de lá quando eu disser — ordenou.

— Sim — balbuciei.

Eu me levantei lentamente e ajudei meu irmão a ficar de pé. Eu chorava e Julián não emitia nenhum som, mas lançou um olhar para minha mãe que fez Isabel estremecer. Com seu suéter, Julián limpou os lábios sujos de sangue, dele e de Isabel, e desaparecemos pelo corredor que dava para os quartos.

— Acho que não vou ficar com o trabalho — murmurou Isabel.

— Isso nós decidiremos no final de semana — disse Felícitas, ajeitando o cabelo com uma mão e a roupa com a outra. — Tenho uma paciente, depois conversamos.

Isabel pegou as coisas que tinha levado e foi até a porta de entrada, que estava trancada com chave.

— Perdoe meu irmão — eu disse atrás dela.

Isabel virou-se lentamente. Hesitou por um instante, mas eu a segurei pela mão e a levei comigo. Queria que ela ficasse.

— Qual é o seu nome?

— Manuel.

Fomos até nosso quarto, mas de repente Isabel parou na porta. Levei-a para dentro e ela tentava encontrar um lugar onde pudesse pisar: o chão estava coberto de roupa suja, lixo, papéis, sapatos, jornais.

Não viu de onde saiu Julián, que abraçou uma de suas pernas e a impediu de andar.

— Julián, solta ela.

Levantou o rosto, olhou para Isabel e lentamente fez um gesto que imitava um sorriso. Isabel moveu os lábios e tentou corresponder-lhe. Ajoelhou-se diante dele, Julián segurou o braço que antes havia mordido e passou um dedo pela marca.

— Ele não fala — eu disse.

Julián falava pouco com as pessoas, entre nós havia um idioma inventado com as poucas palavras que pronunciava. Teve distúrbio de linguagem, um distúrbio que nunca foi atendido.

Os olhos de Isabel se encontraram novamente com os de Julián; seu olhar a penetrou, atravessou seu globo ocular, e ela sentiu um aperto no coração. Levou a mão ao peito quando sentiu uma pontada. Desviou o olhar do menino; ele correu e foi se sentar na única cama do quarto e começou a brincar com uma boneca.

Isabel acariciou minha cabeça e deu uma olhada pelo quarto. Levou a mão ao peito como se estivesse doendo, agachou-se e começou a pegar a roupa do chão e a recolher o lixo.

AMANHECER MACABRO

Leonardo Álvarez

Diário de Allende
31/08/1985

A comunidade de San Miguel acordou ontem de manhã surpreendida pela macabra descoberta do corpo de uma garota de apenas dezessete anos, a poucos metros de distância da Funerária Aldama. Virginia Aldama, proprietária, saiu à rua em torno das seis da manhã e viu o cadáver, então procurou as autoridades.

Agentes ministeriais chegaram ao local confirmando a morte e solicitaram a intervenção do Estado para iniciar as investigações. Uma hora depois foi descoberto o corpo de uma segunda moça a poucos quarteirões do primeiro, apoiada na parede da Funerária Modernos.

Ambas as jovens foram encontradas na mesma posição: sentadas com as pernas abertas, como se estivessem prestes a dar à luz; as duas escondiam um travesseiro entre a roupa e o corpo, o que fazia parecer uma gravidez avançada.

Os corpos permaneceram no necrotério até que os exames fossem concluídos. Posteriormente, à meia-noite, foram levados à Funerária Modernos, onde esperava uma multidão que foi se juntando desde que souberam da notícia de que os corpos seriam velados nesse lugar. Os arranjos de flores tomaram conta das capelas.

No local onde foi encontrado o cadáver da jovem Claudia Cosío Rosas, se acumularam velas, flores e mensagens durante todo o dia; o mesmo aconteceu onde foi abandonado o corpo de Leticia Almeida González, ambas estudantes do último ano do ensino médio.

A maioria das pessoas entrevistadas disse que se sentia consternada e indignada pelos terríveis acontecimentos, mas, principalmente, temerosa de que se repetissem.

Ricardo Almeida, pai de uma das vítimas, disse que primeiro se concentraria em enterrar a filha e que depois exigiria que capturassem o culpado. Já o casal Cosío Rojas preferiu não fazer nenhum comentário.

Hoje às sete da noite os corpos serão sepultados no cemitério municipal.

CINCO

SÁBADO, 31 DE AGOSTO DE 1985.
18H

Sentada em uma cadeira de frente para o caixão, Mónica de Almeida observa quatro homens levantarem a caixa com tanta facilidade que pensa que talvez esteja vazia, e que tudo não passa de um pesadelo, um sonho ruim, eterno.

— Minha filha está aí dentro? — pergunta e sua voz parece de outra pessoa.

— Sim — responde um dos homens, que não reprime um meio-sorriso; outro carregador lhe dá um chute.

Mónica de Almeida não percebe o deboche, nem o chute; ficou pensando na leveza da caixa e na ausência da filha. Ela se pergunta se ainda é mãe daquele corpo tão leve. Com o olhar segue o movimento dos homens, se levanta e para ao lado daquele que debochou dela:

— Eu também vou levá-la — afirma e apoia as mãos na caixa de madeira de carvalho.

— Deixe os homens fazerem seu trabalho.

Seu marido se aproxima dela e, rapidamente, tenta afastar suas mãos da tampa do caixão.

— Me solta, Ricardo, me solta! Quero ir com a Leticia!

— Mãe!

— Quero acompanhá-la — diz ao filho. Coloca uma mão sobre a bochecha direita do rapaz.

Seu filho tinha conseguido segurar o choro desde a noite anterior para não alterar ainda mais a mãe, a quem tiveram que dar um calmante. Mónica de Almeida gostaria de dizer que deve acompanhar a filha porque precisa reivindicar, pedir perdão por não cuidar dela, por ter permitido que um demônio a assassinasse. Ela se sente

47

tão culpada. Quando engravidou de Leticia sofreu uma ameaça de aborto e passou quase seis meses fazendo repouso para que não escapasse de seu ventre. *Tão pouco tempo com a gente*, pensou quando a viu dentro do caixão, como se estivesse dormindo, e estava tão bonita que mal dava para acreditar que estivesse morta.

— Eu também quero ajudar. — Seu filho se acomoda ao seu lado, e cobre as mãos da mãe com as suas.

Ontem à noite na funerária, perto das onze, Martha de Cosío, mãe de Claudia, aproximou-se de onde Mónica de Almeida tentava rezar o terço, mas perdia as palavras e não conseguia rezar uma ave-maria completa.

— Foi culpa da sua filha! — gritou e a derrubou da cadeira.

O senhor Cosío segurou a esposa pelos ombros antes que partisse pra cima de Mónica de Almeida.

— Desculpem, desculpem-na — dizia enquanto arrastava a esposa.

— Foi ideia da Leticia, era uma louca! Por culpa dela a minha filha está morta! — a mulher repetia.

Muitas pessoas foram ajudar Mónica de Almeida a se levantar do chão.

A funerária estava lotada de enlutados e curiosos que permaneciam em silêncio olhando para o chão, para o teto, para as flores que perfumavam o ambiente com seu aroma de morte, incapazes de olhar para a dor alheia. O murmúrio era uma súplica ao universo, ao seu deus, a esse marionetista que cortava os fios conforme sua vontade, para que sua cota de sangue se satisfizesse com as duas garotas mortas e não levasse a filha de mais ninguém.

Martha de Cosío se livrou das garras do marido e correu até o caixão de pinho, onde o corpo da filha descansava alheio à discussão de seus pais.

— Deixe-me aqui — implorava ao marido, que a segurou novamente pelos braços, apertando-a ainda mais.

— É hora de levar você pra casa — disse entredentes enquanto a puxava pelos braços do mesmo modo que fazia todas as vezes que se negava a obedecê-lo, a servi--lo, a estar disposta quando ele lhe arrancava a roupa cheirando a álcool, cigarro e às vezes beijos e saliva de outras mulheres. Martha fechava os olhos e ele subia sobre ela. Sua vida transcorria entre o que evitava ver e o que era obrigada a olhar.

— Deixe-a, solte-a — gritou Mónica de Almeida, parada em frente ao senhor Cosío.

— Não se meta onde não foi chamada — ameaçou sem soltar a esposa.

— Acompanhe minha filha, não a deixe sozinha — implorou Martha de Cosío, enquanto o marido a arrastava para dentro do carro.

Agora Mónica de Almeida está de pé ao lado do carro onde acomodam o caixão para levá-lo ao cemitério, impedindo que fechem o porta-malas.

— Posso ir com vocês? — pergunta a um dos homens vestidos de preto, alto e muito magro, com as mãos brancas e ossudas, e que já tinha repetido duas vezes que precisava fechar a porta.

Leopoldo López, dono da funerária, se aproxima deles entre as estátuas que observam a cena em silêncio:

— Quero acompanhá-la.

— Deixa comigo — disse Leopoldo López ao se sentar no banco do motorista.

— Mas... — tenta contestar outro homem vestido de preto.

— A senhora irá com sua filha para o cemitério.

SEIS

DOMINGO, 1º DE SETEMBRO DE 1985.
22H

Esteban del Valle, médico-legista, com a bata manchada de sangue e os óculos de segurança na cabeça, toma seu último gole de Coca-Cola sem tirar os olhos do corpo que está à sua frente. Trabalha no Hospital Geral, no necrotério que funciona ao mesmo tempo como Serviço Médico Forense.

Esteban não dorme há mais de dois dias. Uma rádio distante repete o discurso do Terceiro Relatório do Governo, proferido pelo presidente Miguel de la Madrid Hurtado:

> Para atender a uma grande demanda popular, efetuamos melhoras significativas na administração da justiça e realizamos um amplo programa nacional de segurança pública, com o objetivo de depurar, modernizar e profissionalizar a polícia.
>
> Temos agido de uma maneira nunca vista no combate ao narcotráfico.
>
> Também temos trabalhado na prevenção e reabilitação daqueles que sofrem da dependência de drogas.
>
> A renovação moral tem sido um compromisso permanente e uma forma invariável de conduta.
>
> Sei muito bem que há bastante a ser feito, mas estamos dando o nosso melhor.
>
> Perseveremos na renovação moral da sociedade: da nação depende que esta exigência se mantenha e seja irreversível.

O vento o acordou na noite em que as garotas foram assassinadas. Ele havia esquecido de fechar a persiana da janela e por isso ela ficou batendo contra a parede. A bateção o fez lembrar de seu pai, quando estava prestes a morrer batia na mesa de cabeceira para acordar seu filho, que dormia em uma cadeira ao seu lado. O vento lhe trouxe algumas lembranças: viu-se novamente com quinze anos nessa mesma casa e com o pai doente. Sua mãe e seus irmãos os haviam abandonado um ano antes, talvez um pouco mais, perdeu as contas por estar ocupado cuidando do pai. Ele ficou porque o entendia e porque compartilhava de suas obsessões. Esteban era o filho mais velho dos três filhos do casal Del Valle Medina. O pai era médico; a mãe, dona de casa. Pouco tempo depois do primogênito pronunciar sua primeira palavra, o pai começou a ensinar-lhe sobre medicina e anatomia do corpo humano, por isso Esteban, diferentemente das crianças de sua idade, quando sofria um raspão dizia que era uma abrasão; os roxos eram hematomas; as pernas, membros inferiores, e os braços, membros superiores.

Seu pai tinha uma obsessão: afirmava que a energia vital podia ser medida, comprovada, pesada, queria encontrar a força da natureza, a potência do universo. Realizava experimentos com animais, matando-os na presença de seu filho, no laboratório que construiu no jardim para trabalhar longe dos olhares curiosos. Falava em voz alta na frente de Esteban, que repetia as mesmas frases na escola. Sendo assim, os professores não puderam fazer muito para impedir que o garoto fosse o foco das piadas entre os colegas.

— Você deve observar e medir minha morte — disse o pai a Esteban, quando o diagnosticaram com leucemia. Sua esposa o acusava de não querer se curar apenas para experimentar os passos da morte em seu próprio corpo.

Por isso, ela e dois de seus filhos o abandonaram depois de implorar para que se submetesse a um tratamento e lutasse para não morrer.

— Você vai encontrar forças para viver — disse a esposa antes de partir. — Eu não vou testemunhar seu suicídio.

Esteban ficou, e foi considerado pelos amigos como um filho exemplar, já que ignoravam seu verdadeiro papel: ajudante de laboratório.

As batidas na mesa de cabeceira do pai moribundo o acordaram essa noite; havia perdido a noção do tempo, a agonia tinha se estendido por semanas. Esteban quase não dormia por assistir, anotar, acompanhar. Seu pai, transformado em cobaia, ditava-lhe as mudanças de seu corpo nos últimos instantes. Esteban o pesava, o media, o fotografava. E, apesar de ter tirado dezenas de fotos instantâneas, não conseguiu captar a perda da energia vital, nem percebeu quando começou a retratar um cadáver.

Quinze anos após a morte de seu pai, Esteban observa o corpo do escritor Ignacio Suárez Cervantes sem ser capaz de começar a necrópsia. O olhar fixo no rosto inchado, arroxeado, sujo, manchado de sangue seco, irreconhecível. Era a segunda vez que ele tinha um amigo em sua mesa, e nunca soube o que fazer, se deveria falar com ele, se despedir ou pedir autorização antes de abri-lo.

Uma ambulância buscou Suárez no lugar do acidente, segundo o relatório entregue pelos agentes de trânsito, dois carros foram envolvidos: um Fairmont cinza modelo 1984, com a placa LKM-265, propriedade de Ignacio Suárez. E um Renault modelo 1982, com a placa GTR-892, propriedade de Víctor Rodríguez Acosta.

Ignacio Suárez ainda se encontrava com vida, quando começou a convulsionar e nada pôde ser feito pelos dois paramédicos que se esforçavam para controlar o sangue que escapava das feridas de seu corpo. Morreu antes de chegar ao hospital; portanto, foi levado para o necrotério.

Esteban del Valle e Ignacio Suárez se conheciam há três anos, desde que Elena Galván os apresentou. Ignacio precisava comparar alguns dados do manuscrito que estava trabalhando, e precisou da ajuda de um médico-legista para que sua história parecesse verossímil e real, do ponto de vista médico. Viciado em romances policiais, se interessou imediatamente em ajudar o escritor e seu nome apareceu na dedicatória do livro.

Lembra-se da primeira conversa que tiveram, quando pediu que fosse a esse mesmo lugar, com a intenção de mostrar-lhe que os escritores de romances policiais parecem durões; mas que, na realidade, são uns molengas que se encolhem diante de um morto de verdade. Ele ficou surpreso com a postura de Suárez, que pareceu não se incomodar com o cheiro da morte, o primeiro que assusta os curiosos, cujos estômagos não foram feitos para manter o suco gástrico em seu lugar. Esteban costumava oferecer Vick VapoRub aos estudantes de medicina quando iam fazer um estágio pela primeira vez, para que o passassem no nariz, inclusive aqueles que bancavam os valentões diante do grupo. Um desses valentões vomitou sobre um corpo que depois teve que limpar. Mas Ignacio Suárez não, entrou decidido, usando uma bata branca e pediu um par de luvas para que pudesse tocar.

Quando sua curiosidade foi saciada, convidou Esteban para jantar e comeu um pedaço enorme de carne de vaca quase cru. Del Valle gostou desse homem de estômago forte que o ouvia e perguntava sobre um tema difícil de compartilhar com os vivos.

Depois de beber mais um gole de Coca-Cola, Esteban ajeita as luvas de látex. Aproxima seus instrumentos, coloca os óculos e lentamente começa a fazer um corte no corpo de seu amigo.

Quarto fragmento

Meu irmão Julián era uma criança que quase não chorava, permanecia quieto até que minha mãe lembrava de dar uma mamadeira para ele. Nunca reclamava. Em um mero ato de sobrevivência esqueci episódios de nossa infância. Não tenho dados nem anedotas de meu nascimento, nem do de Julián, apenas algumas lembranças aqui e ali.

Todas as vezes que tento me lembrar, tenho a sensação de estar preso em areia movediça, e sinto falta de ar. É medo. Esse lugar obscuro no qual minha mãe me trancava, o mesmo onde escondia as crianças e os bebês que lhe entregavam, e onde ela assassinou uma quantidade que eu desconheço.

É difícil imaginar minha mãe dar à luz. Pensei escrever *dando à luz*, tempo verbal usado para outras mães que vivem a vida de seus filhos, com seus filhos, para seus filhos, que veem através dos olhos de seus filhos. Dando à luz. Quando constituem novas famílias ou se vão de suas vidas, a mãe fica cega, sem esses olhos para ver a vida, sem nada que possa fazer, com a vida de um estranho em suas mãos: a própria vida.

Minha mãe era o oposto; se tivesse tido uma relação com a gente, talvez tudo aquilo não tivesse acontecido. Talvez não estivesse morta. O problema de nossa relação foi que ela nunca se relacionou com a gente.

Enterro minha memória na areia movediça para tentar me lembrar de algo mais. Tinha sete anos, os miados me acordaram muito cedo. Tinha visto a gata dois dias antes, e tinha deixado um prato com leite escondido entre os arbustos no quintal, o qual costumava encher todas as vezes que estava vazio. Minha mãe não gostava de animais. Desci da cama o mais rápido que pude para silenciá-la antes que ela a encontrasse. Peguei a jarra com leite dentro da geladeira e corri até onde o prato estava escondido. Não estava. Fazia frio e eu vestia uma cueca e uma camiseta. Eu agachei e comecei a procurar entre os arbustos enquanto chamava a gata sussurrando.

Eu a ouvi novamente. Me levantei e fui até o lugar de onde vinham os miados, o quintal dos fundos. Minha mãe estava inclinada sobre o tanque de água com as duas mãos dentro.

— Mãe? — chamei-a, mas ela não me ouviu.

Pensei em correr, esquecer a gata e fugir para o meu quarto. Eles me disseram muitas vezes: "Você não pode ir a nenhum quarto dos fundos, nem na lavanderia".

Decidi correr quando vi que ela tirava um objeto indefinido da água com ambas as mãos, uma espécie de bola pequena que ela derrubou e me molhou ao cair. Ouvi ela dizendo um palavrão. Me aproximei na ponta dos pés enquanto ela recuperava o objeto.

— Mãe? — disse semicerrando os olhos, e então eu vi. A garrafa caiu da minha mão e se espatifou no chão, espirrando leite e vidro em nós.

— O quê...? — perguntou virando-se para mim.

— É... a...? — tentei perguntar.

— Sim, é a gata, olha o que essa maldita fez com os meus braços — disse ela mostrando-me os braços.

Olhei para a água e vi um gatinho recém-nascido boiando.

— Tire-o da água — ordenou enquanto eu negava com a cabeça. — Tire-o — repetiu.

— Não — sussurrei, prestes a chorar, ou talvez já estivesse chorando.

Ela se agachou e colocou em meu peito a mãe que acabara de afogar, obrigando-me a segurá-la. Pegou os filhotes mortos e entregou-os para mim. Não cabiam em minhas mãos. Ela me puxou pelos cabelos, pegou os gatinhos, fez uma bola com todos eles e colocou-os em meu peito novamente. Eu os abracei o mais forte que pude.

— Anda — disse, empurrando-me pelas costas. — Você deu leite pra ela, não deu? Foi por isso que ela ficou, por sua culpa ela veio parar aqui, por sua culpa eu tive que afogar todos eles.

Eu não conseguia me mover, estava grudado no chão de cimento cinza, tremia e chorava. Ela me empurrou de novo. Andei sobre os caquinhos da garrafa, ouvi-os ranger sob meu peso sem sentir dor. A água fria que escorria dos gatos ensopava minha camiseta, minha cueca, misturando-se com o jato de urina quente que escorria pelas minhas pernas.

Consegui contar cinco gatinhos, rápido, batendo o olho, diferente de como fazia na escola, onde às vezes usava os dedos para somar. Andamos até uma caixa de papelão, minha mãe arrancou-os de mim, colocou-os lá dentro, fechou a tampa e me fez carregá-la até um terreno baldio onde a deixamos no meio de um monte de lixo. As lágrimas não me deixavam enxergar o caminho e tropecei algumas vezes, não caí porque ela me segurava pela camiseta.

— Eu não gosto de animais — ela disse no caminho de volta, me puxando pela roupa. — Vá para a escola.

Subi a escada com o peso fantasma dos gatos entre meus braços. Me tranquei no banheiro e abri a torneira da banheira, a água estava fria. Tirei minha roupa e comecei a esfregar meu corpo com sabão para que o cheiro que havia grudado nele desaparecesse. Até hoje, quando me lembro disso, tenho a sensação de que meu corpo ainda fede a gato morto.

Dois anos depois, eu ainda ouvia os miados da gata todas as noites, como se entrassem no labirinto de meus ouvidos sem poderem escapar. Eu tampava a cabeça com o travesseiro quando o fantasma da gata me visitava com seu corpo ensopado e seu olhar vazio.

— Não consigo parar de ouvir os gatos — disse a Julián um dia qualquer. Contei-lhe para que o pensamento fosse embora da minha mente. Nunca lhe contei sobre a gata ou os gatinhos, achei que não entenderia minhas palavras.

— Eu também os ouço — respondeu devagar com seu tom de voz que tanto emocionava Isabel e não interessava nem um pouco aos nossos pais.

Julián começou a falar por insistência de Isabel, mãe substituta durante o dia, porque à noite ela voltava para sua casa, para ficar com seu filho Jesús.

— Você os ouve? Viu a gata e os gatinhos que a nossa mãe afogou?

Julián negou com a cabeça e me fez um sinal com as mãos. Antes de ele começar a falar tínhamos inventado uma língua de sinais para nos comunicarmos. Em silêncio, ele me pediu que ficasse quieto e ouvisse.

Sim, dava para ouvir os miados.

Eu fiquei quieto, sem respirar, cada poro da pele havia se transformado em ouvido, estava tão absorto que podia ouvir as batidas do meu coração e de Julián.

— O que estão fazendo? — perguntou Isabel entrando no quarto como faz todas as manhãs. — Por que ainda estão de pijama? Vão chegar atrasados na escola. O que aconteceu?

Nós dois levamos um susto.

— Nada — respondeu Julián tranquilamente, enquanto eu me levantava do chão e negava com a cabeça sem saber como explicar a Isabel o que fazíamos.

Julián tinha uma inteligência diferente, desconfiava de todos, passava o dia inteiro sozinho na escola, nunca brincava com outras crianças. No pátio matava formigas, aranhas, qualquer inseto que aparecesse em sua frente na hora do recreio. Eu tentava me camuflar entre os demais sem conseguir, dava para ver que eu era filho da Ogra das histórias e que o mesmo sangue maldito corria pelas minhas veias.

Voltamos da escola com Isabel e corremos para o nosso quarto. Julián parecia ter se esquecido dos miados, eu pedia que permanecesse quieto para tentar ouvi-los de novo. A essa hora havia muito barulho na avenida, o fluxo de veículos e pessoas fazia com que fosse impossível ouvi-los.

Passamos o resto do dia fazendo tarefa e na rua; formamos uma turminha de cinco garotos de diferentes idades; Julián era o mais novo, sempre estava comigo porque queria deixá-lo fora do alcance de nossos pais. Isabel também tentava nos afastar de casa, levando-nos para fazer compras, ao mercado, para ver seu filho Jesús, que ficava com a avó o dia inteiro. Todas as noites, antes de ir embora, ela nos pedia, nos mandava permanecer no quarto até o dia seguinte.

Finalmente escureceu, fiquei ansioso o tempo todo. Isabel nos aconchegou, ainda dormíamos na mesma cama, nos abençoou e rezou para o nosso anjo da guarda.

Esperei um pouco antes de decidir se devia abrir a janela que dava para o quintal, fiz alguns gestos pedindo para meu irmão se aproximar.

— Estou com sono — balbuciou com seu timbre de voz desafinado.

Com um dedo nos lábios, pedi que ficasse quieto. Fiquei olhando atentamente pela janela até que vi minha mãe atravessar o quintal em companhia de uma mulher, uma de suas pacientes. Minha mãe olhou em direção à janela e meu coração quase parou. Corri para a cama e me enfiei debaixo das cobertas, ofegava assustado, com medo de que ela tivesse me visto. Fiquei ali escondido, com a cabeça coberta, o coração disparado. Sem perceber acabei dormindo. Acordei à meia-noite.

O vento frio atravessava a janela aberta e balançava as cortinas, transformando-as em fantasmas desesperados para sair do quarto. O vento também fez com que os papéis que estavam em cima da mesa, ao lado da cama, voassem e fossem parar em meu rosto; abri os olhos assustado e com frio. Sonolento, me levantei para fechar a janela e ouvi os miados, fiquei paralisado, segurei a respiração e quase pude fazer meu coração parar de bater. Me joguei no chão e dei uma espiada, a cortina esvoaçava e acariciava meu cabelo. Voltei para a cama me arrastando pelo chão.

— Julián — sussurrei e o sacudi um pouco. — Julián — murmurei em seu ouvido.

Tinha sete anos, e o único momento em que parecia um menino de sua idade, quando conseguia relaxar, era dormindo. Essa seria a última noite que o veria dormir profundamente, depois teria um sono leve, alerta, e seu rosto contraído estaria presente o tempo todo.

Sonolento, Julián se jogou no chão comigo, nos arrastamos até a janela, prendemos a respiração novamente, escutamos os poucos veículos que circulavam a essa hora, uma risada ao longe, palavras perdidas no vento, que havia diminuído de intensidade, e a cortina bailava lentamente. Prendemos a respiração quatro vezes antes de ouvirmos de novo o triste miado.

— Talvez seja outra gata; se a virem, a afogarão; temos que resgatá-la.

— Ela que morra!

— Não! — sussurrei quase em voz alta. — Venha comigo para procurá-la.

Julián negou com a cabeça.

— Por favor.

Ele negou novamente em silêncio e se arrastou de volta para a cama.

— Fecha a janela, senão eles vão acordar — disse.

— Por favor.

Os miados ressoavam em minha cabeça, me aproximei de Julián e o puxei pelo braço.

— Tá bom.

Ele soltou minha mão, não gostava de ser tocado.

Lentamente, com muito cuidado, descemos as escadas. Abrimos a porta que dava para o quintal de trás com toda cautela. O ar soprava frio. Nos aproximamos dos quartos que ficavam lá no fundo, onde Felícitas atendia e onde achávamos que as ferramentas ficavam guardadas. Os miados se tornavam mais lamentáveis, caminhamos iluminados pela lua. Tentamos abrir a porta do quarto de ferramentas, de onde vinham os barulhos, a porta era de metal e estava trancada com chave. Tentei espiar pela janela, mas era muito alta e o vidro era fosco. Minhas mãos e meus joelhos tremiam, eu perdia o controle sobre o meu corpo e tinha dificuldade para me movimentar.

— Vou até a cozinha buscar uma faca, talvez possa abrir a fechadura com ela — disse mostrando o buraco onde deveria colocar a chave.

Julián não teve tempo de responder. Pela urgência de salvar o que estava lá dentro, fui até a porta traseira e a abri sem tomar cuidado. O vento me pegou desprevenido, chegou com toda força e fez com que eu soltasse a porta. Ela bateu tão forte contra a parede que o vidro se estilhaçou em pedaços.

Julián passou correndo por mim, subiu as escadas rapidamente, eu demorei para reagir.

A porta dos ogros se abriu.

Subi as escadas correndo.

Tentei me deitar na cama e fingir que dormíamos.

Não consegui fechar a porta do quarto.

Minha mãe a segurou.

Fe, Fi, Fo, Fum, diz o ogro da história *João e o pé de feijão*, sinto cheiro de carne fresca.

Fe, Fi, Fo, Fum, empurrou a porta e eu caí no chão com o empurrão.

— O que estão fazendo?

Ela segurou um dos meus pés.

— Nada, na-da... — gaguejei.

Ela me arrastou pelo pé até a escada, mas parou porque Julián avançou sobre ela, batendo em suas costas; ela o derrubou com um tapa na cara.

Em seguida, me soltou para pegar meu irmão pelos pés, ele lutava para se soltar e chutou seu rosto, ela levou as mãos ao nariz. Julián correu para debaixo da cama. Com uma habilidade animal, quase absurda para uma mulher de suas dimensões, ela levantou a cama com colchão e tudo. Meu pai entrou nesse momento.

— Eles foram até o quarto dos fundos, consegui vê-los pela janela.

Julián correu até a porta. Meu pai o segurou pelo braço e o ergueu como se fosse um saco de batatas que não parava de se mover.

Felícitas soltou a cama, seu nariz sangrava.

— Moleque idiota! — ela gritou se aproximando e lhe deu um tapa tão forte que Julián parou de se mover.

— Julián, Julián! — gritei desesperado, achando que ela o havia matado.

Hoje, acredito que o melhor para o meu irmão, para mim, para todos teria sido que o tivesse matado naquele instante.

Parti para cima dela.

— Você o matou!

Minha mãe me pegou por um braço, me chacoalhou e eu parei de atacá-la. Ela tinha esse poder sobre mim, era como se eu tivesse um botão de desligar.

— Quer conhecer o quarto? — esbravejou e me arrastou escada abaixo.

Meu pai já tinha se adiantado com Julián desmaiado. No quintal, abriu a porta do quarto de ferramentas e consegui vê-lo atirar Julián com seu um metro e oitenta e três de altura.

Ouvi seu corpo bater contra o chão. Eu o imaginei caindo de costas e seu crânio quicando, subindo alguns centímetros e caindo novamente.

Meu pai levantou um pé e colocou todo seu peso contra a panturrilha esquerda de meu irmão. Perdido, inconsciente, Julián apenas emitiu um breve gemido.

Carlos Conde trancou a porta com chave. Tentei sufocar a vontade de chorar, não conseguia respirar, chamava Julián e tentava me soltar das garras de minha mãe, que parou em frente ao quarto onde atendia suas pacientes. Ela abriu a porta e disse:

— Já que está tão curioso para saber o que faço aqui, vai me ajudar a limpar.

Quis correr, me sentir a salvo. Ela me puxou pela gola do suéter que usava para dormir. Acendeu a luz, tão forte que senti dificuldade para me acostumar à claridade. Na minha frente havia uma mesa e prateleiras com frascos e objetos que eu desconhecia.

Agora que tento recordar o que havia, minha mente reproduz a imagem do lugar detonado, quando Julián destruiu tudo após a morte de Felícitas.

— Limpe — ordenou ela, e me entregou um pano. Pegou um balde com água, apertou minha mão com o pano, mergulhou-a na água e depois colocou o pano em cima de uma mancha vermelha que cobria parte da mesa.

— Limpe!

Então comecei a limpar em círculos frenéticos a tal mancha escura, viscosa, vermelha.

— Molhe-o!

Mijei no pijama. As lágrimas atrapalhavam a minha visão.

Felícitas mergulhou mais uma vez a minha mão na água.

Ela me manipulava como se eu fosse um boneco.

Limpava a mesa e voltava para o balde. A água estava cada vez mais vermelha.

Eu obedecia.

— Para de chorar — dizia ela e apertava meus dedos.

Em um movimento brusco, chutei o balde.

— Dá o fora daqui!

Meu pai entrou no quarto.

— O que aconteceu?

— Esse imbecil derrubou tudo.

Minhas pernas não reagiam, demorei para fugir.

Corri até o portão de entrada trancado com cadeado. Minha mãe ficou no quarto. Não me chamou mais. A lua estava alta, a luz que vinha da rua não era suficiente para iluminar o quintal, as casas ao redor estavam praticamente no escuro. O escândalo da porta alertou um cachorro que começou a latir, incentivando os outros a fazerem o mesmo, a noite esteve repleta de latidos.

Tentei abrir a porta de onde Julián estava sem fazer barulho. Impossível.

Eu me sentei no chão apoiado na porta, meu pai já tinha entrado em casa. Minha mãe saiu do quarto e parou um segundo para me observar. Quando penso nesse instante, acho que ela hesitou em me consolar, me abraçar. Os ogros não abraçam. Olhei para baixo, me encolhi e escondi o rosto entre os joelhos. E ali fiquei até o amanhecer.

Julián abriu os olhos quando ainda estava escuro, doía-lhe a cabeça, o corpo, mas principalmente o osso que meu pai tinha fraturado. Eu lhe perguntei várias vezes o que tinha acontecido dentro daquele quarto e ele ignorava minhas perguntas, até que uma semana depois ele me acordou à meia-noite e começou a falar, como se fosse uma necessidade orgânica expulsar essas palavras de seu corpo acostumado a permanecer em silêncio: com a perna quebrada fez um grande esforço para se sentar, tentou se situar, conseguiu ver uma tímida claridade que entrava pela janela e chegava até ali. Tentou se levantar apoiado na parede, tateou a fechadura trancada com chave. Gritou com sua voz que quase nunca usava, gritou porque a dor no corpo e na alma invadiu o silêncio e o partiu em dois. Gritou até que por trás de seus gritos se ouviu um som muito parecido com um miado. Com uma mão procurou o interruptor de luz na parede.

Dentro de uma caixa de papelão estava o animal que tinha causado tudo. A fúria fez com que ele esquecesse a dor. O osso quebrado o impediu de apoiar o pé, fazendo-o cair no chão. Foi se arrastando até a caixa, meteu as mãos e não viu uma gata, mas uma criança. O menor bebê que tinha visto na vida.

Fedia.

Percebeu que os barulhos não eram miados, mas um choro humano, baixinho.

Levou as mãos à cabeça.

— Para de chorar — ordenou.

A queixa do menino ficou ainda mais intensa na presença de Julián, seu instinto de sobrevivência o fazia chorar mais alto. Talvez estivesse pedindo para ser salvo. Mas Julián não o entendia e tampou os ouvidos.

— Cala a boca!

A dor na perna o enlouquecia.

— Cala a boca — disse mais uma vez com sua voz descontrolada, cheia de lágrimas, de raiva.

Ele se levantou e começou a sacudi-lo, apertando-o pelas costelas.

— Cala a boca!

Julián o sacudiu mais uma vez e o apertou com mais força.

— Cala a boca!

Com uma mão tampou sua boca e seu nariz.

— Cala a boca!

Depois de um tempo, quando tinha certeza de que o bebê tinha ficado quieto, colocou-o de volta na caixa e em seguida se deitou.

Fechou os olhos e sem perceber acabou dormindo.

"Não era uma gata", disse-me no dia seguinte, quando meu pai abriu o quarto onde o havia trancado e eu corri para buscá-lo. Meu irmão estava no chão, sua calça estava molhada de urina, os olhos inchados de tanto chorar, o nariz cheio de muco, o cabelo despenteado.

— Era um bebê — disse, e se calou.

Me aproximei da caixa que estava ao lado de Julián e quando quase conseguia enxergar a criança dentro, meu pai foi mais rápido e a ergueu.

— Puta que pariu — disse enfurecido e saiu rapidamente com a caixa nas mãos.

Tentei ajudar meu irmão a se levantar, mas a dor que ele sentia na perna era insuportável. Fiquei com ele até meu pai voltar e levantá-lo do chão com a mesma facilidade que a criança da caixa, e então ele o levou ao médico.

Julián voltou com a perna esquerda engessada. Andava de muletas. O barulho de seu novo andar falava por ele: aprendi a reconhecer seu estado de ânimo pela força com que ele apoiava as muletas. Na escola eu carregava sua mochila, seus livros, queria ler seus pensamentos, saber o que queria. Eu também usava muletas, muletas feitas de culpa e remorso, mais pesadas e inconvenientes. Ficava com ele durante os recreios, no silêncio o ouvia mastigar o sanduíche que Isabel nos preparava todas as manhãs, sempre o mesmo: pão com geleia de morango e manteiga. Pegava livros da biblioteca do colégio e os lia enquanto meu irmão olhava para o vazio. Algumas vezes eu lia em voz alta, outras em silêncio. Julián não aprovava nem desaprovava o que eu fazia. Eu lia alto, muito alto, quando minha ansiedade era insuportável e o seu silêncio me engolia. A leitura me salvava, minha própria voz me dava forças.

Quando tiraram seu gesso, esperava vê-lo andar como antes; mas isso nunca mais aconteceu, sua perna esquerda se negou a recordar o movimento. Ele mancava e eu mancava, mas eu não mancava de um jeito físico, e sim mental.

Em 1936, o mundo fervia, começou a Guerra Civil na Espanha, Hitler inaugurava as Olimpíadas em Berlim, Hindenburg fazia seu voo de estreia, e eu passava os meses tentando atender às necessidades de meu irmão.

No ano seguinte, o povoado de Guernica foi destruído, bombardeado, Hindenburg explodiu anunciando um desastre que estava prestes a começar e que deixaria mortos por toda Europa, adultos e crianças.

E em nossa casa também havia crianças mortas, cujos restos, Julián e eu começamos a ocultar.

Uma tarde minha mãe nos chamou, ela e meu pai nos mostraram uma das jardineiras, me deram uma pá e me mandaram cavar. Não tive que me esforçar para tirar a terra, era o mesmo lugar onde estavam acostumados a enterrar os restos. Depois de várias cavadas minha mãe deu um balde a Julián.

— Esvazie-o no buraco.

Consegui ver uma cabeça minúscula.

— Cubra com terra — ela mandou.

Esse foi o começo de nossa participação no negócio familiar.

Uma semana depois saímos com meu pai para deixar sacolas em terrenos baldios. Apesar de não trabalharmos todos os dias, comecei a reconhecer quem ia dar à luz e quem ia abortar. Odiava as mulheres que abortavam e as que deixavam seus filhos.

Eu tinha dez anos e Julián, oito. Éramos crianças que desapareciam com restos de outras crianças.

Isabel nos abraçava ainda mais e começou a nos dar Tônico Bayer, talvez com a esperança de que não fortificasse apenas nosso organismo, mas também a alma.

FALECE O ESCRITOR IGNACIO SUÁREZ CERVANTES

Leonardo Álvarez

Diário de Allende
02/09/1985

Morre o escritor mexicano **Ignacio Suárez Cervantes** aos cinquenta e nove anos, depois de uma batida frontal com outro veículo. O acidente aconteceu na estrada José Manuel Zavala, depois das dezoito horas.

Uma ambulância levou os feridos para o hospital, onde o escritor faleceu.

Os restos de Suárez serão levados amanhã para a funerária Gayosso, de Félix Cuevas, na Cidade do México, onde serão velados.

O secretário de Cultura e diversas personalidades do mundo artístico, cultural e político expressaram suas condolências.

Ignacio Suárez deixou uma vasta produção literária, que lhe rendeu vários prêmios. Escreveu vários roteiros para o cinema e seu último trabalho foi *Jogos sangrentos*.

Colaborou em revistas literárias e tinha uma coluna semanal no diário *La Prensa*, veículo de comunicação que foi sua casa desde o início de sua carreira.

Seu trabalho como escritor de romances policiais, ao lado de seu personagem mais marcante, o detetive José Acosta, fez com que se consagrasse como um dos melhores do gênero.

Descanse em paz.

SETE

QUARTA-FEIRA, 4 DE SETEMBRO DE 1985.
7H23

Elena se olha no espelho, em seguida vê um fio de cabelo branco que arranca junto com dois fios castanhos. Seu corpo cheira a nervoso, à cama, à tristeza, a essa dor que se desprende dos corpos tomados pela angústia, pela descrença, pela surpresa, pelo luto. Faz dois dias que Ignacio Suárez foi enterrado e desde então ela não saiu de seu quarto, apesar das inúmeras tentativas de sua tia Consuelo para tirá-la dali.

Depois de o escritor ter saído do hotel, Elena se dedicou a perguntar a seus funcionários sobre as fotografias jogadas por debaixo da porta. Saiu a procurá-lo pelas ruas, pelos lugares que frequentava e, como não o encontrou, ocupou-se resolvendo os assuntos do hotel que administra, a Pousada Alberto. Trabalhou sem parar para não pensar e assim distrair a angústia que contraía seu corpo. Sentia uma dor no peito e um tremor que a olho nu não se notava, mas que aumentava a cada segundo pela falta de notícias de Ignacio.

Ela se trancou no quarto do escritor, se sentou na cama e começou a folhear um caderno vermelho que estava em cima do lençol. Sempre escrevia nos mesmos cadernos vermelhos, sagrados para ele. Ninguém podia entender sua letra na folha quadriculada, quase milimétrica e minúscula, parecia que escrevia em um código indecifrável. Nunca apagava, nem riscava. Ela se levantou da cama, procurou uma caneta na escrivaninha e cometeu o pecado de invadir um território sagrado:

Imbecil.
Idiota.
Onde vocé está?
Merda, merda, merda.

Ofendeu-o por escrito até acabar dormindo sobre a escrivaninha. Saiu tarde da noite com a roupa amarrotada e o cabelo bagunçado para perguntar por Ignacio. "Ele ligou? Ele voltou?", perguntou ao guarda que vigiava a propriedade durante a noite, cuja resposta se resumiu a um dar de ombros. Não dormiu o resto da noite e no dia seguinte o trabalho no hotel a manteve ocupada mais uma vez, mas sem deixar de pensar em Ignacio. Ligou para sua casa na capital, achou que talvez pudesse estar lá, mas ninguém atendeu. Percorreu as ruas da cidade atenta ao carro do escritor; ligou para a Cruz Vermelha, para o hospital, para a polícia.

Eram 20h26 – sabe exatamente a hora porque olhava para o relógio cerca de três vezes por minuto – quando Consuelo, irmã gêmea de sua mãe, chegou gritando, dizendo que tinham que ir para o hospital porque seu padrasto José María tinha sofrido um acidente. Mal teve tempo de pegar sua bolsa.

— E se o Ignacio ligar? Não posso sair — hesitou antes de sair pela porta.

— Você ficou louca? — perguntou Consuelo, arrancando as chaves do carro de sua mão.

No Hospital Geral foram recebidas pelo médico de plantão e ele explicou que o paciente estava em cirurgia com uma hemorragia interna.

— Ele vai morrer? — perguntou Consuelo.

O médico de plantão, um rapaz que acabara de terminar a especialidade, hesitou em responder:

— Seu estado é grave, muito grave, mas ele está vivo. O homem que o acompanhava morreu.

— Com quem ele estava? — perguntou Elena.

— Não sei quem era; o motorista do outro veículo também foi trazido para cá, é bem jovem.

— Elena — disse uma voz atrás dela.

Elena deu meia-volta e se encontrou com Esteban del Valle, amigo da infância; ela o tinha apresentado a Ignacio, quando o escritor disse que precisava conversar com um médico-legista.

— O que está fazendo aqui?

— Fomos avisadas que o José María sofreu um acidente, acabamos de chegar, parece que seu estado é grave — explicou ela enquanto aproximava sua bochecha da de Esteban para cumprimentá-lo, sentindo o formol impregnado na roupa e na pele do médico-legista como se fizesse parte de sua personalidade.

— Ignacio está comigo — interrompeu-a.

— Com você? Aqui? O que ele está fazendo aqui? Passei o dia inteiro atrás dele.

Elena se dirigiu rapidamente ao necrotério. Uma vez acompanhou Ignacio para que conversasse com Esteban sobre a melhor forma de descrever um personagem morto no livro que estava escrevendo. Depois de romper todas as regras, as próprias e as do hospital, Esteban permitiu que estivessem presentes em um procedimento. Ignacio a desafiou dizendo que não aguentaria nem cinco minutos nesse lugar. Elena se aproximou do morto e deu um diagnóstico frio e conclusivo: "Parece de cera".

Não era seu primeiro contato com a morte, até então não tinha contado a Ignacio que aos dez anos tinha encontrado seu avô infartado no campo. Anos depois, observou durante um bom tempo o cadáver de seu irmão Alberto, quando as deficiências de seu corpo o venceram. Ver um morto sem nenhum laço afetivo causava-lhe muita curiosidade. Porém, foi o lugar, a temperatura, os rastros de sangue, os azulejos brancos e verdes, a sensação de estar em uma cripta, o que não suportou porque nesse instante tomou consciência de sua própria finitude, como se a morte de seus seres queridos tivesse lhe causado apenas tristeza, mas esse morto estranho, alheio, falou com ela sobre o fim da vida. *Viemos a este mundo, envelhecemos e morremos, isso é tudo*, pensou. Esse pensamento embrulhou seu estômago, sentiu um ataque de pânico. Sentiu-se tão mal que Ignacio se arrependeu da brincadeira e passou a tarde toda tentando acalmá-la.

— O que Ignacio está fazendo aqui com você? — perguntou a Esteban, que em seguida parou na frente dela, segurou seus ombros e disse lentamente:

— Ignacio está morto. Estava com José María no carro.

— Ignacio? Não, não é possível! Ele tem um rosto muito comum, talvez o esteja confundindo com outra pessoa.

— É o Ignacio. Foi uma coincidência encontrar você aqui, tinha subido para te ligar da recepção, ia começar a... bem, ia começar o procedimento com Ignacio quando pensei em você e que talvez não soubesse que ele estava morto, mas não quis ligar do necrotério e então ouvi a sua voz.

— Quero vê-lo.

— Você não pode, é proibido — disse Esteban.

— Quero vê-lo, Esteban. Quero vê-lo.

Agora, depois de se olhar no espelho por um bom tempo, Elena volta para a cama, pega o caderno vermelho de Ignacio que a acompanhou durante vinte e quatro horas como algo que lhe trouxesse segurança e escreve:

Jamais imaginei ver você sobre uma mesa de autópsia, ver seu corpo, seu cadáver, isso que ao mesmo tempo era você e não era. Nu, inchado, ferido, transfigurado, ausente de você e tão morto.

Respondi algumas perguntas e preenchi a papelada no hospital até que sua ex-esposa e seus filhos chegaram. Esteban os havia chamado, disse que devia avisar seus filhos, mesmo que não tivessem uma relação próxima, você era o pai deles e ele devia comunicar seu falecimento. Não sabia quem era, me sentia tão perdida, até que ouvi um de seus filhos dizer seu nome. Fiquei em uma cadeira de plástico, me tornei uma mera espectadora a partir desse instante. Testemunhei o vaivém de seus filhos, o choro exagerado e inconveniente de sua ex, as condolências dirigidas a ela. Minha raiva aumentava e a tristeza diminuía. Você foi meu morto durante o tempo que ela percorreu os duzentos e quarenta e cinco quilômetros desde a Cidade do México. Quando liberaram seu corpo, te levaram em um carro funerário para a Cidade do México e eu fiquei aqui até o dia seguinte, quando decidi ir para a capital. Eles se apropriaram de você, de seu corpo, e ninguém me disse para onde seria levado; também não perguntei, não consegui, me senti um peixe fora d'água. Você pertencia a eles, não a mim. Foi Esteban, depois que sua família partiu, quem me informou para qual funerária você seria levado, mas não quis me acompanhar.

O que eu fui em sua vida? A amante de seis em seis meses? O que eu tenho de você? Talvez só este caderno. Desgraçado. Eles me deixaram de lado, sem nenhuma consideração. Eu fui deixada de lado, não me sentia no direito de exigir nada.

Durante a missa de corpo presente, na funerária, sua ex-esposa ficou sentada em frente ao caixão e ao lado de seus dois filhos. Evitei pensar nela durante os anos que passamos juntos e quase cheguei a me convencer de sua inexistência. Soluçava e choramingava tão alto que o padre tinha que falar mais alto para que pudesse ser ouvido acima de seu choro. Ela gosta de chamar a atenção. Eu não gosto de mulheres que deixam o cabelo branco que nem ela; não sei se fazem isso por preguiça, para evitar a tintura, para se rebelar contra o sistema que obriga que as mulheres pareçam jovens para sempre, por serem hippies, desleixadas, ou se preferem gastar dinheiro com outras coisas. Eu fiquei de pé ao lado de uma coluna, escondida atrás de um muro de pessoas vestidas de preto. O lugar se encheu de jornalistas e artistas de todos os tipos, atrizes e atores de seus filmes, pintores, editores, escultores, e, claro, a maioria era de escritores. Eu era a desconhecida, talvez a única que te conte como foi seu funeral. Isso importa?

O padre disse que te conhecia há muitíssimos anos. Nunca vou saber se é verdade, não o conhecia; meu lugar é aqui no universo paralelo onde você passava seis meses do ano, a mais de duzentos quilômetros de distância de um mundo que não é meu. Tento me conter, confesso, mesmo que agora talvez você tenha acesso aos meus pensamentos e sabe que estou furiosa.

Imbecil. Você é um imbecil. Você e o José María são dois imbecis. O que você fazia com ele?

Durante a missa, sua ex-esposa assoava o nariz de uma forma que dava para ouvir por todo o lugar, e depois guardava os lenços sujos dentro do sutiã. Um de seus filhos acariciava sua cabeleira descuidada. Ele a acariciou quase o ritual inteiro, não pôde fazer o pai-nosso porque estavam de mãos dadas.

Não.

Estou mentindo.

Não é feia. Não assoava o nariz nem guardava os lenços no sutiã. Na verdade ela não chorava. Manteve o equilíbrio durante todo o ritual. O padre podia falar sem aumentar o tom de voz. Mas é verdade que ela tem cabelo branco e que não gosto do seu corte de cabelo. Você sabe. Era eu quem chorava. Eu era a viúva, não ela que não te dedicou uma única lágrima.

Quando o padre finalmente terminou e as pessoas se dispersaram, me aproximei do caixão, e tive vontade de dar umas batidas e perguntar se você estava lá dentro, a única coisa que me confirmava era a fotografia que precedia seu caixão.

Saímos rumo ao cemitério e começou a chover, todos comentaram que o céu também estava triste, de luto e todas essas bobagens que dizemos quando a morte nos alcança. No cemitério os guarda-chuvas coloridos não combinavam com o ambiente monocromático; era como se tivéssemos entrado em um filme em preto e branco, o tecnicolor se apagou quando passamos pelas portas. Logo as ruas se transformaram em rios de lodo onde nossos sapatos se afogavam. Ninguém sabia onde você seria enterrado. Em um acidente não é permitido cremar o corpo, há que deixá-lo caso seja necessário fazer mais investigações durante sete anos (caso você queira saber por que não foi cremado). Finalmente nos indicaram o caminho.

Seus filhos e sua ex-mulher ficaram de frente para o buraco que se tornava cada vez maior.

Um dos trabalhadores avisou pelo rádio que o buraco já estava pronto. Olhei ao redor para ver por onde te trariam. Não te disse que a funerária parecia uma floricultura pela quantidade de arranjos que chegaram, os mesmos que levaram ao cemitério e colocaram sobre outras sepulturas, nem havia espaço para eles. Alguém teve a ideia de repartir as flores brancas, talvez com a intenção de deixá-las sobre o seu caixão, estilo hollywoodiano, apesar de não ter nada a ver com o Cemitério Francês da Cidade do México, onde nos roçávamos uns nos outros.

Quando seu caixão chegou, um relâmpago iluminou o céu e um trovão anunciou sua descida a terra, muito teatral. A chuva piorou e algumas pessoas novamente abriram seus guarda-chuvas enquanto os coveiros te desciam com as cordas. Não houve palavras de despedida, nem pudemos jogar um punhado de terra, nem te desejar uma boa viagem. Quando terminaram de te acomodar, começaram a colocar terra. Alguém jogou uma flor no buraco que se fechava e te engolia, sua última escala rumo a lugar algum. O resto de nós o imitou. O clima ficou tão descontraído que uma amiga de sua ex-mulher, que ficou ao lado dela o tempo todo, teve um ataque de riso nervoso, histérico, fazendo os demais sorrirem. Eram tantas as gotas que caíam que tudo que nos restou foi te desejar um bon voyage *às pressas, espero que possamos nos reencontrar.*

Elena fecha o caderno lentamente, depois de desabafar ela se sente como uma concha. Coloca o caderno vermelho sobre a cama e vai para o banheiro, arrasta os pés até o chuveiro, abre a torneira e, ao contrário de seu costume, entra antes que a água esquente. A água fria escorre pelos seus ombros, pelo pescoço, pelas costas, pelos seios, sente um pouco de alívio na pele cansada, as gotas de água parecem lágrimas em seu corpo, como se chorasse por cada poro. Pega o xampu e, enquanto faz espuma, com os olhos fechados pensa em José María, desde o dia do acidente não foi vê-lo, está em coma induzido. Ao enxaguar o cabelo sente como se estivesse limpando não apenas a sujeira do couro cabeludo, mas também o pensamento obscuro que não a deixava pensar claramente desde o dia em que Ignacio morreu.

OITO

QUARTA-FEIRA, 4 DE SETEMBRO DE 1985.
12H38

Elena Galván permaneceu mais de uma hora em uma cadeira de frente para José María. Sem perceber, começou a respirar no mesmo ritmo de seu padrasto. Está hipnotizada com o sobe e desce do peito, quase imperceptível. Observa seu rosto manchado, arroxeado, inchado, escoriado, cheio de verrugas e pintas que acumulou nos vinte anos de casado com sua mãe. Sente o cheiro de seu corpo, misturado com o desinfetante do hospital, enquanto acaricia sua mão.

— O que aconteceu? — pergunta em voz baixa para não acordar sua tia Consuelo, que dorme em outra cadeira. José María não responde.

Consuelo fica no eterno vaivém entre o hospital e o hotel desde o dia em que seu cunhado foi internado. Precisa cuidar de Soledad, sua irmã gêmea, e agora também de José María. Além disso, está tomando conta do hotel, já que Elena o negligenciou totalmente desde o enterro de Ignacio.

— Ele acordou? — pergunta Consuelo assustada, esfrega os olhos, passa uma mão pelo rosto e tenta ficar de pé. Elena nega com a cabeça.

— Espera, não se levante assim, vai ficar tonta.

— A que horas você chegou?

— Já faz um tempo.

— Vai ficar muito tempo?

— Não, tenho que voltar para o hotel, preciso colocar os assuntos em dia.

Consuelo se aproxima lentamente de José María, acomoda o lençol e passa uma mão por seu cabelo ralo, branco, beija a testa do cunhado e dá duas palmadinhas em seu peito.

— Acorda — sussurra perto de seu ouvido.

— Vejo você daqui a uma hora, vou ficar mais um pouquinho. Vá trabalhar, é a única coisa que você precisa para curar a tristeza. Fico feliz que tenha saído de seu quarto — diz Consuelo ao se aproximar de Elena, acariciar sua bochecha e depois a abraçar. — Anda, vá e aproveite para ver sua mãe, nós a deixamos de lado depois de tudo que aconteceu.

— Tudo que aconteceu — repete Elena e pensa que nunca mais verá Ignacio.

Sai do hospital, entra em seu carro e bate a porta com toda a força. Tentou segurar as lágrimas enquanto cruzava os corredores. O nó na garganta corta sua respiração. Ela se apoia no volante, que recebe suas lágrimas, o carro balança no ritmo de seus soluços. Quando consegue se controlar, liga o carro e limpa o rosto com a manga do suéter.

Ao chegar no hotel, a recepcionista se aproxima:

— Você tem uma visita que a está esperando há mais de uma hora — diz e aponta para um homem.

— Esteban, o que está fazendo aqui?

Rapidamente, Elena o leva para seu escritório, onde dá uma bronca em uma das camareiras que limpa sua escrivaninha.

— Já disse que não é pra jogar fora os papéis que deixo aqui em cima, podem ser importantes — recrimina-a.

— Mas se eu não limpar, você briga comigo.

— Deixe-nos a sós — disse-lhe apontando para a porta.

— Ainda não terminei.

— Depois você termina.

— Só se for amanhã, porque hoje não vai dar tempo de voltar — ameaça, sacode o pano e enche o ambiente de partículas de poeira que brilham ao passar pela luz.

— Saia e feche a porta.

Elena indica uma cadeira a Esteban del Valle:

— O que houve?

— Como você está, Elena?

— Mal, péssima. Mal saí da cama, ainda não consigo assimilar o que aconteceu, fico esperando que de uma hora para outra Ignacio apareça pela porta. Estava com José María no hospital, ele ainda está em coma. — Leva a mão aos olhos e tenta controlar a tempestade que começa a se formar dentro de sua mente. — Porra, não consigo parar de chorar.

O médico-legista permanece em silêncio ao lado dela; tímido, estende uma mão para tocá-la, mas se arrepende de imediato e entrelaça os dedos. Elena se levanta e desaparece no banheiro enquanto Esteban passeia pelo cômodo, nervoso; também sente uma enorme tristeza pela perda do amigo.

— Desculpe, Esteban. Hoje fiz um esforço enorme para conseguir me levantar, mas, para ser honesta, a única coisa que quero é voltar para a cama, tomar algo para dormir e acordar daqui a uma semana, ou duas, ou daqui a um mês, quando me sentir menos triste.

— Eu entendo, não se desculpe. Estou te perturbando, sinto muito. Vim porque tenho algo para você. Não quis entregá-la às autoridades, achei que quisesse ficar com ela.

Esteban tira do bolso de sua calça uma corrente com uma medalha.

— A corrente do Ignacio...

Elena leva as mãos à boca e lágrimas escorrem por suas bochechas.

— Desculpe — diz enquanto limpa os olhos.

— Que santo é esse? Você conhece?

— Não, não conheço, Ignacio dizia que era o padroeiro a quem daria explicações.

— Coisas de escritor, suponho.

— Esteban, tenho que te contar algo importante: na manhã do dia que Ignacio bateu o carro, jogaram por debaixo da porta duas fotografias das garotas assassinadas — diz Elena, depois de um longo silêncio.

— O quê?

— Ignacio as mostrou para mim assim que acordei. Não dava para ver o rosto; foram tiradas de longe, com uma Polaroid. Em uma delas estava escrito: "Me procure".

— Me procure?

— Ignacio enlouqueceu, disse que os assassinatos eram uma mensagem para ele.

— Onde estão as fotos?

— Não sei, ele as levou.

— Talvez estejam entre seus pertences que tiraram do veículo, vou investigar. O que mais ele disse?

— Ao sair me pediu que, se não voltasse, era para guardar tudo o que estava em seu quarto e não permitir que seus filhos nem sua ex-esposa levassem algo.

Esteban caminha pelo cômodo, esfrega uma mão na outra e tira um maço de cigarros do bolso da camisa:

— Posso? — pergunta e ela nega com a cabeça.

— Dentro do hotel não é permitido fumar.

Esteban coloca o maço de volta no bolso, dá uns passos e diz:

— Elena, escute, você não pode contar pra ninguém isso que vou te revelar. Quando estava examinando os corpos das garotas assassinadas, fui interrompido por dois oficiais de justiça e eles não permitiram que eu terminasse o procedimento. É possível que alguém do governo ou um empresário importante esteja envolvido, gente de peso na cidade ou no estado. O mesmo aconteceu uns anos atrás, quando levaram o corpo de um rapazinho que tinham violado e torturado antes de assassiná-lo, você lembra?

Ela nega em silêncio; impaciente, tamborila os dedos sobre a escrivaninha.

— O culpado era o filho de um secretário. Ele foi morar fora do país. Os familiares da vítima pediram justiça, mas perante as ordens do governador não foi possível fazer nada. Acho que em relação a essas jovens, o culpado não será procurado porque já sabem quem é, pelo menos é o que parece. Investigarei as fotografias, depois te conto o que descobrir.

Saem do escritório e caminham em silêncio até a entrada, cada um absorto em seus pensamentos.

— Obrigada — diz Elena, aproximando a bochecha da de Esteban, beijando o ar. Em seguida, o observa entrar em seu carro, enquanto ela coloca a corrente e ajeita a medalha sobre o peito.

Quinto fragmento

Falar sobre mim tem um quê de mártir do qual eu sempre quis fugir. Quando era criança, gostava de imaginar que era um guerreiro de um romance. Fiquei viciado em livros de aventuras, lia Emilio Salgari, Stevenson, Mark Twain. Sonhava em ser o príncipe Sandokan, o conde de Monte Cristo, Errol Flynn em *O Capitão Blood*. Dentro de uma história esquecia que me dedicava a cruzar a cidade com sacolas cheias de fetos. Imaginava que fazia qualquer outra coisa, inventava mentiras, e com o tempo as mentiras seriam meu modo de vida e me tornaria um mentiroso profissional, um escritor.

Hoje de manhã visitei Julián para esclarecer algumas coisas que confundo. Ele tem outra visão do que aconteceu. A verdade absoluta de como foi nossa infância não existe. A memória é uma farsa. A vida é o que contamos, por isso eu gosto de ficção.

A vida é um imenso vazio que tentamos preencher e resolver, até que um dia, sem aviso, a morte nos encontra e nada mais importa, nem como vivemos ou o que vivemos, nem o que recordamos, nem como recordamos.

No início de setembro de 1940, eu tinha catorze anos e havia bolado um plano para que meus pais fossem descobertos e presos. Na minha imaginação o plano era perfeito, na prática teve algumas falhas: deixaria as sacolas perto de casa, as aproximaria pouco a pouco, um quarteirão de cada vez. Esperava que isso alertasse a polícia.

Estava terminando de esvaziar um balde pelo ralo quando ouvi baterem à porta de entrada. Felícitas atendia uma paciente, Eugenia Flores. Corri para deixar o balde ao lado da pia para enxaguá-lo depois.

Bateram de novo à porta. Minha mãe tirou a bata manchada de sangue e saiu sem trancar o quarto com chave. Deixou a mulher dormindo, ela tinha sangrado muito e não podia acordá-la.

Não sei quantas mulheres morreram em nossa casa, talvez mais de uma, já que os métodos e os ofícios de minha mãe eram insuficientes para as emergências e os imprevistos.

Felícitas lavou os braços na pia da lavanderia, ajeitou o cabelo e foi em direção à porta.

Saí na frente e a abri; eram dois policiais.

— Sim? — Tremi ao vê-los.

— Viemos fazer umas perguntas. Seus pais estão?

Afirmei com a cabeça. *As sacolas, estão aqui pelas sacolas*, pensei.

— Meus pais estão lá dentro. — Convidei-os a entrar.

Os dois homens me seguiram até o vestíbulo, onde minha mãe os recebeu com toda calma.

— Senhora, viemos fazer umas perguntas devido a uma denúncia sobre uma sacola que foi encontrada a um quarteirão daqui cheia de objetos estranhos.

— Estranhos?

— Não queremos assustá-la — disse o segundo policial. — São restos humanos, fetos, para sermos mais exatos.

— Meu Deus! — exclamou levando as mãos à boca e depois se sentou em uma das cadeiras onde todos os dias mulheres esperavam para ser atendidas. Parecia confusa, tinha certeza de que as sacolas eram deixadas longe de casa.

— Minha mãe... — comecei a dizer, mas as palavras se acumularam em minha boca. — Ela é...

— Minha mulher é cardíaca e acho que sua visita a perturbou — interrompeu meu pai.

— Mãe, você tá bem? Tá passando mal? — perguntou Julián, eu não tinha notado sua presença. Meu irmão falou para encobrir Felícitas e suas palavras foram uma confirmação de que éramos cúmplices de uma família de assassinos de crianças.

Os policiais se desculparam e pediram que entrássemos em contato caso notássemos algo estranho pela região. Meu pai, Julián e eu os acompanhamos até a porta e, em seguida, meu pai entrou atrás de nós. Ouvimos o grito de Felícitas, que partiu para cima de nós segurando a pá com a qual enterrávamos os fetos. Carlos Conde estava atrás dela.

— Idiotas! Onde eu disse pra vocês deixarem as sacolas?

Julián me empurrou para que minha mãe não me batesse, caímos juntos. Nos levantamos rapidamente e tentamos fugir para o nosso quarto; grande erro, devíamos ter ido para a rua atrás dos policiais.

Meu pai me pegou pela gola da camisa, fazendo com que eu parasse. Julián mancava, não podia correr rápido, sua perna doía. Minha mãe ameaçou mais uma vez com a pá e conseguiu fazer um corte profundo no meu braço direito. Dei um chute nela, tinha catorze anos e pelo menos dez centímetros a mais que ela, era mais alto e mais forte, mas me sentia um anão indefeso.

O chute a fez cair. Fugi do meu pai. Julián correu para se esconder no mesmo quarto onde anos atrás meu pai o havia trancado. A cena se repetia. Eu corri em direção à porta de entrada, mas meu pai bateu em minhas costas com a pá e fez um corte em formato de meia-lua na minha omoplata direita. Caí de bruços.

— Não, Julián! — Consegui ouvir o grito de Isabel antes de desmaiar.

Quando acordei, estava de cara no chão e minha cabeça sangrava, me sentia perdido.

As imagens que recordo são muito confusas.

Consegui ver uma mulher que saía do quarto onde Felícitas atendia seus pacientes. Não via meus pais. Meu pai tinha batido no Julián com a mesma pá, fazendo uma ferida em sua testa.

— Leve-os ao hospital — pediu Isabel para a tal mulher; Eugenia Flores, só depois saberíamos seu nome.

Eugenia Flores andava cambaleando, entramos em seu carro e o motorista nos levou ao Hospital Juárez, onde trataram de nossas feridas e salvaram a vida dela.

Eugenia Flores assumiu as despesas de nossos medicamentos. Ao sair do hospital, Julián e eu fomos até o quarto de Isabel, que ficava em um dos cortiços da rua Mesones.

NOVE

QUARTA-FEIRA, 4 DE SETEMBRO DE 1985.
18H33

Elena Galván acompanha com o olhar o voo de uma andorinha, dá um gole em seu café, atenta à ave que para no cabo de energia. A imagem a faz lembrar de um pentagrama. Bebe outro gole e volta a prestar atenção no quarto de sua mãe, vai até a mesa onde ficam os medicamentos, um porta-joias, um cinzeiro e uma escultura de Lladró com os braços quebrados. Deixa a xícara, aproxima-se da mãe e acaricia seu cabelo enquanto Consuelo se dedica a dar de comer para sua irmã gêmea, Soledad.

— Tia, dá pra acreditar? O Esteban me contou que talvez não investiguem os assassinatos das garotas, porque talvez alguém importante esteja envolvido — disse Elena sussurrando para evitar que Soledad escute e seu estado de ânimo piore.

Consuelo enviuvou logo depois de se casar e nunca mais se casou. Voltou para a casa dos pais, onde Soledad morava com os filhos e seu primeiro marido, e assim se tornou babá e segunda mãe para os filhos de sua irmã gêmea. Antes de entrar no quarto de sua mãe, Elena havia secado suas lágrimas e agora tenta não desmoronar; se sente frágil. Não via sua mãe desde o dia em que Ignacio morreu.

— Esteban não devia te contar essas coisas, deve ser algo sigiloso para a polícia, talvez coloque você em perigo. — Consuelo dá uma colherada de sopa para Soledad, que está sentada em sua cadeira de rodas com o olhar perdido entre a parede e o vazio. Abre-lhe a boca, introduz a colherada com o alimento verde e depois massageia suas bochechas para ajudá-la a engolir. — Você acha que deveríamos colocar o tubo em seu estômago? O médico disse que é uma possibilidade.

Soledad abre os olhos enormes, faz poucas semanas que consegue controlar as pálpebras, e aqueles que convivem com ela já aprenderam essa comunicação óptica, básica, que avivou a esperança de sua recuperação em José María e Consuelo. Para Elena, a esperança é um lugar cheio de armadilhas e caminhos que levam a lugar algum, uma invenção da mente para que o coração não pare de bater.

— Tia! Você não pode falar isso na frente dela. Não vamos colocar nada, eu não vou permitir — disse Elena à mãe, acariciando seu cabelo. — Não se preocupe, mãe. Coma, por favor.

Soledad responde com um gemido gutural incompreensível, derramando um pouco de sopa.

Há um ano, dois meses e vinte e um dias algo explodiu no cérebro de Soledad quando estava inclinada no tanque onde colocava os lençóis de molho com alvejante. O tanque é tão fundo que quando Elena era criança ficava lá dentro nos dias de muito calor. Soledad teve a sorte de o jardineiro ouvir o barulho e tirá-la de lá antes que se afogasse. Os médicos explicaram, com termos rebuscados e palavras em latim, a teoria de que uma veia tinha explodido no cérebro de Soledad e por isso ela havia caído.

Semanas depois, ela recebeu alta e entregaram à Elena uma mulher com o olhar perdido e desconectada do mundo.

Ela demorou meses para se livrar da raiva que sentia pelo estado de sua mãe, culpou os médicos por terem-na enchido de tubos em vez de deixarem-na morrer, reduzindo-a a esse estado mais como uma planta do que como um ser humano. Quis processar o hospital, mas foi impedida pela urgência de cuidar da mãe e assumir completamente o hotel. Aprendeu a falar com a mãe e ela mesma responder, ou ouvir a resposta de qualquer outra pessoa que estivesse por perto, quase sempre Consuelo ou José María.

A Pousada Alberto foi a casa dos pais de Soledad e Consuelo, eram chamadas de Chole e Chelo quando eram crianças. Soledad e seu ex-marido primeiro a transformaram em uma pensão, depois em um motel, até que Elena tivesse idade suficiente para entender o que acontecia atrás das portas dos quartos. Voltou a ser uma pensão para que seus filhos não crescessem naquele ambiente, mas levou um tempo para que os apaixonados abrissem mão do lugar, até que entenderam. Elena cresceu entre hóspedes, trabalhando como camareira, ajudante de cozinha, garçonete e recepcionista.

— Já decidiu esvaziar o quarto de Ignacio? — pergunta Consuelo sussurrando em seu ouvido e em seguida aproxima um canudo da boca de Soledad.

Ignacio Suárez pagava o ano inteiro pelo quarto, o número 8, apesar de habitá-lo por apenas seis meses, lá era o seu segundo lar.

— Ainda não.

— Deveria fazer isso para que pudesse ser reutilizado.

— Sim, eu sei. Farei isso assim que terminarmos de cuidar da minha mãe.

— Eu cuido dela, vá agora mesmo, pare de enrolar.

Consuelo dividiu com a irmã a maternidade, depois seu divórcio, a administração do hotel e agora se tornou sua enfermeira em período integral. Um anexo, um tradutor idêntico que responde o que Soledad não consegue, uma extensão que lhe permite ter uma conexão com o mundo.

Elena sai do quarto de sua mãe, atravessa o pátio, o suor na palma da mão molha a chave que está segurando. Conhece de cor e salteado o quarto que vai abrir. Ela mesma supervisionava a arrumação sem tirar os livros e os cadernos do lugar. A única vez que tentou xeretar entre os papéis e a roupa guardada no armário, Ignacio percebeu e ameaçou ir embora do hotel. "Tenho memória fotográfica e me lembro de detalhes que ninguém conseguiria lembrar", disse-lhe enquanto arrumava os livros que ela tinha movido, colocando-os de volta no lugar exato onde estavam.

Abre a porta completamente antes de decidir entrar, sente um nó invisível na garganta e pigarreia um pouco para se recompor. Acende a luz. O quarto não é mais o mesmo, apesar de permanecer desocupado metade do ano, agora está vazio de verdade: móveis, livros, papéis, roupas, sapatos, cigarros, cinzeiro, um gravador, tudo ali dentro exala abandono; até mesmo nos quadros, nas máscaras e nas figuras de demônios – de que Elena nunca gostou – nota-se um toque de desamparo. Suspira demoradamente, profundamente, fecha os olhos e prende o cabelo com um elástico, que sempre carrega consigo como se fosse uma pulseira; quando algo a deixa nervosa, ela prende a cabeleira que cai até o meio de suas costas, e que insiste em manter castanha à base de tintura.

Ignacio havia chegado três anos atrás. Depois de estacionar o carro no centro da cidade, perguntou a um policial onde podia se hospedar, e nesse instante, como que por obra do destino, Elena atravessava a rua e o oficial apontou um dedo em sua direção:

— Aquela mulher e sua família administram uma pousada.

Ignacio viu o rabo de cavalo que balançava ao ritmo de seus passos. Ele gostou do movimento do cabelo e correu para alcançá-la.

— O policial acabou de me dizer que você tem uma pousada — disse ao abordá-la no meio da rua.

Ela tentou dissimular o choque e o susto e respondeu:

— Sim, é um lugar pequeno, familiar.

— É o que estou procurando, apesar de que nunca virei com a família — disse piscando um olho. — Permita-me ajudá-la — acrescentou pegando uma sacola com frutas. — Você pode me guiar até o hotel? — Ignacio apontou seu carro. — Está acostumada a entrar em carros de desconhecidos? — perguntou enquanto ela se ajeitava no banco do carona.

— Não, mas tenho que levar as compras e você vai me poupar a caminhada.

Elena se aproxima da cama desarrumada, os lençóis estão bagunçados, como ele os deixou. Sobre a cama está o livro que Ignacio estava lendo e que ficou aberto na página cento e cinquenta e dois, onde o escritor havia feito algumas anotações com sua letra minúscula. Uma caneta preta descansa sobre a folha. Ela se senta à cama, pega o livro e lê uma anotação: "Viver é se afogar na lama. Partir é quase tão inútil quanto ficar". Assustada, ela tira os olhos da página, as palavras parecem uma premonição.

Reacomoda o livro como estava, como se a qualquer momento Ignacio pudesse voltar com sua memória fotográfica. Acaricia o travesseiro, que ainda conserva o formato da cabeça do escritor, deita-se e acomoda sua própria cabeça no buraco.

Ela tira os sapatos, tira a calça e desliza para debaixo dos lençóis.

Enterra o nariz no travesseiro, descobre o cheiro de Ignacio e inunda seus pulmões e seu ser com os resíduos do escritor.

Escorrega uma mão pela blusa, bem no meio de seus seios, até alcançar sua coxa direita. Volta a inspirar e de repente sua mão direita acaricia a virilha de Elena, sua barriga, seu púbis por cima da peça de seda, causando um leve arrepio no corpo que desperta ao toque.

Volta a acariciar a coxa, a virilha, a barriga e abre caminho dentro da calcinha, entre os pelos e os lábios vaginais, que roça com timidez até encontrar o clitóris que se manifesta decidido. A mão direita de Elena acaricia seu sexo por uns segundos e em seguida começa a esfregá-lo, manuseá-lo, amassá-lo, espremê-lo, friccioná-lo. O corpo de Elena se tensiona e sua respiração acelera, o movimento rítmico aumenta debaixo do lençol que exala o cheiro de Ignacio e a excita até arqueá-la por completo a tempo de escapar um gemido, quase um soluço que mantém a tensão em suas costas por uns segundos enquanto uma lágrima morna escorre pelos seus olhos fechados. Lentamente, sem erguer as pálpebras, cada vértebra vai se acomodando, ela retoma o controle de sua mão direita e a extrai lentamente. Se afunda na almofada e não demora para dormir, amparada pelo cheiro de Ignacio e o livro que, junto dela, velam seu sono.

DEZ

QUINTA-FEIRA, 5 DE SETEMBRO DE 1985.
MEIA-NOITE

Esteban del Valle observa as fotografias dos corpos de Leticia Almeida, Claudia Cosío e Ignacio Suárez que estão sobre a mesa. Bebe um gole de café, frio há um bom tempo, e olha para o rosto de Claudia Cosío. Observa o pequeno buraco que tem no meio da testa. Observa-o através de uma lupa e comenta: "Dois milímetros". Sem saída. Não encontrou a bala.

Os mortos por homicídio que chegaram à sua mesa foram, em sua grande maioria, o resultado de brigas entre camponeses por terras, vítimas de facadas, bêbados que discutiram em bares, mulheres assassinadas pelo marido ou algum outro familiar, crianças machucadas pelos pais.

Esta é a primeira vez que encara uma morte tão planejada. Considera quase uma obra de arte, e em seguida se arrepende desse pensamento.

Ele se levanta da mesa e vai até o armário onde guarda sua coleção de armas. Vira a chave e abre a porta. Poderia fazer isso de olhos fechados, sabe perfeitamente onde foi colocada cada uma das quarenta e oito armas. Pega a Kolibri, uma miniatura que ganhou de presente do próprio Ignacio Suárez como agradecimento por sua ajuda. Cabe na palma de sua mão. É perfeita, limpa, polida como todas as outras; a cada duas semanas dedica um dia à sua manutenção.

Ele compartilhava com Ignacio o gosto pelas armas, foi o único que conheceu a coleção completa de Esteban. Uma noite o convidou para jantar e, em vez de arrumar a mesa com pratos e talhares, acomodou todas as armas como se fosse um banquete. Ignacio queria tocar todas elas, enquanto Esteban sorria em um canto da mesa, orgulhoso, satisfeito, feliz. Depois saíram para jantar um caldo de camarão no restaurante de sempre.

— Trouxe um presente para você — disse-lhe Suárez um dia ao voltar para San Miguel com um exemplar de seu romance *Morte ao colibri*, cujo assassino matava suas vítimas dando-lhes um tiro na testa com uma arma idêntica à que Esteban está segurando agora.

— Foi projetada por um relojoeiro austríaco, Franz Pfannl – explicou Ignacio detalhadamente a Esteban enquanto ele abria a caixa de presente e encontrava a Kolibri. — É o menor calibre que existe, 2,7 milímetros, semiautomática, fabricaram só umas mil em 1914, esta é uma delas.

Ao revisar o cadáver de Claudia Cosío, encontrou um buraco em sua testa, uma abrasão circular com a pele raspada nas bordas da ferida, muito parecida com um tiro, mas sem saída, sem bala e sem queimadura pela entrada de algum projétil. Lembrou-se da Kolibri imediatamente e imaginou que a bala estaria alojada no cérebro. Pensou que a arma não tem capacidade para atravessar o crânio, como acontecia no romance de Suárez, erro que o escritor não quis corrigir, apesar de Esteban ter lhe explicado.

Não encontrou nenhuma bala no cérebro de Claudia, também não apresentava nenhuma queimadura pela entrada do projétil.

O assassino tinha montado uma cena muito parecida com os crimes ocorridos no romance *As Santas*, que está ao lado das fotos sobre a mesa.

— Pelo menos teve a sutileza de fechar seus olhos — diz à fotografia de Claudia.

Aponta para a testa da garota com a Kolibri. A arma é tão pequena que é possível segurá-la com o indicador e o polegar.

— O que aconteceu?

A única outra pessoa que tinha uma arma dessas era o próprio Ignacio, pensa. *Ele não pode ter atirado nela. Onde está a bala?*

Pega seu caderno e abre o livro de Ignacio onde sublinhou a cena em que o detetive José Acosta encontra o cadáver de uma mulher acomodado do mesmo modo que o das garotas.

Quando o detetive José Acosta chegou ao local dos fatos, deu de cara com uma multidão. Dois patrulheiros tentavam conter essas pessoas. A vítima era uma mulher que tinha por volta de trinta e cinco anos, vizinha do bairro.

O detetive teve que pedir licença e ir passando entre os curiosos, enquanto dava ordens aos agentes para que o acompanhassem, a fim de isolar o local e expulsar todo esse povo.

— De novo o assassino das Santas — repreendeu um homem. — Com esta já são três mulheres. Quantas mais serão necessárias para prendê-lo?

O detetive não respondeu e seguiu em frente até chegar ao corpo apoiado contra a parede de uma funerária, igual ao das anteriores. Ele, mais que ninguém, fazia o possível por suas vítimas, e dedicava cada um de seus pensamentos e de suas ações para descobrir o culpado. De repente um rosto veio à sua mente, o homem que o havia repreendido estava entre os curiosos dos assassinatos anteriores.

— Prendam-no! — gritou ao dar meia-volta.

Havia desaparecido.

— Procurem-no! — disse aos seus subordinados.

Ele se aproximou do cadáver, estava na mesma posição que os outros dois: sentado com as pernas abertas. Com uma caneta tocou a gravidez inchada e falsa, de novo o travesseiro. Faltava um sapato e a saia justa estava cortada pela metade para poder abrir suas pernas. As mãos em cima da barriga falsa. Ajoelhou-se e encontrou as mesmas marcas de estrangulamento mecânico. Os lábios pintados de vermelho e o rubor nas bochechas encobriam a cor violácea do rosto da vítima, maquiagem que o assassino aplicou depois de matá-la. O buraco na testa era perfeito, limpo, sem sangue. Usava brincos, pulseira, colar e relógio de ouro: não as matava para roubar.

— Por que simular uma gravidez? — perguntou-se em voz alta, no instante em que os oficiais se aproximaram para informar que tinham perdido o homem.

— Desapareceu — disse um deles.

Fecha o romance e pega a fotografia de Ignacio sobre a mesa.

— Você e eu nos dedicávamos à mesma coisa — diz. — Você contava histórias cheias de mortos e eu, histórias que os mortos me contam. Deixei de procurar o invisível *impulso de vida*, como meu pai dizia, para encontrar as causas visíveis da morte.

Esteve presente no dia em que um homem ressuscitou no hospital, havia falecido na ambulância e, segundo os paramédicos, manteve-se clinicamente morto durante dois minutos. Sem nenhuma razão lógica Esteban se aproximou no momento em que o desciam da ambulância e perguntou ao homem:

— O que você viu? Há algo do outro lado?

Os paramédicos pediram para Esteban não importunar o paciente e, antes que desaparecessem com a maca pelos corredores do hospital, o homem respondeu:

— Branco, há um branco maravilhoso.

— É verdade que só tem branco? — pergunta à fotografia de Ignacio.

Pega novamente a Kolibri, aponta para lugar nenhum e puxa o gatilho da arma sem balas.

Sexto fragmento

Dezenas de homens e mulheres vestidos de preto me empurravam e me jogavam no chão coberto de pedras pequenas e pontiagudas, que se cravavam em meu corpo como espinhos. Eu precisava me levantar urgentemente dali.

Escapar.

Ao percorrer grande parte do caminho, lembrei-me de Julián e voltei para procurá-lo sem saber onde o havia perdido. Julián não conseguia correr, movia-se com dificuldade, a perna ruim tinha se tornado um verdadeiro incômodo, um saco de areia que arrastava e se tornava mais pesado a cada passo.

Encontrei-o no meio de um círculo de pessoas que gritavam:

— Aqui está! Aqui está seu filho!

A voz de minha mãe cada vez mais perto:

— Eu vou matar vocês!

Dando cotoveladas fui me metendo entre aqueles que cercavam meu irmão e apontavam o dedo para ele. Levantei-o e passei um braço por debaixo do ombro para ajudá-lo a correr.

Os gritos de minha mãe se aproximavam:

— Julián! Manuel!

O peso da perna inútil nos impedia de nos movermos com rapidez.

— Por favor, Julián. Mais rápido, faça um esforço. Me ajuda!

Então olhei dentro de seus olhos. Estavam vazios. Eu o empurrei e, ao cair no chão, ele se quebrou como um boneco de argila, uma *piñata** cheia de larvas brancas que se enroscavam e se arrastavam pela terra.

---

* Recipiente em formato que remete a algum tema festivo, coberto com papel crepom, que possui em seu interior diversos doces e, geralmente, fica suspenso no ar. (N.T.)

— Julián! Julián!

Os vermes se transformaram em bebês minúsculos. Embriões humanos que rastejavam para fora do corpo de meu irmão e subiam pelos meus pés. Um exército.

— Julián! Julián!

Eu sacudi minha roupa e as pequenas partes desmembradas dos embriões que se agarravam à minha roupa com seus corpos partidos caíam no chão.

— Julián!

O grito foi além do quarto e acordou Isabel, que correu até a cama onde meu irmão e eu estávamos. Onde, desesperado, eu lutava para tirar de cima de mim esses bebês minúsculos partidos que não estavam em minha roupa, mas em minhas células, em minha memória, em minha alma.

— Tire-os de cima de mim! Tire-os de cima de mim — eu gritava para Isabel, que tentava me abraçar, mas eu não deixava. — Tire-os de cima de mim!

Eu sacudia os braços e as pernas.

Tirei a roupa e fiquei só de cueca. Chorava. Tremia.

Julián e Jesús acordaram assustados.

— Calma, Manuel, calma, tá tudo bem, foi um pesadelo.

Pouco a pouco, as imagens se dissolviam enquanto eu me acomodava no chão, feito uma bola de lã, um boneco sem fios. Um choro feroz me fez estremecer. Isabel se sentou ao meu lado, me abraçou e me ajeitou em seus braços como se eu fosse um bebê.

— Calma, tá tudo bem. Tá tudo bem. Foi só um pesadelo.

Julián e Jesús permaneciam em silêncio. Enquanto estava no colo de Isabel, ela me balançava em um vaivém desesperado, como um barco no meio da tormenta de minha tristeza. Acariciava meu cabelo, meu rosto, me apertava forte contra ela.

O choro diminuía. Ela permaneceu comigo na mesma postura incômoda até que me acalmei. Os fantasmas dos bebês mortos foram embora, mas deixaram a sensação de seus dedinhos em minha pele.

Nos levantamos devagar, ela me levou até a cama pelo braço e ficou ao meu lado até se convencer de que eu tinha dormido. Passou uma mão pela minha testa, pelo meu cabelo úmido grudado no rosto. Não consegui dormir. Nunca mais conseguiria. Os fantasmas são as sombras de nossos próprios mortos e esses bebês ficariam comigo para sempre.

Fazia uma semana que estávamos morando com Isabel e seu filho Jesús, que tinha dez anos. Os médicos do hospital nos perguntaram o que tinha acontecido, como tínhamos feito aquelas feridas. Não dissemos nada.

— Foi um acidente, foi um acidente — repetia Isabel.

Ela não queria se meter em problemas, dar mais explicações que a obrigariam a confessar nossa cumplicidade com meus pais. Ela não podia ir para a prisão, quem cuidaria de seu filho? Quando recebemos alta, fomos para o quarto que ela alugava em um cortiço, na rua Mesones, número 119, onde em uma cama dormiriam ela e seu filho, e na outra Julián e eu.

Meu irmão voltou ao mutismo. Ao silêncio.

Nos adaptamos a uma nova vida, nos tornamos parte da família de Isabel Ramírez Campos.

Nossos pais não nos procuraram, foi um alívio e uma decepção. No fundo desejava que nos pedissem perdão, que dissessem que sentiam nossa falta, algum sinal de arrependimento, de carinho. É burrice, eu sei.

Julián e eu sobrevivemos aos nossos pais.

Depois de alguns dias conhecemos os vizinhos: os senhores Almanza, velhos anacrônicos que aparentavam ter pelo menos cem anos, cujos filhos já estavam todos mortos. Eles afirmavam que Deus os havia esquecido.

Lupita, prostituta com nome de virgem, de vez em quando levava clientes para o seu quarto, mas ninguém contava para os locatários porque era a que mais cooperava nas festas de dezembro e na festa da Virgem de Guadalupe.

Os Ramírez, família de dez integrantes. Sempre tinha algum filho embaixo da escada ou no pátio dos fundos, na lavanderia ou, inclusive, no teto.

O cortiço sobrevive até hoje e conserva os mesmos vinte e dois quartos de cem metros quadrados e a fachada vermelha foi pintada de cinza. A entrada tem um pé-direito alto com longas vigas de madeira, que ainda conserva um candelabro preto no meio, além de duas cruzes instaladas por agostinianos no século XVIII.

Lá começamos a nos sentir livres. Procuramos trabalho e novamente carregamos baldes, mas cheios de mercadoria que levávamos de um lugar para outro de várias lojas e mercearias espalhadas pela avenida. Trabalhamos em tudo que podíamos, Julián como ajudante do sapateiro que tinha um pequeno comércio no mercado, e eu em uma banca de frutas.

Isabel não permitiu que abandonássemos a escola, íamos todas as manhãs e nas tardes ganhávamos nosso sustento.

Às vezes eu fugia para espiar a casa dos meus pais, me escondia nos portões da frente. Morávamos em um lugar tranquilo, exceto pelas atividades de minha mãe, que causavam reclamações entre os vizinhos, já que acreditavam que ela praticava bruxaria.

Contrataram uma outra mulher para substituir a Isabel, María Sánchez.

Quase todos os dias meu pai saía em seu Chrysler para jogar sacolas fora.

Agora que menciono o carro de meu pai, quase posso sentir o cheiro de seus cigarros da marca Elegantes. "Tabaco suave", disse ele uma vez, perdendo-se no meio de uma nuvem de fumaça que havia soltado. "Você parece um trem", disse-lhe. Eu devia ter uns cinco ou seis anos. Ele fumava e eu inspirava fundo na tentativa de absorver a fumaça dentro de mim. Gostei da combinação dessas duas palavras que ele dirigiu a mim, o mais perto de uma frase gentil, uma palmadinha nas costas, *tabaco suave*. "Você deve fumar com estilo, como se fosse um ator de cinema", disse-me um dia.

Eu tinha catorze anos quando acendi um cigarro pela primeira vez. Ramón García Alcaraz estava apoiado na escada do cortiço. Eu já o tinha visto, trabalhava como jornalista sensacionalista para o diário *La Prensa* e passava a maior parte do dia fora. Fumava apoiado em uma das divisórias cinza da escada, com um pé na parede, a mão direita dentro do bolso de sua calça. Tinha o cabelo preto cacheado e uma cicatriz na sobrancelha esquerda, tudo o que se sabia sobre essa marca era sobre uma batida contra o batente da porta.

— Você é um dos moleques que se mudou com a Isabel — disse apontando-me com o cigarro, enquanto soprava uma fumaça que o vento desfez rapidamente.

— Sim, me chamo Manuel — respondi e estendi a mão direita.

— Ramón García Alcaraz.

Apertei sua mão em silêncio, sem saber o que dizer.

— Quer um? — perguntou-me aproximando o maço. Desajeitadamente peguei o cigarro que estava saindo do maço, e de repente me lembrei das palavras de meu pai e tentei fumar com estilo.

Ramón morava em um quarto no andar mais alto. Ele sabia o que cada um do cortiço fazia, não era um bom lugar para guardar segredos porque não era possível escondê-los.

— Qual é a sua história? — perguntou-me ao aproximar o isqueiro. Inalei com força e tive um ataque de tosse que durou alguns minutos, meus pulmões e minha garganta pegaram fogo. Ramón riu.

— Moleque idiota, você nunca fumou. Nem pra me avisar.

Ramón trabalhava no jornal *La Prensa* desde os quinze anos, aos vinte morava com sua mãe e sua avó; seu pai estava na prisão por roubo; começou como mensageiro no jornal até chegar à jornalista.

— Minha história?

— Sim, me diz quem você é, onde mora, o que faz.

Pigarreei várias vezes, avaliei se podia dar outra tragada sem parecer muito idiota para ter tempo de inventar uma história.

— Todos começamos assim: tossindo — disse ele. — O tabaco é uma metáfora da vida, custa, enjoa, tem um sabor ruim. Porém, assim que passa a gostar dele, não pode mais deixá-lo, ele se torna seu companheiro, seu cúmplice. Você acha que está curtindo, mas na verdade ele está te matando, como a vida. A melhor tragada é a primeira, talvez a segunda também, mas a partir da terceira a gente fuma só para terminá-lo porque já fomos dominados.

Enquanto ele falava terminei com dificuldade o primeiro cigarro, e como se não tivesse ouvido sua advertência, peguei outro cigarro de seu maço.

— Você é insistente. Muito bem. Não desiste ante as dificuldades — sentenciou com o isqueiro bem perto da minha cara.

Me senti enjoado, muito enjoado, mas não tossi mais.

— Por que você e seu irmão estão com a Isabel?

— Nossos pais foram para Veracruz e nos deixaram com ela até voltarem — respondi.

Soltei a fumaça e falei depressa para evitar outra pergunta.

— Devagar, não inspira tanto, assim você vai vomitar. Devagar. É como a vida, não tente devorá-la de uma vez. Causa indigestão.

Concordei e inspirei com mais cuidado.

— Não acredito que seus pais estejam viajando.

— Por que não?

— Porque na minha profissão aprendi a perceber quando alguém está mentindo.

— Não é mentira — disse e joguei a bituca no chão. Amassei-a com o sapato para não olhar em seus olhos. Ele olhou para o relógio e se despediu.

— Tenho que voltar para a redação, cubro o turno da noite.

Me deu duas palmadinhas em um ombro e apertou minha mão mais uma vez. Bagunçou meu cabelo e se despediu:

— A gente se vê, moleque.

Permaneci parado no mesmo lugar, cheirando a tabaco.

Enjoado, observei Ramón sair do cortiço e se despedir de cada um dos vizinhos que cruzavam seu caminho. A cada passo dava um pulinho, como se as solas de seus sapatos tivessem uma mola invisível. Desejei que esse moço se tornasse meu amigo.

ONZE

SEXTA-FEIRA, 6 DE SETEMBRO DE 1985.
07H03

Elena acorda. Dormiu a noite inteira. Tinha fechado as cortinas ao entrar no quarto de Ignacio, por isso está tão escuro. O livro que continua ao seu lado cai no chão e a acorda completamente. Passa uma mão pelos lençóis como se quisesse acariciar seu antigo inquilino, sente que se passaram séculos desde que entrou ali na noite passada.

"Ignacio está morto", diz para obrigar-se a lembrar da realidade, que lhe dá um soco ao acender a luz da mesa de cabeceira. Ela se levanta rapidamente com a roupa do dia anterior. Pega algumas coisas e sai do quarto com todos os cadernos vermelhos. Olha para ambos os lados do corredor, com medo de ser vista, costume que adquiriu quando ele estava vivo e não queria que sua mãe descobrisse sua relação. Depois volta com uma caixa onde guarda panfletos, manuscritos, cartas e papéis, com a intenção de revisá-los depois, longe dos olhares de Moloch* que descansa na estante. Foram poucas as vezes que eles fizeram amor ali, porque se sentia observada pelas estatuetas que viviam com Suárez, orgulho do escritor. Ignacio possuía uma grande coleção de figuras, quadros, livros, fotografias de demônios e divindades do inferno, como ele as chamava; guardava apenas algumas no hotel.

Recorda o dia em que ele chegou ao hotel para ficar seis meses.

— Por que esse afã no diabo? — perguntou enquanto o ajudava a arrumar suas coisas, surpresa com tantas representações.

— Eu gosto.

— Como pode gostar disso? Não te dá medo?

---

* Nome dado a uma divindade maligna adorada por diversas culturas antigas. (N.T.)

— Não, é só uma figura, é a representação do mal, quase um autorretrato da nossa raça.

— Um autorretrato?

Elena passou um dedo pela estátua de Moloch.

— É o medo que move o homem; esse tem sido o nosso motor, o nosso protetor.

— O medo?

— Sim, Elena. Imagina o homem primitivo encarar todo tipo de ameaças, feras, predadores com dentes e garras, sem esse alerta interno teríamos desaparecido. O medo é a emoção responsável pela perpetuação das espécies. Sabe de quem nós humanos temos mais medo?

Elena, sem ter certeza, aponta para a imagem de Satã.

— Não. Tememos outro ser humano porque sabemos do que somos capazes. Os demônios são representações feitas por um homem para dominar o outro através do terror. A Igreja tem mais adeptos temerosos do inferno que adoradores de Deus.

Ouviu as palavras de Ignacio sem tirar os olhos da imagem de apenas trinta centímetros; metade touro, metade ser humano.

— Mas a maldade existe.

— Sim, mas tem cara de ser humano, não de demônio.

A lembrança da cena desaparece ao abrir a gaveta da escrivaninha e encontrar umas chaves amarradas a um cordão preto como se fosse um chaveiro. Ela as coloca dentro da caixa e dá de cara com o demônio mais uma vez. "Não, eu não vou te levar comigo", lhe diz, "nem você, nem qualquer outro, depois eu decido o que farei com vocês".

Depois de esconder os pertences de Ignacio, tal como ele havia pedido, toma um banho rápido e começa seu dia de trabalho no hotel.

José María e Consuelo haviam abandonado suas funções no hotel para se dedicarem aos cuidados de Soledad desde que ela voltou do hospital, portanto foi Elena quem cuidou do negócio praticamente sozinha. Pouco tempo depois de assumir a responsabilidade, começou a fazer mudanças: reformou os quartos, mudou os móveis de lugar, ampliou os banheiros e a piscina. Multiplicou o número de mesas do restaurante, substituiu as pesadas cortinas por outras mais modernas, assim como as toalhas e os guardanapos de pano. O hotel ficou fechado por quatro meses, com um exército de trabalhadores, encanadores, pedreiros, carpinteiros, eletricistas, jardineiros que entravam e saíam incomodando Ignacio, que não permitiu reformas em seu quarto. "Você pode fazer isso quando eu for embora ou morrer", disse à Elena sem saber que previa um futuro próximo. Só permitiu que trocassem a porta e pintassem as paredes externas.

No dia 30 de abril de 1964, Soledad lavava os lençóis brancos do hotel, não permitia que ninguém mais fizesse isso. Todos confundiam essa escapada com uma obsessão, mas era sua maneira de se isolar do mundo. Molhar a roupa, alvejá-la, esfregá-la, pendurá-la dava-lhe uma pausa, ela precisava desses momentos de silêncio para se afastar dos demais e encontrar-se consigo mesma, como uma meditação em movimento em que esfregava as manchas e preocupações, enxaguava roupa e pensamentos, quase todos relacionados a seu filho Alberto. No momento em que estendia as roupas debaixo do sol, ela já tinha encontrado alívio para as inquietudes que a preocupavam. Depois unia os cantos dos lençóis secos e as angústias em uma dobra perfeita.

O céu estava limpo, sem nuvens, Soledad gostava desses dias porque o sol mantinha o branco dos lençóis; enxaguava as peças quando conseguiu ouvir Consuelo gritar, pedindo que fosse correndo ao quarto de seu filho, que havia nascido com um toco em vez de um braço esquerdo e um problema no coração.

"Talidomida", respondia Soledad cheia de culpa para quem perguntasse pela condição de seu filho. "Tomei talidomida na gravidez."

Quando ele nasceu esteve à beira da morte e permaneceu muito tempo internado. Seu coração às vezes batia mais vezes e às vezes batia menos vezes, mas não deixou de bater, contra todas as previsões dos médicos, que naquele momento não conheciam por completo os efeitos secundários do medicamento.

Alguns anos depois, um médico lhe perguntou:

— Você tomou algum remédio para náusea e enjoo durante a gravidez? — Soledad já tinha esquecido o nome, hesitou, e então o médico disse o nome do medicamento: — Tomou talidomida?

— Sim, foi esse mesmo — afirmou ela, sem saber que essa revelação mudaria para sempre a maneira como olharia para o filho. A culpa a roeria por dentro e ela dedicaria sua vida a esse menino, esquecendo-se completamente dos demais, inclusive de seu marido e de Elena.

Tentaria reparar o dano causado, tornando-se o braço esquerdo que faltava ao filho e compensaria as batidas desse coração que poderia parar sem aviso prévio.

Soledad correu para o quarto do filho, onde Consuelo tentava reanimá-lo, viu-o desfalecido nos braços de sua irmã gêmea, foi como ver a si mesma com o corpo sem vida de seu pequeno.

Após um médico ter confirmado a morte, Soledad saiu de sua casa e foi parar na rua Del Llano, número 73. Tocou a campainha e bateu até que abrissem.

— Preciso falar com meu marido — disse à mulher que abriu.

— Alberto está morto — disse ao marido sem que ele tivesse tempo de dizer nada. — Está em casa.

Depois de deixar as cinzas do filho sobre uma estante, pediu à irmã que arrumasse as coisas do marido e as mandasse para a casa de sua amante. Mandou colocar uma placa de "Vende-se" na porta de casa sem falar com ninguém, também não havia ninguém disposto a contrariá-la.

Em um 26 de julho qualquer, José María chegou. Tinha escolhido a cidade porque tinha o mesmo nome de seu filho, Miguel, que acabara de morrer aos quinze anos de um câncer que não lhe deu trégua. Apareceu sem aviso em forma de tumor no quadril, uma protuberância que poderia ter sido confundida com uma espinha ou um abscesso de gordura, que deu os primeiros sinais dois meses antes que seu filho pudesse participar do *Paso del Fuego*. José María e a esposa tiveram menos de um mês e meio para se despedir do filho e deixá-lo partir. Encontraram-se sozinhos e com o amor desgastado, não tinham mais nada para compartilhar além da tristeza. Um conhecido tinha ido tentar a vida no México e lhe contou sobre um povoado no centro da república chamado San Miguel de Allende, comentário que levou José María a tomar a decisão de deixar o país e pronunciar as palavras que flutuavam entre ele e a esposa, esperando que um dos dois tivesse coragem de pronunciá-las.

— Vou embora depois de participar do *Paso del Fuego* pela última vez. Farei isso por mim e pelo nosso filho.

José María nasceu em um município chamado San Pedro Manrique, na Espanha. Como estabelecia a tradição familiar, aos quinze anos participou pela primeira vez do *Paso del Fuego*, uma caminhada sobre um tapete de brasas de carvalho, ritual celebrado na noite de São João em frente à igreja da Virgem da Penha.

No dia 23 de junho, vinte dias depois da morte de seu filho, José María tentou prolongar os cinco segundos que dura a passagem por esses três metros sobre a brasa, imaginou-o em suas costas, assim como o carregava todos os anos desde que o menino tinha quatro anos. Com lágrimas, o povoado ovacionou José María, e alguns afirmaram ter visto um menino agarrado ao pai. Ele fez a caminhada sem derramar uma lágrima. Uma semana depois, começava a clarear quando saiu de sua casa com uma mala. Segurou o choro desde o funeral e o mais parecido com a tristeza foi um resfriado que fazia com que seu nariz escorresse o tempo todo.

Antes de o avião decolar, ele já estava dormindo, fazia dias que estava com insônia, dormia apenas uma ou duas horas à noite.

Depois de sua chegada a San Miguel, quando se sentiu menos cansado, saiu em busca de um lugar para morar e deu de cara com o letreiro "Vende-se" na casa de Consuelo e Soledad. Soledad abriu a porta e mostrou-lhe o lugar.

— Esta é a árvore onde meu filho Alberto gostava de brincar. Aqui ficam os balanços em que ele adorava se balançar e a toca onde se escondia. Aqui é o estábulo onde fica a Lulu, uma vaca que ele adorava desde pequeno e por isso nunca a vendemos; já está bem velhinha, morrerá em breve, não queremos sacrificá-la. Alberto não podia ordenhá-la com uma mão, ele gostava de acariciá-la quando alguém mais o fazia e de enfiar a cabeça debaixo de suas tetas para tomar leite morno que caía em sua boca e espirrava em seu rosto.

— Há quanto tempo ele morreu? — interrompeu José María.

— Há quase três meses — respondeu ela, e nesse instante Lulu mugiu como se tivesse compreendido cada uma das palavras de Soledad.

Não tinha chorado porque não se sentia no direito de fazer isso. Lulu moveu a cabeça de um lado para o outro e o sininho que Alberto tinha colocado nela balançou. Foi aí que Soledad não conseguiu mais segurar o choro.

— Sinto muito, sinto muito — tentava articular as palavras com a cabeça apoiada no peito de José María, não tinha percebido em que momento o peso da tristeza havia inclinado sua cabeça sobre ele.

Soledad demorou alguns minutos para perceber que ele não tremia no ritmo de seus soluços, mas no ritmo dos dele. Entre um soluço e outro se abraçaram até que a tempestade começou a diminuir e se tornou um chuvisco que os acompanhou a tarde inteira. À noite contaram suas histórias e beberam várias garrafas de vinho trancadas no quarto de Soledad, onde dormiram na mesma cama, vencidos pelo cansaço e pela tristeza.

— Quero que você seja minha sócia — disse José María uma semana depois. — Não venda seu negócio.

Soledad concordou com um movimento de cabeça sem dizer uma palavra.

DOZE

SEXTA-FEIRA, 6 DE SETEMBRO DE 1985.
9H

Sentada em sua mesa ela se sente uma intrusa, como se pertencesse a outra pessoa. Todos os papéis e cartões parecem estranhos, desconhecidos. "Você tem que parar de parecer um zumbi", disse a si mesma enquanto pintava os cílios em frente ao espelho. "Não vá chorar hoje porque o rímel que está usando não é à prova d'água", ameaçou a si mesma apontando-se o aplicador cheio de maquiagem preta. "Chega de drama."

— Umas pessoas insistem em abrir o quarto do senhor Ignacio, eu já disse que não está permitido, mas eles dizem que por serem seus familiares têm o direito de levar suas coisas — diz uma funcionária que entra correndo em seu escritório.

Elena sai rapidamente e dá de cara com a ex-esposa e os filhos de Ignacio.

— Bom dia — diz estendendo a mão direita que está tremendo. — Meu nome é Elena Galván e sou a gerente do hotel.

— Sabemos quem você é — responde a ex-esposa do escritor com os braços cruzados sobre o peito. Não se esforça nem um pouco para estender a mão e responder ao cumprimento. Veste uma saia preta abaixo dos joelhos, salto agulha, uma blusa branca de manga comprida. — Viemos buscar os pertences do pai dos meus filhos.

Elena abre a boca para articular alguma palavra, mas um dos filhos, Andrés, intervém:

— Desculpe minha mãe, ela ainda se sente muito mal pela morte do meu pai.

Elena balança a cabeça sem pronunciar uma palavra e indica o caminho para o quarto número 8. Andrés caminha ao seu lado em silêncio, ela segue em frente olhando para o chão, de vez em quando dá uma olhada de canto para a comitiva que a acompanha, o barulho do salto da mulher contra o chão preenche o silêncio.

"Estou em pleno divórcio", disse-lhe Ignacio na primeira noite que dormiram juntos. "Minha esposa e eu estamos separados há um tempo, mas já demos entrada nos papéis." "Eu não te peço nada", respondeu ela, "faz pouco tempo que me divorciei." "Talvez você seja o empurrão de que eu precisava para dar continuidade ao processo", insistiu Ignacio.

Ela não gostou de se sentir responsável pela separação e diante da ex-esposa se sente culpada e envergonhada. Balança a cabeça para afugentar o pensamento.

— É aqui.

Elena abre a porta e se coloca de lado para que entrem; em um movimento reflexo também entra e Antonio, o filho mais velho, a detém com a mão levantada.

— Nós cuidaremos de tudo — diz ao fechar a porta a poucos centímetros de seu rosto.

Uma hora depois, duas batidas na porta desviam a atenção de Elena, que tentava analisar algumas faturas sem prestar muita atenção.

— Sim?

As batidas continuam.

— Elena? É o Andrés, vim me despedir e agradecer pela sua atenção, nós já vamos.

Ela abre a porta e consegue ver a mulher entrando no carro preto na entrada do hotel.

— Tudo bem?

— Sim, tudo bem, queria perguntar se você sabe dos cadernos vermelhos do meu pai, encontramos pouquíssimas coisas. Não havia mais objetos no quarto?

— Não. Não entramos nesse quarto desde o acidente. Achamos que vocês viriam e não quisemos tocar em nada; além disso, não saberíamos o que fazer.

— Não precisa fingir, sabemos muito bem o tipo de relação que você tinha com o meu pai.

Elena desvia o olhar dos olhos escuros de Andrés, dá um passo para trás e perde um pouco o equilíbrio. Ele se aproxima dela e aponta para o seu pescoço.

— A medalha do meu pai.

Ela a segura com a mão esquerda.

— Ignacio me deu.

— Que estranho, ele nunca se separava dela.

Elena dá de ombros como única resposta sem soltar a corrente, Antonio toca a buzina para apressar o irmão.

— Desculpe a minha mãe, ela nunca soube lidar com o vício do meu pai nas mulheres. Jamais entenderemos por que demoraram tanto para se separar.

— Mulheres? — pergunta Elena sem querer, atenta ao plural.

— Mulheres.

— Precisam de mais alguma coisa?

— Nada, muito obrigado, lamento a bagunça que deixamos. Fique com o meu cartão.

Elena concorda com a cabeça.

Andrés segura Elena pelos ombros e beija sua bochecha esquerda, ela não consegue conectar cérebro e lábios e não corresponde ao beijo.

— Andrés Suárez, psiquiatra — lê Elena em voz alta.

Sétimo fragmento

O ano de 1941 chegou com uma calma desconhecida. Julián falava mais, estava fazendo catorze anos e tinha crescido alguns centímetros em três meses.

Ramón conseguiu um trabalho como mensageiro no jornal *La Prensa* para mim, eu estava terminando o ginásio e queria ser jornalista como meu amigo. Ele me deu um terno, uma camisa e uma gravata de presente, e era assim que eu me vestia para trabalhar todos os dias.

Sem perceber diminuí os dias de vigia na casa dos meus pais, apesar de não passar uma semana sem ir até lá.

Embaixo da casa deles havia uma mercearia, La Imperial, gerenciada pelo seu Francisco Páez. Meus pais e ele tiveram um atrito já que também queriam o ponto, mas Páez ofereceu mais dinheiro: argumento decisivo para a locatária. Pouco tempo depois meus pais alugaram outro ponto, que ficava na rua Guadalajara, e abriram um mercadinho, La Quebrada, para usá-lo como fachada de sua atividade primária, lá eles vendiam mantimentos e faziam acordos para a compra e venda de crianças.

Ramón e eu fumávamos seus cigarros sem filtro sentados na escada. Ouvíamos o papo furado das mulheres na lavanderia, tão diferentes da minha mãe, quase todas com uma criança agarrada em seu avental. Davam conselhos umas às outras, riam, às vezes choravam e suas lágrimas se misturavam com a água com que enxaguavam a roupa.

Ramón desfez o feitiço do som da água:

— Preciso de uma boa história.

— Aqui tem várias.

— Aqui?

— Aqui — repeti e dei uma volta com os braços abertos para mostrar o lugar. Ramón olhou de um lado para o outro. Deu uma longa tragada em seu cigarro e depois soltou a fumaça com calma para enfatizar suas palavras:

— As lavanderias são uma metáfora da vida, se pudéssemos escutar o som do tempo passando seria muito parecido com o murmúrio da água. Somos aquáticos, como a roupa suja. Crescemos como peixes dentro do útero e nos forçamos a ser terrestres, mas nossa vida gira em torno da água. O céu deve ser um lugar líquido onde nossas almas voltam a flutuar.

Quase pude ver as ondulações que suas palavras causaram ao pairarem sobre a superfície da lavanderia.

— As pessoas não querem ler sobre metáforas, estão interessadas em outro tipo de história.

— Quais?

— Crimes, assassinatos. O ser humano gosta de conhecer desgraças alheias para acreditar que a vida do outro é pior.

— Há muitas desgraças aqui: mataram o filho da dona Yolanda a facadas e nunca descobriram quem foi o culpado. O marido da dona Aurora caiu do quinto andar da construção onde trabalhava como pedreiro.

— Sim, sim, eu conheço todas essas histórias.

— E?

— Preciso de algo sensacional, na verdade, de algo *sensacionalista*, que prenda a atenção dos leitores e transforme a tragédia alheia em espetáculo.

— Em espetáculo?

— É assim que a coisa funciona, Manuel: escrever sobre o crime da temporada. Perturbar os leitores, dar-lhes um assunto para conversarem quando estiverem à mesa, quando estiverem no trabalho. Eu ouvi a primeira história sobre um crime quando tinha seis anos.

Estendeu o maço novamente. Voltei a me sentar ao seu lado na escada. Ramón fazia as pausas necessárias para que seu relato ficasse ainda mais dramático:

— Lembro quando meu pai nos contou sobre uma notícia que leu nos jornais: a Miss México havia assassinado o marido, um general do exército. Ficou conhecida como autoviúva. Com o pano de prato na mão, minha mãe se meteu na conversa dizendo que ela era uma sem-vergonha. Recuperei a notícia quando comecei a trabalhar como jornalista. María Teresa de Landa y de los Ríos tinha dezoito anos quando se tornou Miss México em 1928. Seu primeiro escândalo foi posar de traje de banho, por isso minha mãe dizia que era uma sem-vergonha.

Ramón parou de sorrir, colocou um cigarro na boca e, sem acendê-lo, continuou contando. O cigarro fazia o movimento de sobe e desce em sua boca ao mencionar cada palavra:

— María Teresa era professora, falava inglês e francês. Queria ser independente, o que causou um escândalo ainda maior. Estudava odontologia e afirmava que as mulheres eram tão capazes quanto os homens, mas não terminou seu curso, se casou clandestinamente com o general Moisés Vidal Corro, dezesseis anos mais velho que ela. No primeiro ano, moraram em Veracruz, assim como os seus pais, talvez eles até tenham conhecido a família do general, que era veracruzense.

Tentei não desviar o olhar.

— Acho que não.

— Quando voltaram para a Cidade do México foram morar na casa da família de María Teresa, mas o general não permitia que ela saísse nem que lesse o jornal, porque uma senhora não deveria tomar conhecimento de crimes e indecências. Em um domingo, dia 25 de agosto de 1929, María Teresa acordou cedo, foi até a cozinha para preparar algo para o café da manhã. Procurou seu marido e, em vez de encontrá-lo, encontrou na mesa da cozinha seu revólver Smith & Wesson, em cima de um jornal aberto em uma página cuja nota dizia: "A senhora María Teresa Herrejón López de Vidal Corro denuncia seu marido, o general Moisés Vidal Corro, por bigamia". O safado tinha se casado com duas mulheres que tinham o mesmo nome; além disso, tinha duas filhas. Quando a entrevistei, ela disse que tinha certeza de que ele havia deixado o revólver para que ela acabasse com sua própria vida. Achou que sua mulherzinha, ao ler a notícia, despeitada, triste, desesperada, daria um tiro em si mesma e resolveria sua vida. Não foi o que aconteceu; ela o esperou até tarde, permanecendo no mesmo lugar, com o roupão azul que usava para dormir.

Eu me casei com você por amor, não foi justo o que fez comigo, disse-lhe antes de matá-lo a tiros.

Ramón imitou um revólver com a mão direita, soprou os dedos indicador e médio e soltou a fumaça do cigarro que tinha passeado pelos seus lábios, deu uma tragada, e apontou para sua cabeça com a arma imaginária e continuou:

— Clique. Havia esvaziado a arma e não pôde acabar com sua vida quando tentou. Ela se jogou sobre o general e manchou sua roupa de sangue. Ficou detida alguns meses na prisão de Belén. Compareceu ao julgamento usando um vestido preto de seda, chapéu de tafetá, meia-calça e uma atitude com a qual esperava causar simpatia e compaixão aos membros do júri. Perdeu vários quilos e aquela

103

aparência de desamparo aliada ao discurso de seu advogado foram suficientes para que fosse inocentada, esse foi o último julgamento popular realizado no país. Ela não deu mais entrevistas, falou comigo para mostrar às mulheres que, apesar de tudo, a vida continua.

Já fazia um certo tempo que havia anoitecido. Ramón se levantou, observei sua compleição alta e magra. Seu rosto moreno ficava ainda mais escuro na escuridão. Ele deu uma ajeitada na calça e passou uma mão pelo cabelo crespo.

— Eu já vou, quero aproveitar que hoje não tenho plantão na redação para dormir mais cedo.

Subiu as escadas e eu o ouvi assobiar e em seguida cumprimentar sua mãe e sua avó antes de fechar a porta.

Permaneci sentado no mesmo degrau por não sei quanto tempo, até que uns vizinhos chegaram e me fizeram levantar porque os estava atrapalhando.

À meia-noite me levantei da cama, não conseguia dormir. Saí do quarto em silêncio e bati na janela de Ramón, chamei-o sussurrando:

— Ramón, preciso falar com você. — Seu rosto sonolento apareceu por trás do vidro e em seguida ele abriu a porta.

— Eu conheço uma mulher que é assassina de crianças — eu disse.

— O quê?

— Conheço uma mulher que matou vários bebês — sussurrei para que as palavras não atravessassem as paredes e se esgueirassem para algum quarto.

Ramón apareceu vestindo uma cueca e uma camiseta branca.

— Uma mulher que é assassina de crianças?

— Ela é parteira e às vezes mata bebês recém-nascidos e outros em aborto.

Não podia olhar em seus olhos e permitir que analisasse minhas pupilas; afinal, acabaria descobrindo que era minha mãe.

— Onde ela mora? Quem é?

— Se quer saber mais, deve perguntar ao dono da mercearia que fica embaixo da casa da tal mulher.

— Como sabe de tudo isso? Você não me acordou à meia-noite para dizer que devo procurar o dono de uma mercearia.

— Fale com esse homem, ele se chama Francisco Páez.

Corri escada abaixo, ele me alcançou quase na entrada do quarto de Isabel.

— O que mais você sabe? Qual é a sua relação com essa mulher?

— Amanhã eu te mostro o lugar, mas não me peça mais nada, por favor.

Corri sem parar até chegar à cama com o coração disparado, meu rosto estava encharcado de suor. Sonhei que minha mãe me perseguia com uma faca.

Nas primeiras horas de 6 de abril de 1941, Hitler descarregaria toda sua fúria contra a Iugoslávia por ter rompido sua aliança com o Eixo*. A ofensiva militar ficaria conhecida como Operação Punição e duraria quatro dias. Não houve declaração de guerra. A população de Belgrado foi surpreendida, era Domingo de Ramos. Depois dos bombardeios, milhares de cidadãos morreram e a fumaça da capital podia ser vista a quilômetros de distância. Nesse mesmo dia, eu também tinha iniciado minha própria Operação Punição, um ataque inesperado aos meus pais.

Às sete da manhã, Ramón estava pronto. O medo sufocava minha garganta, queria chorar, gritar, me arrepender.

Mostrei-lhe onde ficava a mercearia La Imperial, que estava aberta como todos os dias da semana.

— Espero você aqui, não quero fazer parte disso — disse.

Ele atravessou a rua, se apresentou a Páez e explicou que era jornalista da seção policial do jornal *La Prensa* e que soube de uma denúncia feita por ele. A princípio Páez quis expulsá-lo do local, mas Ramón o convenceu a falar, disse que talvez pudesse ajudá-lo a fim de que a polícia ouvisse sua denúncia.

— O cheiro dos canos é insuportável — explicou-lhe e contou que um pedreiro havia retirado algodões e panos manchados de sangue porque a mulher do apartamento de cima era parteira clandestina.

Páez e Ramón combinaram de se encontrar no dia seguinte.

No dia 7 de abril de 1941, milhares de sérvios procuravam seus familiares entre os escombros, com a esperança de que o ataque não se repetisse quando a Luftwaffe** voltou a castigar a Real Força Aérea Iugoslava. Eu fui trabalhar na redação, durante toda a manhã chegavam informações referentes à ofensiva nazista, eu não estava nem aí para tudo isso. Eu me esforçava para não pensar na bomba que ia explodir no colo dos meus pais. Sentia a boca seca, a cabeça pesada, minhas mãos tremiam. Não conseguia me concentrar no trabalho, tropecei umas duas ou três vezes, inclusive quase derrubei uma pessoa no corredor.

Quando voltei para o cortiço à tarde, Isabel ainda não tinha voltado do trabalho, me deitei para fingir que dormia, não queria encarar Isabel, nem Julián.

Isabel trabalhava na casa de Eugenia Flores, a mulher que nos levou ao hospital na noite em que saíamos da casa de nossos pais. Por causa do aborto, ela passou dias à beira da morte, tinha perdido muito sangue e não conseguiram controlar a

---

* Na Segunda Guerra Mundial, estiveram envolvidos dois grupos de países: os do Eixo (Alemanha, Itália e Japão) e os Aliados (Reino Unido, França, União Soviética e Estados Unidos). (N.T.)

** Nome dado ao exército aéreo alemão reconstituído sob a direção de Herman Goering a partir de 1934. (N.T.)

infecção em seu útero, precisou ser submetida a uma histerectomia. Isabel cuidou dela enquanto esteve internada, e quando Eugenia Flores recebeu alta, ofereceu a Isabel um trabalho como empregada doméstica em sua casa. Seu marido, o deputado Ramiro Flores, jamais soube o verdadeiro motivo pelo qual sua esposa precisou ser submetida à tal operação, já que no momento da intervenção estava fora da cidade com o então presidente Manuel Ávila Camacho.

No dia 9 de abril de 1914, o jornal *La Prensa* estava em todas as bancas com uma manchete que sacudiu a mente dos habitantes da cidade:

DESCOBERTA SENSACIONAL DE UMA PANTERA QUE ESQUARTEJA BEBÊS RECÉM-NASCIDOS

Foi uma errata ter escrito *pantera* em vez de *parteira*; porém, foi um acerto jornalístico, todas as edições foram vendidas.

Em uma mercearia do bairro Roma foram encontradas duas pernas de criança e muitos algodões usados para tampar os canos.

Acredita-se que uma mulher, que desapareceu de uma loja da rua Guadalajara, era a que jogava embriões em latas de lixo.

LA PRENSA. CIDADE DO MÉXICO, QUARTA-FEIRA, 9 DE ABRIL DE 1941.

Duas viaturas haviam chegado quando Páez voltou a abrir o esgoto. Os vizinhos se amontoaram na entrada da casa.

Meus pais haviam desaparecido.

Por indicações de Francisco Páez, policiais e jornalistas foram até La Quebrada na rua Guadalajara, mas também não os encontraram.

DESPEDAÇAVA BEBÊS RECÉM-NASCIDOS

Seu Francisco Páez, ainda jovem, é dono da mercearia La Imperial, localizada no número 9 da rua Cerrada de Salamanca, do bairro Roma, precisamente embaixo do apartamento ocupado pela parteira clandestina Felícitas Sánchez.

"Há mais ou menos um mês, eles tamparam os canos de esgoto, que saem por aqui até a rua", Páez mostrou o lugar recém-tampado com cimento, que ainda parecia fresco.

"Tiraram duas perninhas de uma criança, uma delas estava se desfazendo, então deduzimos que era de outra criança. Contamos para o dono da casa. Nós reclamamos porque não dava para suportar o fedor que exalava daqueles e de outros restos envoltos em algodão sujo e ensanguentado."

Ramón anexou à notícia as entrevistas que fez com a balconista de La Quebrada, María González, com a empregada doméstica que começou a trabalhar no lugar de Isabel Ramírez Campos, com os vizinhos que prontamente deram respostas, com Francisco Páez, com sua esposa e com os patrulheiros.

Como os patrulheiros não encontraram Felícitas Sánchez em sua casa, acreditaram que poderiam encontrá-la em uma lojinha que tem na rua Guadalajara e chegaram lá minutos depois.

A balconista desse comércio, a senhorita María González, informou que ela tinha saído às seis da manhã, mas outras pessoas disseram aos investigadores que a tinham visto quinze minutos antes, deduzindo-se que fugiu ao descobrir que tinha sido denunciada à polícia como responsável por alguns infanticídios.

Acredita-se que Felícitas Sánchez se dedicava a manter a honra de algumas "senhoritas riquinhas" do bairro Roma, ou de mulheres casadas que cometeram algum deslize; quando não tinha como resolver o aborto provocado, matava os recém-nascidos, depois os partia em pedaços para que coubessem dentro da privada do banheiro. Assim, ela jogava as crianças em pedaços lá dentro para que a corrente imunda depois as arrastasse para o Grande Canal, sem o risco de ser surpreendida sepultando os corpinhos clandestinamente ou jogando-os em latas de lixo.

Como se sabe, há um bom tempo a polícia vem coletando fetos ou crianças recém-nascidas em vários lugares do bairro Roma e agora que foi descoberto o que deixamos por escrito, é possível que seja esta mulher a que – cansada de sepultar entre o lixo os bebês recém-nascidos, mas imediatamente mortos por asfixia em sua maioria – tenha recorrido ao procedimento de desmembrá-los para esconder melhor seus crimes.

Até ontem à noite a polícia não conseguiu encontrar a "parteira" Felícitas Sánchez, que causou uma verdadeira indignação na vizinhança da

Cerrada de Salamanca e ruas próximas, ao ponto de ter recebido o apelido de "a Fera". Porém, pelo que soubemos extraoficialmente, foi implantada uma vigilância especial que irá capturar Sánchez assim que chegar a sua casa ou se aproximar dela ou da mercearia La Quebrada, pois as autoridades estão se empenhando para descobrir em que lugar enterrou os restos encontrados embaixo do chão da mercearia La Imperial e quais mães permitiram que seus filhos fossem despedaçados dessa forma tão horrorosa só para esconder seu pecado.

LA PRENSA. CIDADE DO MÉXICO, QUARTA-FEIRA, 9 DE ABRIL DE 1941.

TREZE

SEXTA-FEIRA, 6 DE SETEMBRO DE 1985.
10H14

Com movimentos rígidos e terno amarrotado pelo uso contínuo, o secretário particular do juiz Bernabé Castillo repete:

— O juiz não poderá recebê-los, está de saída para uma reunião.

Humberto Franco, proprietário do *Diário de Allende*, se levanta do sofá de couro preto onde ficou esperando por mais de meia hora para ser atendido junto a Miguel Pereda, agente ministerial e companheiro da vez dos famosos excessos de Franco.

Os Franco são proprietários de postos de gasolina nos estados de Querétaro e Guanajuato. Anos atrás, o pai de Humberto Franco tentou influenciar na política de outra trincheira, se meter na vida pública sem fazer parte dela. O partido PRI já tinha lhe oferecido disputar algum cargo, mas ele negou até sua morte prematura porque afirmava que nunca seria fantoche de ninguém, já que era ele quem gostava de manipular os fios. Deixando isso bem claro ao inaugurar o jornal e a estação de rádio.

A intervenção monetária do negócio dos Franco foi fundamental nas campanhas eleitorais ao longo dos governos.

Mas o romance com o novo governo não foi fácil depois da morte do velho Franco. Em um afã de demonstrar sua permanência no Olimpo, Humberto Franco mandou pendurar na entrada do jornal, como se fosse um Templo de Apolo, uma placa que dizia: *Os governos mudam, a tinta permanece.*

Seu pai deixou-o no comando desse jornaleco de povoado porque não confiava que ele pudesse assumir outros negócios, deixando-os para seus irmãos, que eram mais responsáveis e ágeis para as finanças. Todos os meses eles depositavam uma quantia para o irmão.

— Não, rapaz, não vem com esse papo de que o juiz não está. Esqueceu com quem está falando?

O rapaz afrouxa um pouco a gravata e limpa o suor da testa.

— Eu o vi entrar — intervém Miguel Pereda.

— Não, o juiz já saiu — repete o assistente abraçado à pasta de couro preta, onde guarda os assuntos do dia. Recém-formado em direito, é o seu primeiro emprego e ele ainda não sabe exatamente qual é a sua função.

Visivelmente alterado, Humberto Franco se aproxima do rapaz de apenas um metro e sessenta e cinco que, ao lado de seu um metro e oitenta e sete e mais de cem quilos, compõe uma cena que faz lembrar o confronto bíblico de Davi e Golias. O rapaz dá um passo para trás, pigarreia e diz:

— O juiz me pediu para avisá-los que já fez tudo que estava ao seu alcance.

— Shhhhh! — silencia-o Pereda com sua estatura menos intimidante e seu terno azul-marinho novinho.

— Diz para o juiz que não é suficiente... — Pereda não termina de falar e se detém ante o gesto de Franco, que levanta uma mão para que se cale.

— Avise o seu chefe que voltaremos amanhã no mesmo horário e que é melhor ele nos receber.

O assistente dá um passo para trás, enquanto Franco lhe dá um empurrãozinho com o indicador. Fica encurralado entre a porta do escritório e o corpanzil do dono do jornal, segura a maçaneta e tenta girá-la; está trancada. Miguel Pereda se aproxima de Franco, o segura pelo braço e o obriga a dar meia-volta e a sair dali.

Fora do edifício, Humberto Franco protege a chama do isqueiro entre seus dedos e inspira fundo para acender o cigarro que segura entre os lábios.

— Está tudo sob controle — diz Miguel Pereda pegando um Marlboro vermelho do maço de Franco. — A visita ao juiz era para reiterar que estamos na mesma, mas que a situação está controlada. A investigação seguirá outro rumo, ninguém poderá nos relacionar; o procurador entrou em contato com ele para pedir que tomasse as medidas necessárias.

— É o que eu espero.

CATORZE

SEXTA-FEIRA, 6 DE SETEMBRO DE 1985.
10H43

Humberto Franco ajeita a gravata e solta uma baforada de fumaça antes de entrar em seu Grand Marquis, onde o motorista o espera com a porta aberta. Miguel Pereda entra com ele no carro e partem rumo à redação do jornal.

— Já foi dada a ordem para fazer parar o médico-legista. Não permitiremos que intervenha. Esteban del Valle é famoso por sua persistência. Encontramos a maneira de impedi-lo, será uma pena perdê-lo, um dano colateral — afirma Pereda.

— Meu nome não pode aparecer.

Franco acende mais um cigarro e abre o vidro da janela.

— Temos as fotografias dos corpos encontrados no carro de Ignacio Suárez, além das fotografias tiradas durante a autópsia.

Miguel Pereda pega as fotografias no bolso de seu paletó e mostra-as a Franco.

— E isso vai nos ajudar em quê?

Humberto Franco dá uma olhada rápida nas imagens e com cara de nojo devolve-as imediatamente.

— Ai, Humberto, pensei que você fosse mais criativo; faremos com que circulem por todos os jornais do estado e você também as publicará.

Miguel Pereda observa as fotos atentamente e guarda-as no bolso.

— Não entendo como isso vai ajudar.

— Culparemos o escritor e surpreenderemos Del Valle com o argumento de que ele as enviou para os jornais. Ele não gostou nem um pouco quando impedimos a autópsia. Eu o conheço muito bem, acatou as ordens, mas não vai ficar quieto.

Depois das últimas palavras de Pereda, ambos permaneceram em silêncio, perdidos em seus pensamentos. O carro parou em frente à redação do jornal.

— Entra, vamos conversar em minha sala, depois o motorista te leva para o seu escritório.

Passaram pelas outras salas, bastante luxuosas para o tamanho do jornal, pensa Pereda; passam por debaixo da famosa frase que Franco mandou pendurar na entrada: *Os governos mudam, a tinta permanece*, Pereda considerou-a bem arrogante. Lá dentro, é cumprimentado pelos dois jornalistas. Ele gosta dessa sensação de servilismo, apesar de que no fundo teme que isso possa acabar. Sabe que, se seguirem em frente com a investigação, pode perder seu cargo.

— Merda! Como diabos assassinaram essas fedelhas? — diz Franco; chateado, batendo com o punho na mesa. — Vocês têm ideia de quem fez isso? Precisamos de uma excelente estratégia para que nosso nome não apareça, ninguém deve saber que estivemos com elas naquela noite.

— Por ora o escritor é o principal suspeito.

— Fedelhas idiotas!

Eles saíram com Leticia Almeida e Claudia Cosío no dia do assassinato. Leticia e Franco tinham uma relação há semanas. Os dois homens compartilhavam o gosto por mulheres bem jovens, praticamente adolescentes.

— Vou levar minha garota para jantar com uma amiguinha que não quer ficar de vela, me acompanha? — disse Franco a Pereda pelo telefone.

O agente ministerial pensou um pouco, tinha um compromisso com sua esposa, um jantar fácil de cancelar.

— Quantos anos tem sua garota?

— Dezessete — respondeu Franco.

— E a amiga? — perguntou e passou uma mão pelo cabelo grisalho, grosso e ensebado pela cera Wildroot que ele usa todas as manhãs ao se pentear.

— Acho que tem a mesma idade.

— Tudo bem — respondeu Pereda sentindo seu sexo pulsar, e ao desligar teve que ajeitá-lo dentro da calça.

Combinaram de se encontrar em um restaurante discreto fora da cidade, só para agradar Leticia, que queria sair do apartamento de solteiro de Franco. Elas chegaram sozinhas de táxi, olharam-se pelo vidro espelhado do restaurante, ajeitaram as minissaias, a franja e o topete. Nesse dia, elas se arrumaram mais que o normal, queriam parecer maiores, adultas. Acharam que a maquiagem, o cabelo e a vestimenta fariam com que parecessem pelo menos dois anos mais velhas. Antes de sair, tiraram algumas fotos com a câmera Polaroid de Leticia, presente de aniversário de seu pai, que guardou na bolsa.

— É melhor a gente ir embora — disse Claudia, ela já tinha se arrependido durante o caminho, mas não quis dizer nada. Não queria parecer medrosa ante a amiga, mas estava assustada; ela não gostava dos planos de Leticia, que não parava de repetir que se ela realmente fosse sua amiga deveria acompanhá-la.

— Para de bancar a santinha — disse-lhe ao entrar no restaurante.

Claudia Cosío não gostou do homem que lhe cabia, muito moreno, muito perfumado, muito grisalho, muito gentil, muito velho. "Linda, maravilhosa, gatinha, princesinha", chamava-a por esses e vários outros adjetivos ao se aproximar cada vez mais. Tocava sua coxa, sua bochecha, passou um braço por trás de seu ombro.

— Beba mais uma dose de tequila, linda, essa é das caras, não vamos desperdiçar uma garrafa.

Claudia fugia de suas mãos como se estivesse escapando de um polvo com mau hálito. Os dois homens fumavam charutos. Através da nuvem de fumaça que se aproximava, aproveitou para cochichar no ouvido da amiga:

— Vamos embora, por favor, vamos.

Leticia a ignorava, tomava mais uma dose de tequila e brindava com ela, obrigando-a a fazer o mesmo.

— Para de ser chata — respondeu-lhe.

Claudia, entre a repulsa que sentia pelo homem e o medo de decepcionar a amiga, tomou mais uma dose da bebida. Miguel Pereda beijava seu pescoço e colocava a mão da moça sobre sua calça.

— Sinta meu pau.

Depois entraram no carro de Franco e o motorista levou-os para um motel na estrada em direção a Hidalgo.

Alguém bateu na porta do escritório de Franco, quebrando o clima tenso, saturado da desconfiança de um e de outro:

— Posso entrar? — pergunta Leonardo Álvarez, o jornalista preferido do dono do jornal, que, corajoso como um lobo, sabe ler as pessoas e descobrir quem não tem escrúpulos na hora de escrever o que se pede, com o objetivo de subir de nível ou se manter em uma área tão competitiva.

— Entre.

— Boa tarde.

— Suponho que já conhece o senhor Pereda.

— Sim, já o vi em alguns eventos — diz estendendo uma mão suada, recebendo um aperto efusivo por parte de Franco e um mais suave por parte de Pereda, que depois de cumprimentá-lo, sem disfarçar, limpa a palma da mão na calça.

— Sente-se.

Franco aponta para uma cadeira; ele se apoia em sua mesa de frente para Leonardo Álvarez, que se senta lentamente. Pereda anda pelo escritório acariciando seu bigode preto, manchando as mãos com a cera que usa para tingi-lo todas as manhãs.

— O senhor veio me informar sobre umas fotografias que apareceram no carro de Ignacio Suárez e outras da autópsia. Parece que o médico-legista é o responsável por estarem circulando por aí. Não sei se devemos publicá-las por respeito às famílias das vítimas. O que você acha?

O rapaz entrelaça as mãos, estala nervosamente os dedos, passa uma mão pelo cabelo crespo, muito colado para controlar os cachos grudados no couro cabeludo.

— Eu acho que se os outros jornais as estão publicando, não podemos ficar para trás.

— Você acha que isso deve ser publicado? É uma verdadeira falta de respeito.

Miguel Pereda mostra as fotografias ao jornalista; ele observa cuidadosamente cada imagem e diz:

— Quando o escritor morreu, me lembrei dos assassinatos de um de seus livros; não me lembro do nome agora. Vocês não leram? Um assassino deixava suas vítimas da mesma forma que as jovens foram deixadas, apoiadas no muro de uma funerária. O escritor baseou-se em um fato que aconteceu há vários anos.

— O que mais o livro diz?

— No livro, o assassino é capturado, achei que haveria uma segunda parte, mas Ignacio Suárez nunca a escreveu. Na ficção, o culpado foi capturado, mas na vida real, jamais.

— Suárez morreu um dia depois dos assassinatos com as fotos em seu poder. Qual é a probabilidade de ele estar fugindo? — pergunta Humberto Franco enquanto acende um cigarro, e a fumaça que expele flutua pelo ambiente junto à pergunta.

— É uma das hipóteses que estão analisando na investigação — responde Miguel Pereda, voltando a acariciar o bigode.

— Em vez de exibir as fotografias, poderíamos publicar uma nota para esclarecer que as recebemos, mas que por respeito às famílias não as publicaremos, e ao mesmo tempo semear entre as pessoas algumas suspeitas sobre o escritor — diz Franco.

— O mesmo vai acontecer quando outros jornais publicarem as fotos e explicarem que foram encontradas no carro de Suárez.

— Desviaríamos a atenção e daríamos ao público uma resposta, a sensação de que se investiga para encontrar o culpado.

Miguel Pereda se lembra da conversa que teve na sala do procurador; depois de sair do necrotério no dia dos assassinatos, foi falar com ele na capital do estado. Pereda foi procurado em sua casa para que comparecesse ao local dos fatos, mas ainda estava bêbado pela quantidade de álcool ingerida na noite anterior. Depois, sentindo o peso da ressaca em suas costas, foi até o necrotério, acompanhado por agentes que lhe informavam sobre o caso e como tinham encontrado os corpos. Ele escutava os seus subordinados com uma mão nas têmporas, que palpitavam pela dor de cabeça. Foi o próprio Esteban del Valle quem o levou até a gaveta onde se encontrava o cadáver da garota com a qual horas antes tinha tido relações sexuais. Sentiu uma pontada mais forte em seu cérebro quando a viu. Teve que sair depressa e vomitou no chão do banheiro; aqueles que o viram dessa forma comentaram entre eles que ele só tinha esse cargo por ser sobrinho do procurador, mas que não tinha estômago para o trabalho.

— Não podemos prosseguir com a investigação — disse ao procurador. — Humberto Franco e eu estamos envolvidos.

— Nas mortes?

— Não, não, estivemos com elas esta noite e as deixamos no quarto de um motel. Não sabemos o que aconteceu depois. Não podemos seguir em frente com a investigação, nossa relação com elas seria descoberta e perderíamos nossas famílias, nossas carreiras.

— Cara, trata-se de um duplo assassinato, não posso me fazer de idiota — afirmou o procurador.

O procurador foi até a janela, se distraiu observando uma mulher entrando em seu carro.

— Esse é o tipo de favor que se paga adiantado. Essa obsessão de vocês por fedelhas vai custar caro.

Miguel Pereda limpa o suor da testa e diz:

— O escritor deve ser o único culpado. Como diabos um morto faz para se defender? Tem mais um problema, no carro também estava o espanhol, dono da Pousada Alberto, porém ele está em coma.

— Vai acordar?

— Está em coma induzido, os médicos não sabem em que condição seu cérebro está; por ora não é um problema. Se ele acordar, daremos um jeito nele.

— Leo, escreva uma nota sobre tudo que conversamos e traga-a o mais rápido possível — ordena Franco ao servir-se do conhaque da garrafa de cristal lapidada que tem em sua sala.

SUSPENSÃO DO PERITO FORENSE

Leonardo Álvarez

Diário de Allende
07/09/1985

No dia de ontem chegou à nossa redação as imagens dos corpos das garotas assassinadas na sexta-feira passada, 30 de agosto.

A publicação de tais imagens por parte de outros jornais provoca raiva e indignação, já que se trata de custodiar ao máximo tudo aquilo que se refere à investigação e manter o respeito em relação à dor das famílias das vítimas.

As fotografias foram encontradas dentro do carro de Ignacio Suárez Cervantes, cuja morte informamos há alguns dias. O escritor sofreu um acidente junto de um dos donos da Pousada Alberto, José María León, espanhol morador de nossa cidade há quase vinte anos, que permanece em coma.

Uma fonte dentro da polícia nos revelou as linhas de investigação abertas para o esclarecimento dos assassinatos. Existe uma que leva a Suárez Cervantes, já que as vítimas foram encontradas de modo muito similar aos corpos do romance *As Santas*, de tal autor.

Por outro lado, o médico-legista perito investigador, Esteban del Valle, suposto responsável pela divulgação das imagens das falecidas, será suspenso, de acordo com a Lei Orgânica e o Regimento Interno.

Por coincidência, há uns dias foi detido na China o escritor Liu Xan, autor de vários livros bastante populares em seu país, pelo suposto assassinato de quatro pessoas, cometido há mais de vinte anos, crime relatado em um de seus livros, publicado há cinco anos.

Oitavo fragmento

Depois de quase sessenta páginas, percebo que estou intrigado. Seduzido por observar, investigar e desenterrar, com a curiosidade e cuidado de um paleontólogo, as lembranças fossilizadas em meu interior.

Essa fascinação por escrever minha vida fez com que eu deixasse de lado o livro que estava trabalhando em um novo caso do detetive José Acosta.

Reviso minhas anotações e me sinto tentado a editar, corrigir o tom tímido e apavorado com que comecei. Não sei se manterei o ânimo e a euforia desconhecida que experimento ao falar de mim, Manuel. É como se estivesse bêbado.

Lembro que era feliz, apesar de tudo eu conservava uma centelha de alegria que em algumas ocasiões se transformou em fogueira, em incêndio, ante a esperança de uma vida melhor. Melhorou.

Se Ramón me ouvisse dizer que melhorou, talvez diria que foi uma metáfora da vida. O que Ramón diria? Talvez essas páginas cheguem às mãos dele. Quase posso ver seus dedos compridos e morenos virarem as páginas com pressa para descobrir tudo que eu não contei. Nunca deixarei de me surpreender com o fato de que, apesar de tudo, ele manteve nossa amizade.

Na manhã do dia 9 de abril de 1941, falava-se da notícia de Felícitas em todos os corredores da redação, os bombardeios em Belgrado não conseguiram ofuscá-la. Ramón estava nas nuvens. Eu tinha saído da casa de Isabel muito cedo, queria fugir e não queria encará-los; nem ela, nem Julián. Desejei que tudo terminasse ali.

Era uma bola de neve imparável. Uma avalanche que destruiria todos nós.

Hoje eu me pergunto: se soubesse as consequências, teria feito o que fiz? Não sei. Talvez meus pais estivessem vivos e minha mãe tivesse matado mais bebês. Quantos? O jornal disse que foram em torno de cinquenta, mas nunca soubemos o número exato.

Ramón me deteve no banheiro da redação, tinha tentado evitá-lo a manhã inteira.

— Quero que me conte tudo que sabe.

Hesitei por uns minutos que pareceram durar mais de sessenta segundos.

— Aqui não, em outro lugar.

Ramón caminhava com as mãos dentro dos bolsos do casaco, com passos firmes, ansiosos. Acendia um cigarro atrás do outro.

— Por favor, não diga o meu nome — implorei.

Caminhamos pela rua Moneda até chegarmos ao bar El Nivel. Estava lotado, cheirava a cigarro, suor azedo, caldo de camarão e fritura. Fedia à vida. Clientes amontoados no balcão riam e mantinham conversas que afetavam meu estado de ânimo. Nos sentamos em uma mesa afastada, Ramón levantou a mão e pediu duas cervejas Corona ao único garçom. O ambiente me distraía, havia um homem que se levantava de seu banco e caía no chão e em seguida se levantava de novo e caía mais uma vez. Havia outro que derrubava o copo da mão quebrando-o nos mesmos restos pontiagudos nos quais minha vida se fragmentaria, uma profecia, um aviso.

Brindamos, bebi a cerveja de um só gole, sedento. Demoramos para retomar o assunto da minha mãe, Ramón comemorava o sucesso de sua notícia.

— Devemos dar continuidade à história da Ogra. Batizei-a como *A bela adormecida no Bosque* de Perrault que come as crianças.

Disse que trabalhei como empregado de Felícitas e de meu tio Carlos Conde. Eu me escondi por trás da fachada de sobrinho, uma bobagem que deu certo. Parei de falar horas depois. Repeti a mesma coisa no dia seguinte, quando o detetive Jesús Galindo procurou Ramón e eu para nos interrogar.

Prestei depoimento sem que Isabel ou Julián soubessem. Até esse momento eles não sabiam de nada, Isabel nunca comprava o jornal, ocupada com seu trabalho na casa dos Flores. Também confirmei ao detetive que era sobrinho de Carlos Conde.

Enquanto respondia ao interrogatório me sentia ao mesmo tempo livre e um traidor. Penso em Judas, de todos os apóstolos foi o personagem principal, apesar de Pedro lutar pelo cargo; sem um traidor não teria existido nem crucificação, nem ressurreição, nem catolicismo.

Eu sou o Judas de meus pais.

Eram dias de Semana Santa, coincidentemente Sexta-feira Santa, e embora não me enforcaria em uma árvore, não nego que senti vontade, para acabar com tudo. Tinha medo, muito medo.

Meus pais continuavam desaparecidos, mas acabaram sendo encontrados na casa de um casal que os ajudava na venda de bebês.

Ramón me traiu e citou meu nome nas notas que escreveu depois da captura de Felícitas Sánchez e Carlos Conde. Ele me explicou que o diretor queria dar a reportagem a outro jornalista mais experiente, e que sua arma secreta, sua carta debaixo da manga era sua fonte e sua relação com os envolvidos.

> Para responder pelos crimes que cometeu, "a Estripadora" foi presa.
>
> Para executar sua tarefa sombria, essa besta humana recebia o apoio de vários "animais" em forma de gente.
>
> Um menino ágil e loquaz fez o relato.
>
> Dante nunca sonhou em escrever páginas tão absurdas como as dessa charlatã.
>
> *LA PRENSA*, CIDADE DO MÉXICO, SÁBADO, 12 DE ABRIL DE 1941.

Era com essa bomba que Ramón conquistaria seus leitores.

Em pleno Sábado de Aleluia, o jornal destacava as seguintes notícias: As forças alemãs entram em Belgrado aceitando a rendição da cidade. A Iugoslávia é devastada pelo exército nazista. O presbítero Miguel Espinosa, pároco de Iztapalapa, considera profana a encenação da Paixão de Cristo. A captura da Estripadora de Bebês, junto com meu nome na página vinte e três.

UM RAPAZ QUE CONFESSA TUDO.

Isso mesmo: confessei tudo.

> Agentes da polícia da capital, entre eles o detetive Jesús Galindo e seus subordinados, José Acosta Suárez e Eduardo Gutiérrez Cortés, apreenderam a Estripadora de Bebês, Felícitas Sánchez, no momento em que saía de uma casa na rua Bélgica, no bairro Buenos Aires, com destino ao porto de Veracruz, onde esperava esconder-se durante algum tempo para livrar-se da perseguição da qual era alvo.
>
> Por pelo menos quinze anos Felícitas fingiu ser parteira, especialista em partos prematuros, pelo que se estima ter matado vários bebês,

algumas vezes por métodos abortivos e outras estrangulando os recém-
-nascidos com suas próprias mãos.

A Estripadora colocava os fetos em um cômodo, os encharcava com gasolina, ateava fogo neles e jogava as cinzas no aquecedor. Outras vezes desmembrava os bebês e jogava os membros na privada, razão pela qual a tubulação da casa número 9 da rua Cerrada de Salamanca se entupiu, dando origem à denúncia e posteriormente à sua captura.

Felícitas Sánchez, a Estripadora, operava em um quarto imundo, sem nenhuma higiene, e durante anos desenvolveu uma habilidade assusta-
dora para enganar muitos maridos e namorados.

O início desta investigação deu-se graças a Manuel Conde Santos, um rapaz de catorze anos de idade que foi empregado de Felícitas por algum tempo. Ele se manifestou dizendo que conheceu Sánchez em 1939, porque começou a trabalhar para ela, a pedido de seu tio Carlos Conde.

"Eu afirmo porque vi", disse o rapaz, "eles levavam os fetos ou os bebês de carro para jogá-los fora bem longe dali."

QUEIMAVA AS CRIANÇAS

O rapaz ainda afirmou que às vezes Felícitas encharcava os corpos dos recém-nascidos com gasolina e em seguida ateava fogo, e em outras deixava que entrassem em decomposição para jogá-los pelos ralos.

Manuel Conde é o tipo de rapaz inteligente; nota-se pelo seu estilo e suas declarações, que confirmam o que dizemos; responde com rapidez, clareza e relata de maneira interessante o que viu e ouviu durante o período que trabalhou para seu tio e a esposa dele.

"Eu via", disse-nos, "como as senhoras entravam gordas e saíam magras. Porém, eu não sabia o que acontecia, e isso chamava a minha atenção; mas com o passar do tempo descobri o que acontecia naquela casa."

"Iam muitas mulheres elegantes?", perguntamos ao rapaz.

"Muitas, mas iam mulheres pobres também."

"E como ela fazia?"

"Primeiro ela fazia com que se esforçassem por alguns dias, fazendo exercícios pesados; com certeza dava alguma coisa pra elas tomarem, e no fim acabava levando-as para a cama. Muitos bebês nas-
ciam vivos, então ela os enforcava apertando seus pescoços e em

seguida os encharcava com gasolina, ateava fogo e os jogava no aquecedor ou nos ralos."

Felícitas, mulher de maus instintos, que se veem de longe através de seus olhos esbugalhados e de seu corpo rechonchudo e baixinho, o qual lhe dá um aspecto de sapo velho e nojento, tem o segredo de um drama que parece ter saído direto do inferno.

E para concluir nossa entrevista com Manuel Conde Santos, nós lhe perguntamos:

"E você conheceu alguma das senhoras gordas que saíram magras da casa de Felícitas Sánchez?"

O rapaz ficou pensando por alguns segundos e logo respondeu:

"Sim, a Natália, a esposa do sapateiro que tem sua oficina em frente à nossa loja na rua Guadalajara. Ela mora entre a ruas Cozumel e Durango."

"Alguma outra?"

"Uma que mora entre as ruas Atlixco e Juan de la Barrera. Não me lembro de nenhuma outra. Acontece que foram muitas, muitas…"

Manuel Conde foi detido para que "confessasse" tudo o que sabia, na tarde de ontem já foi liberado.

Hoje Felícitas Sánchez y Carlos Conde serão interrogados.

LA PRENSA, CIDADE DO MÉXICO, SÁBADO, 12 DE ABRIL DE 1941.

QUINZE

SÁBADO, 7 DE SETEMBRO DE 1985.
9H46

Esteban del Valle sai do escritório do agente ministerial caminhando rapidamente, irritado.

— Eu não vazei essas fotografias — garantiu quando foi acusado de ter fornecido as imagens para a imprensa.

— Quem mais pode ter feito isso? — perguntou-lhe Miguel Pereda, sem olhar para Del Valle.

— Não sei.

— Não podemos permitir que as regras sejam desrespeitadas.

— As regras? — interrompeu Esteban. — Que regras são essas que me impedem de terminar o exame de um cadáver?

— Como?

— O senhor esteve lá, não pode negar que não permitiram que eu terminasse de examinar os corpos das adolescentes depois que o senhor saiu.

— Não permitiram que terminasse?

— Além disso, supervisionaram o que foi redigido no protocolo.

— Essas acusações são muito sérias. Você tem provas do que está dizendo?

— Que provas eu poderia ter? O senhor impediu a autópsia.

— Aonde pretende chegar com essas acusações?

— O que eu quero é minha restituição, sou inocente daquilo que está me acusando.

— Por enquanto é impossível, não podemos permitir que continue trabalhando conosco, são ordens do procurador.

Esteban apertou os punhos e a mandíbula, os dentes rangeram e as unhas ficaram cravadas na palma da mão. Apenas concordou em silêncio e saiu da sala.

Agora está a caminho de seu cubículo e dois homens o vigiam, para em frente à sua escrivaninha e os agentes lhe informam que ele não pode retirar nada do edifício, tudo que está ali é propriedade da promotoria.

— Vou pegar minhas coisas.

— Apenas o que é seu, o resto é...

— Eu sei, eu sei, é propriedade da... puta que o pariu — termina entredentes.

— O que disse?

— Nada, só vou levar o que é meu.

Dentro de uma caixa de papelão, ele guarda algumas fotografias, alguns cadernos, uma garrafa térmica e os seus lápis.

Sai rapidamente do edifício, como se alguém estivesse mirando nele pelas costas. Coloca a caixa em cima do porta-malas de seu Jetta cinza, procura as chaves no bolso de sua calça, abre o porta-malas e guarda suas coisas ali. Ao dar a volta para entrar no carro, percebe que ainda está vestindo a bata branca com a qual trabalha, e que tem seu nome bordado na frente; furioso a desabotoa rapidamente, o último botão resiste e por isso Esteban o arranca, descontando toda sua coragem em seu uniforme de trabalho; o botão cai e sai rolando pelo chão para longe dele.

— Vai todo mundo tomar no cu — diz em voz alta e joga a bata branca no cascalho.

Entra em seu carro e sai de ré sobre o cascalho solto, muda a marcha, pisa no acelerador e de repente freia com tudo: um homem à sua frente impede que passe. O homem bate no capô com os punhos, grita algo que Esteban não consegue ouvir, depois dá uma volta e bate na janela também. Esteban abre o vidro. O homem enfia uma mão dentro e agarra Esteban pela gola da camisa.

— Desce, safado! Desce!

Esteban tenta se soltar e instintivamente pisa de novo no acelerador, o carro avança e o homem cai no chão.

— Era minha filha! Minha filha!

Então o reconhece, é o pai de Leticia Almeida. Freia, coloca a marcha em ponto morto e deixa o motor ligado, se aproxima do homem caído no cascalho e que está soluçando no meio do estacionamento. Tenta ajudá-lo a se levantar, mas o homem não aceita.

125

— Você não pode ficar aí, vai ser atropelado.

— Era minha filha, safado, não um produto a ser vendido para um jornal.

— Não fui eu.

O homem permanece no chão, Esteban senta-se ao seu lado em silêncio. Quando o choro diminui, o pai de Leticia limpa o rosto, funga e tenta ficar de pé. Esteban leva-o pelo braço até a calçada, algumas pessoas se reúnem para presenciar a cena.

— O show já terminou — diz Del Valle para os curiosos, a maioria trabalhadores do local. — Quer que eu o leve para algum lugar? — pergunta a Ricardo Almeida, que parece mais velho em questão de minutos.

Ele nega com a cabeça e aponta para seu carro.

— Eu posso levá-lo, você não está em condições de dirigir.

— Não, não, tudo bem, eu consigo. Quem entregou as fotos para o jornal?

— Eu acho que o próprio Ministério Público.

— Acha? — pergunta o senhor Almeida ao abrir a porta do carro.

— Não sei, eu fui destituído, mas vou investigar por conta própria.

— Você acha que o escritor as matou?

— Não. Eu tenho certeza de que não foi ele. Você já perguntou para os amigos da sua filha se alguém sabe algo? Estaria disposto a investigar? — pergunta Esteban Del Valle surpreso com as próprias palavras.

O pai de Leticia Almeida demora para compreender as palavras de Esteban.

— Eu não sou investigador.

— Mas juntos poderíamos fazer algumas investigações. É isso ou esperar que façam algo, mesmo sabendo que não o farão.

— Sim, sim, quero encontrar o filho da puta que matou a minha filha — o pai de Leticia Almeida disse as palavras com o pouco de ar que lhe restava, antes de voltar a sentir asfixia pela tristeza.

— Eu vou procurar o senhor amanhã.

DEZESSEIS

SÁBADO, 7 DE SETEMBRO DE 1985.
13H40

Minutos antes das nove da manhã, dois oficiais de justiça se apresentaram na Pousada Alberto e perguntaram por Elena. Ocupada arrumando o arranjo de flores da mesa redonda de cedro que fica na entrada, disse:

— Sou eu.

Um buquê de margaridas brancas tremeu em suas mãos ao ver os agentes.

— Precisamos que nos acompanhe — ordenaram.

— Por quê? — perguntou alarmada e olhou de volta para o vaso, para seguir com sua tarefa e esconder seu constrangimento.

— Queremos lhe fazer algumas perguntas sobre o escritor Ignacio Suárez Cervantes e pelo que sabemos vocês mantinham uma relação — disse um deles, dando um passo em sua direção.

— Eu posso responder o que quiserem aqui mesmo.

— Não, a senhorita deve nos acompanhar.

— Não podem me obrigar.

— Sim, podemos. Trouxemos uma intimação; a senhorita decide se quer sair discretamente ou se prefere que os hóspedes do hotel vejam.

O homem mostrou um papel que Elena tentou ler.

— Temos que ir — insistiu o segundo oficial de justiça. — Sem escândalos — ameaçou.

Elena não avisou ninguém, pediu uns minutos para buscar sua bolsa e entrou no carro dos homens estacionado em local proibido.

Quando chegaram ao Ministério Público, trancaram-na na mesma salinha onde permanece até agora, onde está sendo interrogada por um homem que se identificou como agente Díaz, secretário de acordos. Nas paredes, que já foram brancas, ressaltam digitais pretas como único enfeite, além de algumas manchas escuras; Elena imagina que se trata de sangue seco. Em sua frente há uma mesa de melamina onde consegue ler grosserias escritas com tinta azul, preta e vermelha: "Malditos policiais". "Quem está lendo isso é maricas." "Que se foda a mãe do juiz."

De pé, diante dela, com as mãos apoiadas sobre a mesa descascada, Díaz a está bombardeando com perguntas há mais de meia hora.

— Tentamos esclarecer a morte de Ignacio Suárez Cervantes para termos certeza de que se tratou de um acidente, já que os jornais informaram que ele é suspeito de assassinato. Assim que seu acompanhante acordar do coma, nós o interrogaremos.

— Nem Ignacio nem José María estão envolvidos nos assassinatos.

— Isso nós não sabemos; é por isso que você está aqui, para ver que informação pode nos dar, senhorita Galván.

Elena detesta ser chamada de senhorita, uma palavra ofensiva que a faz se lembrar de que não pôde ser mãe, nem esposa de Ignacio.

A porta da sala se abre e um cheiro forte de loção Sanborns impregna o ambiente com a chegada de Miguel Pereda. Díaz o cumprimenta com uma saudação quase militar, Pereda responde movimentando a cabeça, estende a mão direita para apresentar-se a Elena, deixando uma pasta azul volumosa em cima da mesa.

— Bom dia, senhorita Galván, espero que esteja sendo bem tratada. Senhor Díaz, a partir de agora eu assumo.

— Sim, senhor — responde Díaz e em seguida sai da sala.

Miguel Pereda se aproxima da mesa e se apoia nela com os braços cruzados.

— Meus homens te trataram bem? Eles te ofereceram alguma bebida? Um café? Água? Uma Coca-Cola?

— Não, não quero nada, o que quero é ir embora daqui.

— Logo, logo.

— Estou detida?

— Não, claro que não. Está aqui para responder a algumas perguntas que ajudam na investigação. Como a senhorita sabe, é nossa obrigação esclarecer as mortes por acidente para descartar a possibilidade de assassinato. Por outro lado, investigamos a morte de Leticia Almeida e Claudia Cosío.

— Pelo que entendi, querem culpar Ignacio e José María.

— Não, a senhorita está equivocada, foi uma imprudência da imprensa publicar dados referentes a um caso em aberto.

— Imprudência que desprestigia a minha família e Ignacio Suárez.

— Eu lamento, senhorita, mas neste país existe algo que se chama liberdade de expressão.

— Eu posso afirmar e testemunhar que não foi Ignacio, ele passou a noite inteira comigo.

— Onde estavam?

— No meu quarto.

— Há alguém que possa comprovar o que diz?

— Sim, meus funcionários, eles sabem que ficamos juntos desde a tarde até o dia seguinte. Tomamos uma bebida no quarto.

— Quanto a senhorita bebeu? O suficiente para não perceber se Suárez deixou o quarto em algum momento?

— Não, senhor, não costumo beber até perder a consciência.

— Quantas garrafas beberam? Três? Quatro?

Pereda fez um sinal com as mãos indicando que podia continuar.

— Duas.

— Duas... isso daria mais ou menos quatro copos para cada um.

— Eu lhe garanto que estive consciente o tempo todo. Além disso, as fotografias que encontraram no carro foram jogadas por alguém por debaixo da porta.

— Como assim alguém as jogou? Sabe quem fez isso? Percebe como suas palavras soam inverossímeis?

— Se eu soubesse já teria dito. Eu não sei, por isso estavam com Ignacio. Ele saiu à procura do responsável, disse que era uma mensagem para ele. Vocês devem descobrir quem fez isso.

— Talvez tenham sido tiradas pelo marido de sua mãe e por isso estavam juntos.

— Não, José María estava com minha mãe, como sempre.

— A senhorita viu em que momento foram jogadas por debaixo da porta?

— Não, eu estava dormindo.

— Então não pode garantir que tenham sido jogadas, talvez Ignacio Suárez tenha mentido e tenham sido tiradas por ele ou por seu padrasto.

— Não, não, não foi o que aconteceu.

— Senhorita Galván...

Elena o interrompe e fica de pé.

— Eu não estou detida, estou? Posso ir embora a qualquer momento.

— Se estiver escondendo algum dado útil para esta investigação, pode ser acusada de cumplicidade e ocultamento de provas.

— O que está tentando insinuar?

— Não estou tentando insinuar nada.

— Tenho muito trabalho no hotel, estamos lotados. Tenho que ir.

Pereda ergue a pasta cheia de folhas.

— Temos provas — diz colocando os papéis de volta na mesa com força.

— Que provas?

— Há alguns anos, Suárez escreveu um livro cujo assassino tinha um *modus operandi* muito parecido com os que acabam de ocorrer.

— Isso não significa que ele seja culpado, essa prova não tem nada a ver.

— A semelhança e a exatidão em sua narração só podem ser descritas por alguém que tenha estado muito próximo de um assassinato ou que o tenha cometido.

— Pois garanto que não foi ele, eu o conheço... o conhecia muito bem. Não posso mais perder tempo. Boa tarde.

Elena caminha em direção à porta à espera de que o homem a detenha.

— Nos vemos em breve, senhorita Galván.

Elena fecha a porta atrás de si e acelera o passo para sair antes que a impeçam. Ao chegar à rua, faz sinal para um táxi que está passando, dita o endereço; o carro avança, mas Elena não consegue parar de olhar para trás.

Nono fragmento

O encanador Salvador Martínez Nieves, cunhado de Isabel, apareceu no cortiço no dia 12 de abril de 1941. As crianças se molhavam com baldes de água, comemorando o Sábado de Aleluia. Da escada, Julián as observava se ensoparem.

Eu tinha recebido meu próprio banho de água fria essa manhã ao ler meu nome publicado na notícia do jornal. Fiquei trancado no quarto até que ouvi Ramón chegar e fui atrás dele, minutos antes de Salvador Martínez.

Ramón andava com uma mão enfiada no bolso da calça e com a outra segurava um cigarro. Eu o peguei desprevenido e dei um soco em sua cara. Ele caiu de costas e bateu a cabeça no chão, demorou vários segundos para entender o que tinha acontecido.

— O que tá pegando, cara?

— Seu babaca, você prometeu que não diria meu nome!

— Eu tive que fazer isso, tinha que dar veracidade à notícia.

— Por sua culpa, eles vão me matar quando saírem da prisão.

Ramón levantou-se lentamente, limpando o sangue com o lenço que carregava em um bolso da calça.

Comecei a chorar sem perceber. Chorava de impotência, de medo.

Acabei sentado na calçada; Ramón, ao meu lado, cobria as narinas com seu lenço manchado de vermelho.

— Foi mal, irmão.

Colocou a mão em meu ombro, seu pedido de desculpas era sincero, mas o peso de sua palma me fez perceber o peso da culpa que eu carregava em minhas costas, eu também era cúmplice dos assassinatos e deveria estar preso.

Nós nos levantamos devagar, um ajudando o outro.

— Você tem que cuidar desse soco.

— Não vou sangrar até a morte, Kid Azteca.* Talvez você devesse se dedicar ao boxe.

Salvador Martínez bateu com tanta fúria na porta do quarto de Isabel que as velhas dobradiças se soltaram do batente de madeira. Ela abriu rapidamente, sem saber das notícias sobre sua antiga patroa que tinham saído no *La Prensa*. Não o vi entrar no cortiço, nem o ouvi bater à porta.

— Onde você escondeu aquele moleque idiota?

Bateu duas vezes nela antes que pudesse responder algo.

— Onde tá aquele safado, sua filha da puta?

Ele a jogou contra a prateleira onde deixávamos pratos e copos. Isabel gritou. Ouvimos o barulho de louça quebrando. As crianças, ensopadas, ficaram em silêncio e paradas como estátuas. Depois correram deixando suas pegadas úmidas no chão até o quarto onde Salvador Martínez empurrava a cunhada repetindo que não ia voltar para a prisão por culpa de ninguém.

Julián e Jesús partiram para cima do encanador, mas ele os controlou com uma pancada; tinha o dobro de estatura e corpulência. O vizinho do quarto número 4 tentou intervir, mas também levou um soco, do qual sua mulher teve que cuidar depois diante do olhar atônito de seus dez filhos. Quando Ramón e eu chegamos, alguém já tinha chamado a polícia.

— Maldito moleque fofoqueiro, você vai morrer!

O vizinho do quarto 7 tentou impedir o encanador quando ele veio para cima de mim. Salvador Martínez deu um grito, uivou; soltou-se dos braços que o seguravam e deu um soco em meu estômago. Caí ajoelhado quando ele chutou meu rosto. Vários vizinhos, entre eles Ramón, se juntaram para fazer com que ele parasse, antes que me surrasse até a morte.

Não me lembro de mais nada até o momento em que um médico de plantão me examinava no hospital. Isabel estava inconsciente em uma maca perto da minha. Quando terminaram de me examinar, fui vê-la. Na altura do pômulo esquerdo, tinha uma ferida que sangrava, o olho direito estava fechado pela inflamação, os lábios machucados. Teve que ser operada por causa de uma hemorragia interna.

Julián e eu esperávamos sentados em um corredor que servia como sala de espera, atentos ao estado de Isabel. Eu acabei com o rosto inchado, arroxeado, os lábios machucados, tinha curativos no nariz e tampões nas narinas. Ao meu lado, uma mulher acabou dormindo enquanto amamentava um bebê, de seu mamilo

---

* Luis Villanueva Páramo, conhecido como Kid Azteca, boxeou profissionalmente de 1932 a 1961. (N.T.)

escorriam umas gotinhas de leite que caíam sobre a criança, observei o seio até que alguém acordou a mãe pedindo que se cobrisse.

Julián aproximou seu rosto do meu, falava aos sussurros para que Jesús e sua avó, sentados a poucos metros de distância, não pudessem ouvir. Olhei para o rosto de meu irmão que mudava de criança para adolescente. Falou olhando nos meus olhos, quase nunca fazia isso.

— Eu ouvi você conversando com Ramón e avisei os nossos pais.

Sua voz estava mudando, perdia seu tom infantil e desafinado que pouco usou em sua infância.

— Eu lhes avisei que iriam atrás deles.

— Por quê?

— Porque não quero que sejam presos, quero que morram.

Enquanto estávamos no hospital a polícia capturou Salvador Martínez Nieves e Ramón compareceu à Agência do Ministério Público para prestar sua declaração. Ele o ouviu dizer como tinha se negado a trabalhar com minha mãe a primeira vez que o chamaram. Disse que por mais de três anos saíram continuamente pequenos crânios, pernas, braços e vísceras dos esgotos da tal "maternidade criminosa". O encanador acusou Isabel de cumplicidade e assassinato de bebês junto com Felícitas.

Eram quase dez horas da noite quando os agentes José Acosta – de quem eu roubaria o nome para usá-lo em minha ficção – e Eduardo Gutiérrez se apresentaram para interrogar Isabel. A mãe de Isabel, Jesús, Julián e eu estávamos dentro do quarto. Eu permanecia na beirada de sua cama, sem me atrever a falar com ela ou tocá-la. Apenas observava seu olho fechado pela inflamação, vermelho, roxo. Suturaram sua ferida do pômulo, tinha hematomas espalhados por sua pele morena, o lábio inferior estava inflamado, cortado e com manchas marrons de sangue seco. Isabel respirava com dificuldade e resmungava em seu sono intranquilo, carregado de analgésicos e sedativos.

— Parece que você não nos contou tudo — disse o agente Gutiérrez ao entrar no quarto.

Neguei com a cabeça. Eles vestiam o mesmo terno bege, a mesma gravata e chapéu de feltro marrom de quando me interrogaram, era o uniforme da polícia. Um ano depois eles prenderiam Goyo Cárdenas, o Estrangulador de Tacuba; nas fotos que Ramón publicaria em *La Prensa*, eles apareceriam iguais.

— Qual é a sua relação com esta mulher?

— Moramos com ela — interrompeu Julián.

— A senhora não pode responder nenhuma de suas perguntas neste momento. Não estão vendo a gravidade de seu estado? — disse Eugenia Flores, patroa de Isabel, que entrou no quarto com passos firmes. Foi até a cama passando pelos agentes, segurou a mão de Isabel e ajeitou seu cabelo que caía no rosto. A mãe de Isabel a procurou pela tarde para contar o que tinha acontecido e disse que não tinha dinheiro para arcar com os gastos.

Eugenia Flores destoava com seus sapatos altos, seu vestido cor-de-rosa pastel, seu penteado impecável, as unhas pintadas ressaltavam em seus braços cruzados sobre o peito. Ela disse aos agentes que Isabel trabalhava para ela.

— Senhora, com todo respeito, temos que verificar o que foi dito por Salvador Martínez Nieves.

— Neste momento é uma imprudência e uma falta de respeito com a paciente, peço-lhes que saiam daqui. Meu marido é o deputado Ramiro Flores, amigo do presidente Ávila Camacho, não quero ter que informá-lo sobre esse assunto.

— Senhora, também podemos prendê-la, seja esposa de quem quer que seja — ameaçou Gutiérrez.

Nesse instante, chegou o médico que atendia a Isabel e ordenou que saíssem do quarto, apenas os familiares podiam permanecer. A mãe de Isabel e Jesús ficaram. Eugenia Flores, Julián e eu saímos para o corredor e ficamos lá até que os agentes foram embora.

Eugenia Flores me pegou pelo braço e me levou até a saída, eu andava olhando para seus sapatos, sem me atrever a olhar em seus olhos; com a mão em meu queixo me obrigou a olhar pra ela:

— Não fale de mim, por favor, nunca conte que sua mãe me atendeu.

Neguei com a cabeça.

— Prometa!

— Eu prometo — sussurrei com uma voz que não parecia a minha.

— Vou ter que confiar em você. Assim que Isabel receber alta, irei levá-la para minha casa, lá ninguém irá incomodá-la.

Eugenia Flores foi embora em seu carro com motorista, a vi se afastar da calçada quando caiu a primeira gota de uma chuva que duraria a noite inteira. Lembro-me do barulho da água sobre um lençol do lado de fora da janela do quarto de Isabel, tec, tec, tec, um ritmo que posso ouvir até hoje.

DEZESSETE

O ASSASSINATO
QUINTA-FEIRA, 29 DE AGOSTO DE 1985
HORA INCERTA

Elas urinavam na calçada, encostadas na parede ao redor do motel. Agachadas. As minissaias levantadas até a cintura. As calcinhas de renda, o que restava delas, nos tornozelos. A poça embaixo crescia até molhar os saltos com os quais mal podiam andar. Procuraram um lugar escuro, o pudor venceu a bebedeira e elas tentaram se esconder nas sombras de uma rua sem iluminação. Claudia reclamava de dor entre as pernas, do ardor dentro da vagina e nos lábios vaginais. A escuridão não permitiu distinguir sua urina manchada de vermelho. Um pequeno riacho que escorria pela calçada inacabada ou semiconstruída levava embora sua virgindade. Tinha crescido na sombra de uma mãe católica fervorosa e de um pai violento e alcoólatra que não podia ser contrariado.

Ambas se apoiaram no muro para manter o equilíbrio e não cair em sua própria urina. Claudia Cosío se esforçava mais por causa da dor que sentia.

Não sabiam onde estavam, o álcool havia dissolvido seu senso de direção desde que saíram do restaurante e entraram no Grand Marquis de Humberto Franco, que indicou ao motorista que os levassem ao motel Los Prados, fora da cidade. Ou talvez não tenha sido apenas o álcool o que as impediu de reconhecer a estrada para Hidalgo, foram também as carícias e os beijos cheios de saliva que os homens lhes davam, segurando-as pela cabeça e pelos cabelos.

Quando chegaram ao motel, o motorista desceu do carro, fechou a cortina preta da garagem, escondendo o carro e seus ocupantes. Tropeçavam ao caminhar; eles seguravam garrafas de tequila com uma mão e com a outra ajudavam as duas moças a caminharem, afinal quase não conseguiam se manter de pé.

Havia apenas uma cama no quarto, que ainda emanava o cheiro do casal anterior.

Miguel Pereda serviu doses de tequila diretamente na boca de cada um, contava até cinco enquanto deixava o líquido transparente cair. Quando chegou sua vez disse que seria uma dose dupla, então Leticia e Humberto Franco contaram de um a dez.

— Sorriam — disse Leticia com a câmera que acabara de tirar de sua bolsa, e fotografou Humberto Franco, Miguel Pereda e Claudia Cosío com os olhos quase fechados. O diretor do jornal foi com tudo para cima dela, tomando sua câmera:

— O que está fazendo? Por acaso você é idiota?

— Não! — gritou Leticia quando Franco quis jogar sua câmera no chão. — Não a quebre!

Humberto Franco pegou a foto instantânea que saiu da Polaroid e guardou-a no bolso da calça.

— Sem fotografias.

Leticia Almeida, aliviada, pegou a câmera e guardou-a de volta em sua bolsa.

— Sem fotografias — repetiu arrastando as palavras.

Assim que a tensão se dissipou, Pereda partiu para cima de Claudia Cosío, que tinha deslizado sobre a colcha de flores, coberta de manchas indefinidas.

— Vou te comer, putinha — disse arrancando a calcinha da garota; já ela se comportava como se fosse uma boneca de pano. Depois ele tirou a própria calça, a cueca e deixou seu membro ereto sair, o qual em sua juventude fora batizado de Olegario e com quem mantinha conversas diárias no chuveiro.

— Vamos trocar de garota, essa aqui eu já conheço muito bem e estou com vontade de experimentar algo novo — disse Humberto Franco.

Leticia fez um beicinho de quem não gostou, mas não pôde completar o gesto e demonstrar seu incômodo para Humberto Franco, porque quase todos seus músculos faciais estavam anestesiados. Além disso, Miguel Pereda já tinha partido para cima dela, lambendo seu rosto, untando-a com uma saliva espessa. Tirou sua calcinha com a mesma facilidade que tirou a de Claudia, acomodou-a na beirada da cama, levantou suas pernas, apontou o Olegario e a penetrou.

Leticia gemeu e Pereda meteu com mais força. Olegario esvaziou-se dentro dela depois de ter metido poucas vezes em sua úmida intimidade; o homem disse algumas obscenidades e se jogou de bruços na cama, ao lado de Leticia.

Claudia Cosío abriu os olhos algumas vezes, mas não podia mantê-los abertos. Seu corpo apagado e sedado não reportava ao seu cérebro a dor que sentia em sua vagina, em sua *cozinha*, como sua mãe chamava esse lugar. Claudia nunca entendeu por que sua mãe, católica fervorosa, a chamava assim, talvez porque era ali que se cozinhavam os bebês. Claudia também não gostava de chamá-la de *vagina*, achava um nome muito forte, ofensivo; preferia utilizar eufemismos como "minha coisinha" ou "lá embaixo". E era lá embaixo onde Humberto Franco se esforçava para manter seu pênis dentro.

— Essa não ajuda em nada — disse Miguel Pereda levantando a cabeça que estava escondida entre as dobras da colcha.

O vaivém da cama piorou o enjoo de Leticia, que quis correr para o banheiro, mas como suas pernas não a obedeciam, acabou vomitando ao lado da mesa de cabeceira os restos do bife que tinha ingerido horas antes, misturado com um líquido de cor indefinida, fermentado e com forte cheiro de álcool. Limpou a boca com a mão e sentou-se novamente sobre o colchão, Pereda levantou-se rapidamente, pisou no vômito e sujou a calça que estava agachada.

— Que merda!

Correu para o banheiro para tentar se limpar e Franco deu uma gargalhada ante o espetáculo, acompanhada de uma espécie de gemido que Leticia conhecia bem, sinal de que a ejaculação estava prestes a acontecer.

Leticia Almeida deitou-se na beirada do colchão, tinha vestido a calcinha e continuava enjoada.

Pereda saiu do banheiro vestindo a calça, ensopada. Leticia tentou se ajeitar.

— Você é uma porca — disse empurrando-a.

Ela se levantou rapidamente, e dessa vez conseguiu chegar ao banheiro, esvaziando seu estômago na privada. Levou alguns segundos para que terminasse de se esvaziar. Sentou-se sobre o piso frio que Pereda havia ensopado.

O pau do dono do jornal iniciou sua retirada, enquanto ele arrotava por cima do corpo de Claudia Cosío, depois se sentou e observou seu membro manchado de vermelho.

— Fiz a sua estreia.

Claudia Cosío tentou abrir os olhos, parecia que suas pálpebras estavam costuradas, se esforçou para enxergar, na frente dela Humberto Franco se vestia e dizia para Leticia Almeida sair do banheiro.

Leticia levantou-se lentamente e caminhou em zigue-zague até a cama, apoiando-se nas paredes e nos móveis. Deitou-se ao lado da amiga, que com a voz arrastada lhe perguntou:

— Onde estamos?

Leticia não respondeu, preferiu não abrir a boca para não vomitar. Fechou os olhos e deixou-se levar pelo maremoto em que o colchão flutuava e que as arrastou para o poço de onde os monstros não as deixaram sair.

Depois de terminar a garrafa, os dois homens chamaram o motorista para que os ajudassem a carregá-las, mas o funcionário disse que estava com dor nas costas.

— Vamos deixá-las aqui.

Franco precisava voltar para casa ao lado de sua mulher e seus filhos.

— Amanhã mando esse inútil vir buscá-las. — Apontou um dedo para o motorista, que desviou o olhar para o teto.

Estavam prestes a sair do motel, quando uma mulher entrou para verificar o estado do quarto e viu as moças, saiu correndo para parar o Grand Marquis.

— Parem, parem! — gritou e correu para a frente do veículo.

O motorista abriu a janela e a mulher enfiou a cabeça dentro do carro alegando que eles não podiam deixar suas putas que pareciam mortas.

Humberto Franco se aproximou pelo banco traseiro, estendeu a mão com duas notas e entregou-lhe. Ela pegou o dinheiro e disse que não podiam ir até que tivesse certeza de que estavam vivas. Ordenou a outro funcionário que não os deixasse partir até que comprovasse. Voltou ao quarto, aproximou-se das garotas e as ouviu respirar como se tivessem engolido suas línguas. Viu o vômito, saiu, aproximou-se mais uma vez pela janela e mostrou as duas notas:

— Isso não é suficiente para cobrir os danos que fizeram no quarto.

Miguel Pereda enfiou a mão no bolso e entregou mais duas notas para a mulher, que fez um sinal ao funcionário para que os deixasse ir.

O Grand Marquis se perdeu na estrada.

Assim que foram embora, a mulher voltou para o quarto com o funcionário, acordaram Claudia e Leticia expulsando-as de lá. Claudia, com uma neblina etílica instalada em seus neurônios, não conseguia compreender o significado das palavras, mesmo assim se levantou com muita dificuldade, alheia a esse corpo que mal respondia às ordens de seu cérebro. Estava com a calcinha enrolada no tornozelo direito. Leticia, com o pensamento menos nublado, porém com uma evidente desconexão entre as partes de sua anatomia, também se levantou com lentidão, o quarto girava como um carrossel descontrolado.

Não perceberam que um outro homem as espiava de outro quarto. Tinha visto quando o Grand Marquis chegou, e depois o viu sair apenas com os dois homens. Esperou até que as jovens saíssem. Observou as jovens partirem, viu-as tropeçando, uma se apoiando na outra para não cair. Pegou as chaves do carro que tinha roubado algumas horas antes, abriu a porta e saiu para procurá-las.

Foi então que elas, desorientadas, se agacharam para urinar, a poucos metros da entrada do motel.

Ficaram paradas na beira da estrada sem saber se deviam ir para a direita ou para a esquerda, deram alguns passos à esquerda.

— Pediremos para alguém nos levar — disse uma delas enquanto caminhavam, a outra concordou.

A morte estacionou. Estava dentro de um Tsuru modelo 1984, com placa do Estado do México.

Ele abriu a porta de seu assento e sem descer do carro fez um gesto indicando para que entrassem. Em um instante, o cheiro de álcool fermentado, vômito e urina se espalhou pelo carro. Na mesma hora, ele tampou o nariz. Leticia percebeu.

— Desculpe. Vamos para San Miguel. Você pode nos levar?

Ele acenou em concordância.

— Es... estamos muito longe?

Ele olhou para Claudia Cosío pelo retrovisor e negou em silêncio, ela fechou os olhos novamente, não conseguia se livrar daquele sono que a arrastava. Depois de alguns minutos, gritou:

— Quero vomit...

Não conseguiu terminar a frase, um líquido fedorento e amargo abrigou-a a se curvar e vomitar em sua roupa, sobre o assento, na porta. O homem parou o carro. Leticia Almeida saiu rapidamente. Claudia tentava sair entre engasgos e tosses, até que empurrou o assento e saiu por trás.

— Eu lamento, sinto muito — cuspia desculpas e saliva. Ao sair, perdeu um de seus sapatos, o homem o apanhou no chão sem falar nada. Leticia aproximou-se da amiga, segurou-a pela cintura com uma mão e segurou seu cabelo com a outra.

— Já passou?

Com as mãos apoiadas nos joelhos e o corpo encurvado, Claudia disse:

— Você é uma imbecil. É tudo culpa sua. Me solta!

Estavam em uma clareira na estrada, longe do acostamento, no meio do campo. A madrugada em seu momento mais escuro. Os veículos já não transitavam. As luzes do Tsuru rompiam a escuridão.

Leticia afastou-se alguns passos da amiga.

— Eu não obriguei você a vir.

Claudia Cosío endireitou-se, puxou todo o ar que tinha em seus pulmões e o soltou pela boca com os olhos fechados; repetiu o gesto e, quando levantou as pálpebras, o homem estava na sua frente e a olhava fixamente.

Ela abriu a boca para dizer algo, ou talvez para puxar o ar mais uma vez, e foi então que ele deu um soco em seu estômago. Claudia fez um gesto de surpresa antes de cair no chão.

Leticia tentou correr, mas ele a alcançou depois de duas pernadas. Ele a jogou no chão com um empurrão, ela chutava e esbofeteava com movimentos caóticos.

Ele subiu em cima dela, segurou-a pelo cabelo e bateu sua cabeça contra o chão.

Colocou as mãos em seu pescoço e o apertou; o corpo de Leticia sacudia; ele pressionou ainda mais, até que ela parou de chutar e esbofetear.

Ele a deixou no chão e ouviu os gemidos de Claudia Cosío.

Limpou o suor de sua testa com a manga da jaqueta, olhou para o céu, respirou fundo o ar frio da noite, a cabeça jogada para trás, a adrenalina como um rastro de formigas nas veias.

Aproximou-se de Claudia, a garota tremia. Ele a observou por um instante.

O vento soprou levantando folhas e poeira.

Apoiou um joelho no peito da garota, arrancou uma correntinha com um crucifixo, jogou-a bem longe e depois segurou o pescoço com suas mãos.

Claudia se defendeu com menos ímpeto que Leticia, lutou e se contorceu com a convicção de que a morte estava próxima.

Não demorou para que vida deixasse seu corpo.

O homem permaneceu sobre ela em pleno frenesi químico, embriagado de euforia.

Depois de uns minutos se levantou, caminhou até seu carro, abriu o porta-luvas e pegou um sapato de salto, um *stiletto* preto com um salto de metal, tão fino que parecia um prego, e atingiu Claudia Cosío com o salto bem no meio da testa.

DEZOITO

SÁBADO, 7 DE SETEMBRO DE 1985.
18H20

O interrogatório a deixou exausta. Quando voltou para o hotel, trabalhou algumas horas, mas depois de revisar as mesas arrumadas no refeitório e fazer uma lista na dispensa Elena foi se deitar. Agora está acordando e esfregando as pálpebras terrosas pela areia do sono. Desde a morte de Ignacio ela não gosta de acordar, nem de manhã nem quando dá um cochilo; durante os primeiros minutos tem dificuldade em voltar da amnésia do sono e recordar que Ignacio morreu. Uma aranha no teto distrai seu pensamento, a observa caminhar e depois deslizar em um finíssimo fio que não consegue ver. Não vê onde o aracnídeo aterrissa porque, sem perceber, sua memória projeta no teto o rosto de Ignacio, que ela teima em não esquecer.

Ignacio Suárez havia voltado para a Pousada Alberto três anos atrás, no dia 21 de março de 1982. A cidade já estava toda coberta de lilás, os jacarandás floresciam dias antes da primavera. As ruas e calçadas estavam cobertas por um tapete roxo que mudava o estado de ânimo dos pedestres, fazendo com que se sentissem mais alegres.

Ignacio estava acostumado a chegar com o equinócio da primavera e a partir no começo do outono.

— Você voltou — disse-lhe Elena ao vê-lo descer de seu Fairmont cinza.

— Eu disse que voltaria.

Ele entregou-lhe uma caixa, uma das muitas que trazia; ela se aproximou para beijá-lo na bochecha.

— Fico seis meses, vou falar com sua mãe para chegarmos a um acordo, quero fazer um aluguel fixo do quarto 8; tem estilo e eu gosto de coisas com estilo.

— Um aluguel fixo?

— Sim, quero voltar todos os anos na primavera e partir no outono, será meu período de escrita.

Ela não conseguiu reprimir o sorriso e pegou outra caixa de suas mãos. Em seguida caminhou sentindo-se feliz até o quarto 8. *Tenho quarenta anos e me sinto como uma adolescente*, pensou. Fazia muito tempo que seus sentimentos estavam anestesiados.

Depois do divórcio parou de sentir, entregou-se à depressão, em que tudo perdeu a cor, e o preto ocupou sua mente. A profundidade do abismo de sua depressão a deixava paralisada na cama. Nem sua mãe, nem sua tia, ninguém podia afastar a desesperança, esse corvo preto que voava sobre sua cabeça e grasnava: *Nunca mais, nunca mais*.

Durante esse tempo foi uma menina protegida pela mãe, que lhe dava de comer na boca, a abraçava e permanecia com ela na mesma cama sem falar nada, com o corpo grudado ao da filha, segurando-a para evitar o naufrágio.

Pouco a pouco a levantou para caminhar, como se a ensinasse de novo, até que Elena se sentiu segura sobre suas pernas. Soledad recuperava a maternidade perdida com a morte de Alberto. Descobriam-se mãe e filha.

Ela se esqueceu do amor até o dia em que Ignacio chegou com a primavera e os jacarandás roxos.

— Não, não abra essa caixa — disse enquanto desfaziam as malas. — Pode deixar que eu acomodo todas as coisas no devido lugar.

Ela obedeceu, tirou as mãos da caixa, sentiu-se como uma menina ao ser flagrada cometendo uma travessura. Ignacio se sentou na cama e deu uma palmadinha na colcha, convidando-a para que se sentasse ao seu lado. Ele acariciou sua bochecha com a mão esquerda, ela fechou os olhos perdendo-se nas sensações que percorriam seu corpo.

A paquera tinha começado no ano anterior. Durante os quase três meses que ele permaneceu na pousada, ela se tornou sua *concierge* particular, sugerindo eventos dos quais deveria participar, exposições, passeios, caminhadas, oferecendo-se como guia turística e acompanhante.

"Você deve ficar entediada com um velho", disse-lhe ele em uma ocasião enquanto passeavam pelo jardim da praça principal, ciente dos quase vinte anos que os separavam. "Não", respondeu ela, pegando um pedaço de algodão doce que segurava em uma das mãos. "Também não sou nenhuma garotinha, tenho quarenta anos." Era um dia ensolarado, em que Ignacio tinha se dedicado a falar sobre sua vida, sem mencionar seus filhos nem o verdadeiro motivo pelo qual estava em San Miguel. Ela tinha visto no cinema um dos filmes que ele tinha escrito: *Jogos sangrentos*. Até então nunca tinha se interessado pelo gênero *noir*, policial; ela gostava de ficção, romances históricos, ensaios de arqueologia, livros de pintura e restauração.

Em uma dessas tardes entre março e setembro, Elena trabalhava em uma das mesas do terraço, ocupada com um relógio de corda com o cuco quebrado e a madeira comida pelas traças. Ela gostava de restaurar objetos, vício que cultivou desde criança nessa casa que hoje é um hotel. Moravam com seus avós, e sua avó tinha o hábito de acumular. Não jogava nada fora, mesmo que estivesse estragado; adequou dois quartos no fundo do jardim, ao lado dos estábulos, para guardar o que não podia jogar fora, o que tinha sido comprado e não tinha nenhuma utilidade. Lixo, como dizia seu avô. Para Elena, eram como tesouros que ela resgatava e restaurava. De sua avó herdou a necessidade de acumular, os quartos dos fundos continuaram como depósitos de tesouros ou de lixo, dependendo de quem os mencionava.

Ignacio aproximou-se com seu andar silencioso.

— Esse cuco não vai mais cantar — disse assustando-a.

— Os cucos não cantam — respondeu confusa.

Tirou os óculos e a máscara que usava para evitar o pó e o mofo.

— Conte-me a história desse relógio.

Ela sentiu seu hálito perto do pescoço, e não pôde evitar que cada um dos pelos de seu corpo correspondesse ao chamado de sua química.

— Você vai ter que inventar uma história, eu não sou boa para a ficção. O que posso dizer é que se trata de um cuco da Selva Negra, estilo Bahnhäusle, de 1900, aproximadamente; o entalhe está incompleto, tem restos de cola no teto da caixa, o cuco tem uma asa quebrada, mas suas asas e seu bico conservam o movimento, e alguns números estão faltando.

— Será que é esse seu vício em coisas antigas que faz você gostar de estar comigo?

Elena soltou uma gargalhada nervosa, derrubando a pinça que estava em sua mão. Em seguida, agachou-se para pegá-la, levantando-se lentamente para se recompor.

— Você insiste em me fazer sentir uma menina, mas eu não sou.

— Poderia restaurar um velho escritor?

— Talvez, tenho que dar uma olhada no maquinário para ver quão danificado está.

Ignacio sorria ante o nervosismo de Elena e teve que admitir que gostava dela, ou talvez fosse a luminosidade da tarde, essa luz que não existia na Cidade do México, ou o jasmim que perfumava a cena ou a videira sobre suas cabeças que cobria as vigas do terraço, uma filigrana que os raios de sol atravessavam.

Com o tempo, Ignacio confessaria a Elena esse sentimento de paz que sentia ao seu lado, falaria de sua surpresa ao se sentir envolvido em uma conversa após o almoço, quando estava acostumado a fugir das longas conversas que lhe causavam uma pontada na boca do estômago. Você não imagina a escuridão que habita em mim, lhe diria uma noite sem se atrever a olhar em seus olhos. Nessa tarde dourada, tendo o cuco como testemunha do começo, ou da confirmação de um sentimento, Elena conseguiu ver sua mãe espiando pela janela de seu quarto e reconheceu o seu jeito de olhar quando algo ou alguém não lhe agradava, mas ela jamais lhe perguntaria.

— Sou um péssimo companheiro, Elena, sou viciado em me apaixonar. Eu enjoo e tenho que procurar outra pessoa, gosto da minha liberdade. Não combino com você; siga sua vida e não a vincule à minha — disse-lhe Ignacio na primeira manhã que dormiram juntos, poucas semanas depois de sua chegada ao hotel.

— Todos somos viciados em algo — respondeu ela pensando em seu vício de querer ter um filho.

Ignacio tentou retomar o assunto, o argumento do monólogo que repetia todas as vezes que terminava uma relação ou que começava outra. Plagiava-se todas as vezes.

— Os psicólogos deveriam falar sobre os vícios, não sobre patologias — disse Elena, nua, apoiada na cabeceira com o cabelo bagunçado. — Talvez você seja viciado em achar que pode conquistar alguém, seduzi-lo; afinal de contas, é isso que os escritores fazem: seduzem os leitores.

Ignacio pensou um pouco.

— Sim, talvez eu também seja viciado em seduzir. Confesso que tenho vícios mais sombrios, dos quais talvez eu nunca te fale.

Elena acomodou seu corpo sobre o dele.

— Talvez este mundo seja um grande centro de reabilitação. Talvez a vida seja uma eterna tentativa de curar os vícios ou de aprender a viver com eles.

Décimo fragmento

Dizem que gritava e chamava uma menina. Insistia que devia buscá-la na escola. Nenhuma das outras presas queria estar perto dela, conversar com ela, se misturar com Felícitas Sánchez, que delirava jogada no chão e, aos gritos, pedia para que a deixassem sair.

— Você matou todas essas crianças? — perguntou-lhe uma mulher acusada de roubo, uma indigente que, pela urgência de fumar e pela curiosidade, foi obrigada a se aproximar dela. Fedia. Sua boca era um vazio sem dentes. — Você tem um cigarro?

Tirou-a de seu delírio. Felícitas olhou para ela, observou sua roupa esfarrapada, suja; as unhas dos pés a fizeram pensar em um animal, as camadas de trapos a deixavam volumosa, mas seu rosto fino e seus dedos como varas secas delatavam seu corpo esquelético. Percebeu o modo que observava seus pés.

— Assassina de crianças, você não gosta dos meus pés?

Felícitas mudou seu olhar perdido e observou-a ferozmente.

— Não.

— Dizem que você gosta de comer carne de criança.

A parteira voltou a gritar.

Um policial bateu nas grades com seu cassetete.

— Vou fazer você ficar quieta na porrada.

Felícitas se sentou em um canto, encostada na parede; as pernas esticadas, abertas; as mãos sobre sua barriga obesa. A mendiga se afastou e foi pedir um cigarro para outra mulher.

Ramón presenciou toda a cena e tirou uma fotografia da minha mãe nessa posição. Do outro lado da sala e silenciosamente, fazia anotações em seu caderno. Conseguia estar lá com a ajuda de um policial a quem pagava uma mensalidade para mantê-lo a par dos acontecimentos importantes.

— Soube que ela não quer comer, afirma que querem envená-la, tem convulsões e não sabem se é fingimento ou não; tiveram que levá-la à enfermaria.

Fingi que não me importava.

— Queria que ela morresse — disse.

Conforme os dias passavam, aumentava o temor de que nos declarassem cúmplices e que Julián e eu também fôssemos presos.

Julián mais uma vez aderiu ao silêncio, uma carapaça que me impedia de me aproximar. Depois de ter me contado que tinha avisado nossos pais, não voltou a falar. Seu silêncio era furioso, agressivo, um muro com o qual eu colidia como um inseto contra um holofote. Ele me queimava, me machucava, me castigava com seu silêncio. Eu queria que ele falasse comigo.

Ramón seguia em frente com a história de minha mãe sem me consultar, ele não precisava mais de mim, a história de Felícitas era contada da prisão, e ele deu asas à imaginação na hora da escrita para cativar seus leitores. Exagerava, aumentava o tom nas falas e nas descrições de minha mãe.

— Eu não minto, dou as pessoas o que elas querem ler — afirmava.

Meu amigo frequentava a cadeia, e lá eles até permitiam que entrasse na enfermaria para ouvir as declarações de minha mãe.

> Efetivamente, atendi muitas vezes mulheres que chegavam a minha casa. Eu as atendia pelas fortes hemorragias que tinham, algumas causadas por surras e a maioria delas por sérios transtornos causados pela ingestão de substâncias para conseguir abortar. Eu cuidava das pessoas que precisavam dos meus serviços e, assim que meu trabalho de obstetrícia era realizado, jogava os fetos pela tubulação do banheiro. Os vários infanticídios que atribuem a mim não passam de mentiras.
>
> **LA PRENSA**, CIDADE DO MÉXICO, QUINTA-FEIRA, 17 DE ABRIL DE 1941.

Os mortos não se vão, os mortos ficam; as pessoas falam dos mortos como se fossem seus donos. Que mortos nos pertencem? Os que morrem sozinhos ou os que matamos? Eu fiz meus mortos; minha mãe, os dela: fetos e bebezinhos, dizia ao prestar declaração como se tivesse se importado, quando na verdade ela se referia a eles como *isso*: Joga *isso* fora, livre-se *disso*, enterra *isso*, queima *isso*...

Eram um negócio. Uma moeda de troca.

— Apenas ajudei essas mulheres, salvei a vida delas — repetiu minha mãe várias vezes ao juiz, que exigia os nomes de suas clientes.

— São tão culpadas quanto a parteira, assassinas de seus próprios filhos — insistia o juiz.

> Estávamos cara a cara com a Mulher Hiena, cujos atos criminosos mexeram com os nervos de todos aqueles que tinham lido as informações absurdas relacionadas a Felícitas Sánchez Aguillón, chamada de Estripadora por cortar em pedaços os bebês recém-nascidos e depois jogá-los pelos ralos de sua casa.
>
> A julgar pelo que Felícitas declara da boca para fora, ela queria passar a imagem de que senhoritas apareciam em seu humilde consultório. Sim, moças de todas as classes sociais, principalmente burocratas.
>
> Consequentemente, um escândalo social se aproxima, com um vigor formidável, quando algumas dessas mães desnaturadas forem apreendidas, as quais não se importavam em arriscar a própria vida com o objetivo de destruir o fruto de seu pecado.
>
> A polícia já sabe o nome de várias dessas moças irresponsáveis...
>
> *LA PRENSA*, CIDADE DO MÉXICO, QUINTA-FEIRA, 17 DE ABRIL DE 1941.

Minha mãe, a todo momento, esteve consciente da importância de seu silêncio. E as mulheres que atendeu também sabiam.

As únicas fotografias que guardo de meus pais são as imagens que apareceram no jornal durante aqueles dias. Uma vez tiramos uma foto familiar em um estúdio. Era domingo e nos vestiram com o uniforme do colégio, talvez porque fossem as melhores roupas que tínhamos. Ela usava um vestido, salto alto e um grampo de cabelo. Ele, um terno marrom, chapéu de feltro e até um lenço. Lembro-me da cor do terno porque, antes de vesti-lo, deixou-o em cima da cama e eu tive curiosidade de tocá-lo para sentir o pano. Coloquei um dedo em cima da calça e ele me deu um tapa.

— Tira a mão, moleque, vai sujar!

Imaginei que da ponta do meu dedo indicador caía uma partícula de sujeira sobre o pano.

— A gente vai pra escola? — perguntou Julián.

— Não, vamos tirar uma foto — respondeu minha mãe na rua e depois esticou a mão para pegar a do meu irmão e andar ao lado dele, como se fôssemos uma família comum.

Eu ia atrás, ao lado do meu pai, ele com um cigarro na mão e eu sem saber o que fazer.

Um sentimento se espalhou pelo meu corpo, foi uma espécie de exalação repentina, desaparecendo rapidamente, levando o mesmo tempo que uma baforada bem dada em um vidro. Eu me senti feliz e esperançoso. Esperança indefinida. Esperança de que seríamos uma família? Esperança de que ela nos amava? Naquela época, ainda não esvaziávamos baldes nem enterrávamos restos. Se eu soubesse, não teria sorrido para o fotógrafo, nem teria me sentido quase abraçado quando ele disse para nos juntarmos um pouco mais e meu corpo ficar colado ao de minha mãe. Naquele momento, senti o seu calor.

— Dá pra ver que o menino está feliz — disse o fotógrafo apontando para mim antes de tirar a foto.

Desconheço o paradeiro dessa foto, nunca a colocaram em um porta-retratos e com o tempo a esqueci, até hoje.

Agora mesmo observo a imagem de minha mãe sentada no chão da prisão, a foto que Ramón tirou, com as pernas abertas, uma mão sobre a sua barriga gorda e outra segurando a cabeça.

Em outra fotografia, aparece com a mão direita na testa, como se negasse o que diziam sobre ela, com a esquerda segurava sua bolsa.

Felícitas gostava de sapatos e bolsas, dizia que para ser uma mulher de classe era necessário ter bons sapatos e uma bolsa combinando.

Em outra imagem, ela aparece no momento da leitura de seu depoimento.

Há duas fotografias que me causam um fascínio doentio, apesar de não ter certeza de que a palavra correta seja *fascínio*. Talvez seja perplexidade. Na primeira imagem ela está no chão, como se fosse uma criança fazendo birra. Eu a vejo em meio à sujeira, há dois policiais ao lado dela, mas só dá para ver os sapatos dos homens. Parece indefesa, inofensiva.

A segunda fotografia foi tirada por Ramón enquanto dormia em uma das macas da prisão, mas foi publicada como a foto de seu cadáver, ela parecia calma, com a feição relaxada, pacífica; o mais inquietante dessa fotografia é que, apesar de tudo, a Ogra dormia em paz.

As fotografias são um anacronismo em que paramos o tempo; enquanto a imagem existir, a ação capturada se repetirá várias vezes, e *ad infinitum* minha mãe lerá sua declaração ou estará no chão surtando ou dormindo, e eu irei sorrir para a câmera com a esperança de uma vida melhor.

Não sei onde está enterrada.

Não sei se foi enterrada ou cremada.

Será que os vermes a comeram com vontade? Será que ela tinha o mesmo sabor que os bebês que enterramos?

Talvez nossa individualidade esteja no modo de morrer, e não nas digitais, nem na fisionomia, nem no DNA. Talvez estejamos aqui para encontrar nossa própria maneira de fugir deste mundo.

DEZENOVE

DOMINGO, 8 DE SETEMBRO DE 1985.
10H

Lucina Ramírez Campos escuta o coração do bebê dentro da barriga da mulher deitada na maca. Ela começou a ter contrações na noite anterior e sua bolsa estourou no início da manhã.

Lucina nunca gostou de partos aos domingos, ela tenta não ficar acordada até altas horas. Porém, a maioria dos funcionários do hospital chega para trabalhar morto de cansaço, de ressaca ou até mesmo bêbado.

Ela sempre foi uma pessoa prudente, estável, exceto por esses anos quando ela, sua mãe e seu irmão viviam como nômades escondendo-se do pai de Lucina. Aos dezenove anos, ela tinha morado em dezoito cidades diferentes. Não conservava nenhuma amizade. Dezenas de rostos vinham à sua mente, mas não sabia exatamente o lugar exato onde os havia conhecido.

— O coração de seu filho está batendo forte, sem sinais de sofrimento fetal — diz à mulher, que não parou de chorar desde que chegou ao hospital.

— Ele vai viver?

Lucina acaricia a cabeça suada da mulher.

— Faremos tudo o que estiver ao nosso alcance, mas não posso prometer nada. Vamos operar — diz a uma enfermeira. — Preparem a sala de cirurgia.

O marido da parturiente entra no cubículo, a abraça, a acaricia; ela chora convulsivamente e ele a consola. Repete várias vezes que vai dar tudo certo.

— Não é mesmo, doutora? — ele interpela Lucina, que ficou um pouco fora de cena, ofuscada pelo marido.

Lucina trouxe ao mundo vários bebês daquela cidade com cara de povoado. Além dela, há outro médico ginecologista, que atende, em sua maioria, mulheres de fora, mulheres em plena menopausa, diferentes das que nasceram em um lugar onde o pudor é considerado um modo de vida, e são poucas, pouquíssimas, as mulheres que não sentem vergonha ao se despir na frente de outro homem, por mais que seja um ginecologista.

Nenhuma de suas pacientes, ao vê-la tão segura, tão profissional, tão capaz, imaginaria que Lucina passou a maior parte de sua infância de povoado em povoado, de um lado para o outro, como se refere àquela época de sua vida. Foi aos doze anos, quando moravam na fronteira – em um povoado perdido, com apenas duzentos habitantes, seco, quente, empoeirado, onde viviam quase na miséria —, que teve coragem de enfrentar a mãe e obrigá-la a confessar de quem estavam fugindo. Sua mãe, cansada de inventar desculpas, segurou-a pelo braço, sacudiu-a e disse:

— Quer saber de quem? Do seu pai e do irmão dele.

A resposta a pegou de surpresa; afinal, para ela o pai estava morto. Essa era a informação que sua mãe lhe dava e repetia todas as vezes que ela perguntava sobre ele. Porém, do nada ele tinha ressuscitado.

— Meu pai está vivo? E por que nos escondemos dele?

— Porque sim.

Perguntou até que um tabefe lhe arrancou um dente que estava mole, e apesar de sua mãe tê-la abraçado depois e pedido perdão várias vezes, algo mais que um dente se rompeu entre elas e deixou de existir. Permaneceu tranquila por um tempo, pelo menos aparentemente. Porém, contagiou-se com o medo de sua mãe daquele pai que não tinha rosto e ao mesmo tempo lhe causava uma enorme curiosidade.

Lucina corta entre as camadas de pele, gordura, separa os músculos abdominais e rasga suavemente o peritônio para chegar ao útero. Com muito cuidado, tira da barriga da mãe um vulto quase indefinido.

— É um menino.

— Posso vê-lo? — pergunta a mãe com a voz afetada pelo sentimento e pela anestesia.

— Em um instante.

A doutora Ramírez corta o cordão umbilical e entrega o bebê às enfermeiras, enquanto extrai a placenta, para em seguida começar a suturar o útero.

— Doutora — chama-a uma enfermeira.

Lucina deixa os pontos para se aproximar do bebê que parece querer deixar este mundo antes de conhecê-lo. Ela pega o recém-nascido e o acomoda para tentar reanimá-lo. Massageia seu peito e ao mesmo tempo lhe sussurra:

— Nem pense nisso.

— O que houve? — pergunta a mãe com a voz grossa.

Lucina não responde, dedica-se a pressionar o peito minúsculo, ainda manchado de sangue e gordura, esparramado sobre um lençol manchado de vermelho. Coloca o estetoscópio, gigante sobre o corpo minúsculo. Pede silêncio.

— Temos pulso — diz com seu próprio pulso acelerado. Todas as vezes que salva a vida de um bebê ou de uma mãe, seu coração para e ela perde alguns segundos de fôlego.

As enfermeiras cobrem o recém-nascido e, ressuscitado, é levado para longe dos olhos da mãe. Lucina volta a suturá-la.

— O pediatra irá examiná-lo — diz a ela e pede que seja sedada para que possa terminar.

Quando termina, sai para procurar o marido e lhe explica a situação, sem poder garantir que o bebê sobreviverá.

— As primeiras horas são cruciais, o pediatra lhes explicará tudo, ele cuidará disso — afirma.

A médica Lucina Ramírez se despede do homem que se dirige ao berçário para pedir informações sobre o filho. Ela vai ao banheiro; não consegue mais segurar as lágrimas que a dominam todas as vezes que salva a vida de alguém, o único momento em que se permite chorar.

Sai do banheiro e vai direto para o estacionamento, entra em seu carro, ainda com os olhos marejados e o choro prestes a escapar ao sinal da menor provocação. Ela se acomoda no banco, depois dá uma olhada no retrovisor para ver seu estado, limpa os olhos com as mãos, dá uma ajeitada nas sobrancelhas.

— Porra — diz ao esfregar as bochechas, e depois olha para o assento do passageiro e observa a pasta que está ali. Ela leu seu conteúdo várias vezes durante os últimos três dias, desde a morte de seu pai. "Ignacio Suárez Cervantes", é o que está escrito com caneta preta em uma das páginas. Passa uma mão por cima do nome e repete: — Porra.

Seu pai a havia procurado em sua casa para lhe entregar a pasta no mesmo dia em que morreu. Três dias atrás, seu neto abriu a porta para ele. Ignacio o viu apenas dez vezes em três anos. Lucina tomava muito cuidado em relação a ele, uma coisa era dar uma oportunidade a si mesma de conhecer o homem que afirmava ser seu pai, e outra muito diferente era permitir que se relacionasse com seu filho. *É o chamado do sangue*, pensou ao tentar se convencer quando aceitou vê-lo pela primeira vez, morta de medo, apavorada. Quando pensa sobre isso, percebe que tinha pavor de vê-lo. Tinha passado a vida inteira fugindo dele. Porém, não quis colocar o filho em perigo e não permitiu que Ignacio convivesse com o menino.

— O que está fazendo aqui? — perguntou-lhe depois que o filho gritou que o senhor Ignacio estava na porta. Ele jamais confessou que era seu avô e pediu que o chamasse de senhor.

— Vim te entregar esses papéis...

— Eu pedi que nunca viesse a minha casa — interrompeu-o Lucina.

— Eu sei, eu sei, me desculpe. Você deve ficar com esta pasta; caso algo me aconteça, quero que leia tudo que está aí — disse apressado, nervoso. — Prometa que se algo me acontecer você lerá este documento — reiterou Ignacio, firme.

Ela afirmou com a cabeça, assustada. Seu pai apertava seus braços com muita força.

— Sim, sim, eu prometo.

Ele beijou-a na testa, correu para o carro e desapareceu antes que sua ficha caísse e ela fechasse a porta.

Depois de três anos, não conseguia confiar nele, não o queria perto de seu filho, nem de sua casa. Não contou a ninguém que tinha aparecido um homem dizendo que era seu pai. Não disse a verdade quando contaram ao seu ex-marido que ela se encontrava com uma pessoa, um homem mais velho, um escritor.

— Você está saindo com um velho — disse ele.

Lucina não percebeu que esse era o princípio do fim de seu casamento, que terminou sem que ela pudesse explicar quem era Ignacio.

Lucina pega a pasta, passa o olho pelas folhas e lê uma palavra ao acaso: "Parteira", diz em voz alta. Uma palavra que a define e fez dela ginecologista. A memória lhe traz de volta uma cena, ela com catorze anos, em um povoado chamado Corea*, onde morou com sua mãe por um tempo, um lugar perdido no centro da República com o nome de um país a milhares de quilômetros. Lá, nessa Corea desprovida de cidadãos de olhos puxados, sua mãe ajudou uma mulher a dar à luz entre as duas fileiras de bancos de um ônibus circular; quinze passageiros e uma galinha dentro de uma gaiola testemunharam o nascimento. Lucina observou a mãe aproximar-se da mulher que gritava e segurava seu abdômen como se assim pudesse impedir o parto. Ela deitou-a sobre seu xale e ajudou-a a trazer uma menina ao mundo. "Trabalhei muitos anos com um parteira", foi a explicação que deu à mulher ao lhe entregar sua filha. Não percebeu a expressão assustada e orgulhosa de Lucina, que, nesse instante, decidiu que se dedicaria a trazer crianças ao mundo.

---

* Coreia em espanhol. (N.T.)

Ela tira os olhos da folha que está na pasta e fecha-a com força. Desce de seu carro e volta para a clínica pisando duro.

— Doutora, pensei que já tivesse ido embora. Está tudo bem? Parece alterada — pergunta uma enfermeira na recepção.

— Tudo bem, eu só não gosto de fazer partos aos domingos. Preciso fazer uma ligação.

— Aqui está o telefone — disse a enfermeira dando-lhe o aparelho.

Lucina tira uma agenda de sua bolsa e procura o número de Esteban del Valle, o único amigo do pai que ela conheceu. Um dia, apresentou-o como seu grande amigo, ela e Esteban já se conheciam, em um povoado pequeno isso não é novidade, ainda mais no ramo médico. Ela estranhou a amizade do médico-legista com o pai, muitos anos mais jovem que Ignacio, mas ela gostava de Esteban, apesar dos rumores ditos pelos médicos de que ele gostava mais de se relacionar com os mortos do que com os vivos.

Agora ela precisava falar com ele, mostrar a pasta que seu pai havia deixado; precisava urgentemente que alguém mais lesse o que ela tinha acabado de descobrir. Leu tudo que havia na pasta de uma vez só, e quando estava na última página percebeu que estava tremendo, tanto que precisou tomar um calmante para poder atender sua paciente. Não conseguiu tirar da cabeça todas as palavras que tinha lido e que ameaçavam distraí-la na cesárea. *Talvez seja por isso que o bebê quase tenha morrido, por culpa da maldita energia de minha família* — pensa.

— Esteban? É a Lucina Ramírez.

Lucina consegue ouvir o silêncio duvidoso de Esteban.

— Sinto muito — diz ele depois de alguns segundos. — Eu queria te procurar, mas aconteceram tantas coisas. Sinto muito pela morte de seu pai.

— Preciso te ver. Preciso ver você e a Elena. Você pode marcar um encontro entre nós três?

VINTE

SEGUNDA-FEIRA, 9 DE SETEMBRO DE 1985.
13H30

Patricia levanta-se do banco em frente à igreja. Desde a morte de suas amigas, Leticia e Claudia, vai à missa todos os dias. Não voltou para a escola, não suporta a ideia de estar na sala de aula sem elas. Formavam um trio. Claudia e ela compartilhavam o fato de terem pais extremamente religiosos e ambas eram atraídas pela personalidade forte de Leticia. Outras colegas também não voltaram para o colégio, nem saíram de suas casas, temendo outro assassinato.

— Paty — cumprimenta-a o pai de Leticia Almeida aproximando-se dela. Alta, loira, filha de um casal de norte-americanos, ela nasceu em San Miguel. Agora planejam voltar para o Colorado; os assassinatos abalaram a paz que sentiam na cidade.

— Senhor Almeida.

Cumprimentaram-se com um beijo rápido ao juntar suas bochechas. Ele a segura pelos ombros, a olha por alguns segundos e depois a abraça, um abraço apertado, como se nesse gesto pudesse tocar o que há de sua filha nela. O sol do semideserto acompanha-os como uma mão quente sobre as costas de cada um.

— Sinto muito, sinto muito — diz ela com as palavras úmidas pelas lágrimas.

— Tudo bem, calma, calma.

Esteban del Valle, que se encontrava no átrio da igreja, observa a cena de longe. É quase meio-dia e o lugar está cheio de crianças que correm e brincam antes de entrar na missa. Algumas mulheres carregam bolsas cheias de frutas e verduras, conversam entre elas; um homem vende bexigas, e outro, tamales* e atole**; uma mulher

---

* Prato típico mexicano, feito de massa de milho e enrolado em uma folha de espiga de milho. Pode ser recheado com carne, frango ou feijão. (N.T.)

** Bebida quente, originária da culinária do México da era pré-colombiana; pode ser preparada com milho branco, amarelo ou azul, maisena ou farinha de arroz. (N.T.)

oferece seus artesanatos; é o mundo alheio à tristeza do senhor Almeida e de uma das amigas próximas de sua filha Leticia.

Esteban se aproxima e Almeida os apresenta.

— Paty, te procurei porque precisamos saber o que aconteceu com Leticia e Claudia. A polícia não faz nada e eu preciso saber quem as matou. Não é só por elas, há um assassino solto por aí.

Um arrepio frio percorre a coluna de Patrícia: medo. Ela se senta no banco e antes de responder passa uma mão pelo rosto.

— O que querem saber? Eu não sei o que dizer.

— Sabe com quem ela estava saindo? Com quem pode ter estado nesse dia?

Com uma mão ela ajeita o cabelo liso, dourado, e diz:

— Ela contava tudo para Claudia. Já comigo ela tinha alguns segredos.

— Você deve ter ouvido algo, estavam sempre juntas.

— Ela tinha terminado com o namorado.

— Sim, isso eu sei e não sai da minha cabeça; acho que se não tivessem terminado ela ainda estaria viva.

— Ela estava se encontrando com um senhor casado, muito rico. É tudo que eu sei, as ouvi conversando um dia e, quando perguntei, não quiseram me contar sobre quem estavam conversando.

— Um senhor casado? Quem?

— Eu realmente não sei, não sei.

— Você sabe, sim.

O senhor Almeida, de pé ao lado dela; nem percebeu quando a segurou pelo braço, puxou-a e repetiu:

— Quem é? Quem é? Me fala. Eu estou mandando! Me fala quem é!

— Calma, calma — interveio Esteban.

Almeida solta a garota e leva as mãos ao rosto.

— Desculpa, desculpa. Eu te machuquei?

Patricia nega com a cabeça.

— Eu tenho que ir, perguntarei às outras garotas se elas sabem de algo. Sinto muito, senhor Almeida. Até logo.

Patricia despede-se com um aceno de mão, sem se aproximar deles. Rapidamente atravessa a rua e vira a esquina.

Ricardo Almeida leva a mão esquerda ao rosto:

— Não sei nada sobre minha filha. Não sei quem eram seus amigos... Com quem saía... Como posso esperar que os demais saibam algo se nem o próprio pai a conhecia?

Décimo primeiro fragmento

Julián e eu voltamos sozinhos para o cortiço, enquanto Isabel passava mais uma noite no hospital. Os vizinhos vieram correndo nos perguntar como ela estava. Meu irmão não respondeu e foi direto para o quarto, eu tentei fazer um resumo básico sobre seu estado. Afirmei que não sabia o motivo pelo qual havia apanhado de Salvador Martínez. Alguma vizinha se ofereceu para nos levar comida quente.

Antes de entrar, me sentei para fumar um cigarro na escada, esperava Ramón para interrogá-lo sobre meus pais. Antes de vê-la, ouvi o barulho do salto alto de Lupita, a prostituta. Andava devagarzinho por causa da saia que estava muito colada ao corpo. Lupita escondia os anos com maquiagem e penteados elaborados, me lembrava Carmen Miranda. Em sua juventude deve ter tido um corpo voluptuoso, que de tanto vendê-lo perdeu suas formas e adquiriu as de todas as mãos que o manusearam e moldaram.

— Garoto, você tem um cigarro? — disse apoiando o quadril na parede, inclinando a cabeça para o lado; jogando o cabelo com diferentes tonalidades de uma tinta desbotada. Os grampos não conseguiam segurar algumas mechas rebeldes.

Aproximei o maço dela, acendi um fósforo; ela aproximou o rosto, e a luz do fogo o iluminou.

— Posso me sentar? Como a Isabel está?

Levantei os ombros e disse:

— Na última vez que a vi, estava dormindo.

— É uma mulher bacana, a única que fala comigo sem me olhar dos pés à cabeça.

Concordei em silêncio e dei uma longa tragada.

— Pelo que disse, ela apanhou do cunhado. Eu o ouvi gritar quando veio procurar Isabel.

Soltei a fumaça devagar.

— Coitadinho, não tem sido fácil pra você.

Colocou a mão sobre meu joelho, deu-me duas palmadinhas, e deixou-a ali. Terminamos o cigarro em silêncio.

— Não queria que ela apanhasse.

— As coisas quase nunca são como queremos. Eu conheço a parteira. Ela me atendeu...

— Você é uma daquelas mulheres! — exclamei e sacudi a perna onde sua mão estava apoiada. Ela a retirou.

— E você é filho dela, você e o Julián são filhos de Felícitas. Você abriu a porta para mim quando cheguei a sua casa, não conseguia andar, tinha feito... Tinha tentado interromper minha gravidez. Mal conseguia ficar de pé e você me ajudou a chegar ao quarto onde sua mãe estava. Ela atendia outra mulher. Você a chamou baixinho e depois mais alto. Disse que eu a estava procurando e em seguida ela gritou com você dizendo que não deveria interrompê-la. Eu senti medo. Fiquei assustada com o quarto sujo, com sua mãe, com seu grito. Acabei desmaiando e quando acordei tudo já tinha acontecido.

— Eu tinha esquecido seu rosto, tinha me obrigado a esquecer o rosto das mulheres que vi procurarem minha mãe.

— Te reconheci quando li a notícia de Felícitas e encontrei entre seus traços de adolescente o rosto do menino que me ajudou a andar.

Ela acariciou meu rosto, segurou minha mão, me olhou com seus olhos cansados e neles encontrei o reflexo dos meus, com muitos anos a menos que os dela, mas com o mesmo cansaço. Aproximou o rosto e juntou seus lábios aos meus sem abri-los. Fechei os olhos, aspirei seu hálito rançoso e pensei que o meu devia cheirar igual ao dela: a cansaço. Um cansaço infinito se apoderou do meu corpo. Ela me abraçou e choramos juntos. Nós nos levantamos da escada abraçados, ela me levou até o seu quarto e, sem dizer nada, tirou meus sapatos e me acomodou na cama como se eu fosse uma criança. Depois tirou seu salto alto, tirou a saia que rangia a cada movimento, ficou de calcinha, me ajeitou de lado e colou seu corpo no meu.

Sem perceber, acabei dormindo.

VINTE E UM

TERÇA-FEIRA, 10 DE SETEMBRO DE 1985.
9H15

Esteban del Valle pediu que se encontrassem em uma cafeteria diante do Jardim Principal. Há quanto tempo não tomava um café? Não soube responder. Com a xícara perto dos lábios, o vapor entra pelo nariz de Elena Galván, despertando a lembrança do espectro de outra vida, antes da morte de Ignacio ou antes de conhecê-lo.

Uma bola azul quica perto dela. Com o rosto suado, um menino corre para buscá-la. Elena a pega e a joga para o menino, que se afasta gritando que é sua vez de ser o goleiro. Dá um gole em sua bebida e observa os meninos chutando a bola e correndo atrás dela.

"Não posso ter filhos", foi o que disse a Ignacio, quase um ano depois de começarem sua relação. Fazia quatro anos que havia se divorciado do ex-marido. Durante seu casamento fizeram de tudo para que ela conseguisse engravidar. Fazer amor limitou-se a dias férteis, ou quando a temperatura de seu corpo era a ideal, ou era a lua cheia, ou a nova, ou depois de tomar poções e chás que lhe recomendavam.

Jamais imaginou que um filho se tornaria uma obsessão que a faria se sentir incompleta.

Uma psicóloga lhe havia explicado que ela não queria ser mãe, o que queria era devolver à própria mãe o filho perdido, o irmão morto. Porque Soledad não parou de colocar o lugar do filho à mesa. Além disso, ouviu a mãe falar muitas vezes com o espírito de seu irmão Alberto dentro de seu quarto, o qual conservou intacto, como se o filho fosse voltar a qualquer momento. Ela saiu do consultório da psicóloga com o rosto inundado de lágrimas, batendo a porta com tanta força que derrubou o diploma da UNAM pendurado na parede com a foto da

159

"doutora babaca", como a chamou ao explicar para o marido o motivo pelo qual não voltaria à consulta.

— Todos os psicólogos fazem esse curso para resolver seus próprios problemas. Eu não preciso restaurar nada para ninguém — disse.

A bola quicou mais uma vez perto dela, tirando-a de suas reflexões sobre o panorama de sua vida antes de conhecer Ignacio.

— Elena. — Escuta seu nome e sente um toque no ombro que a assusta, fazendo com que derrube sua xícara de café.

Esteban rapidamente a ajuda a secar a mesa e sua roupa, um garçom também se aproxima. Elena se desculpa e corre para o banheiro para tentar limpar sua calça branca. Jurou a si mesma que por nenhum motivo se vestiria de luto por Ignacio, apesar de ter o costume de sempre se vestir com cores escuras: preto, cinza, azul-marinho. Não queria parecer a viúva de ninguém; na verdade, não sabia qual era seu verdadeiro título. Em seu afã de evitar os tons escuros, que habitam seu armário, viu-se obrigada a usar a mesma calça branca por vários dias.

Molha uma toalha de papel para tentar limpar a mancha sépia, parecida com o mapa da Austrália, que se estende por sua coxa direita.

— Idiota — diz ao esfregar o tecido, um trabalho inútil. — Imbecil, imbecil. — A água escorre e espirra. Pega outra toalha de papel e ao fazê-lo depara-se com sua imagem no espelho onde espessas lágrimas pretas surgem em suas bochechas, em algum momento começou a chorar de novo. Em seguida, ela lava o rosto, o frescor a acalma um pouco. Esfrega o rosto até o preto desaparecer.

Resignada, com sua calça manchada e molhada, com vontade de ir embora para casa e não ter que falar com Esteban, decidida a se desculpar e pedir que se encontrem noutro dia, sai do banheiro. Na mesa, ao lado de Esteban, está uma mulher que parece familiar, mas que de longe não reconhece.

— Elena — diz Esteban ficando de pé. — Tudo bem? Você se queimou?

— É melhor conversarmos outro dia.

— Esta é Lucina, filha de Ignacio.

— Doutora? — pergunta Elena surpresa.

— Olá, Elena!

— Filha de...? Como? — tenta formular a pergunta, mas não consegue.

Lucina concorda com a cabeça, em silêncio. Elena lembra a última vez que a viu fechar a porta de seu consultório. "Você é uma incompetente e uma péssima médica!", gritava diante do olhar atônito dos pacientes que esperavam sua vez. "Elena, fizemos tudo que estava em nossas mãos, às vezes a natureza se recusa, você não pode ter filhos", Lucina lhe explicava nessa última consulta, enquanto Elena se levantava e saía rapidamente.

Esteban nota a mudança em Elena; acostumado a trabalhar com o corpo humano, dedicado a procurar variações e a medir transformações, percebe que ela empalideceu, suas mãos tremem um pouco e a respiração se acelera, o que não consegue ouvir são as palavras de Ignacio repercutindo na memória de Elena: "Eu também não posso ter filhos". Ela sabia que seus dois filhos eram adotados, mas ele nunca havia comentado sobre uma filha. Filha sobre a qual tinha lido no caderno, não eram anotações para um romance, era real e era sua ginecologista.

Elena senta-se lentamente.

— Ignacio nunca... Ignacio não podia ter filhos — diz levando a mão à boca; sente falta de ar.

— Sei que ele nunca falou sobre mim, fui eu que pedi. Porra. Não queria que você nem ninguém soubesse. Esteban era o único que sabia. Há muitas histórias sobre meu pai que você não conhece.

— Como? Esteban? Você sabia e não me disse nada?

Elena coloca atrás da orelha uma mecha que tinha se soltado do elástico.

— No dia do enterro de Ignacio eu estava ao seu lado. Você não me viu?

Elena nega com a cabeça, semicerra os olhos e tenta se lembrar da cena no cemitério, mas a única coisa que consegue resgatar, e quase ouvir, é o barulho da terra caindo sobre o caixão.

— Queria passar despercebida pela família de meu pai. Não sei se sabem algo sobre mim.

— Por que o proibiu de me contar sobre você?

— Porque minha mãe e eu nos escondemos durante anos; eu tinha medo dele, para mim era um monstro do qual fugíamos continuamente.

— Por quê?

— Minha mãe tinha medo de que me levasse com ele, ou que fizesse algo pior... Considerava seu temor irracional, mas ela acabou me contaminando. Nunca me deu uma explicação coerente do porquê tínhamos que fugir de meu pai. Quando o conheci, exigi que me contasse o que havia acontecido entre eles, mas ele mentiu, disse que minha mãe tinha inventado tudo, que ele tinha passado a vida inteira me procurando, como se minha mãe tivesse me sequestrado. Só agora descobri tudo, inclusive que minha mãe não é minha mãe...

Elena tenta adivinhar a idade de Lucina, de baixa estatura, cabelo curto, preto.

— Esteban, nós nos encontramos tantas vezes e você não me disse nada. Por quê? — Elena não conseguia descrever o que estava sentindo.

— Eu não podia contar, tinha prometido para Lucina e Ignacio.

Elena levanta-se e pega sua bolsa.

— Acho que é melhor eu ir, essa é a última coisa que preciso ouvir hoje. Não preciso saber que Ignacio tinha uma filha. Não preciso mesmo, tenho muitas outras coisas em que pensar.

— Não, não, espera, por favor. Porra, espera um momento, tenho algo importante para mostrar para vocês.

— Sinto muito, não quero ouvir mais nada.

— Queria vê-los porque... — Lucina tira a pasta de sua bolsa e a coloca sobre a mesa. Esteban e Elena olham um para o outro, a mesma confusão está estampada em seus olhos. — Meu pai me entregou esta pasta no dia em que ele morreu.

— Um manuscrito de um romance? — pergunta Esteban.

— Não. É sua vida contada por ele mesmo.

Elena pega a pasta e a segura por um momento sem se atrever a abri-la.

— São poucas folhas para uma autobiografia, está bem leve — julga, como se a vida pudesse ser medida pela quantidade de folhas escritas.

— Conta a história de minha família, e o pior de tudo é que talvez não exista ninguém que possa me dizer se é verdade ou não.

— Como? — Esteban toma o manuscrito das mãos de Elena, dá uma olhada rápida pelas folhas e para em uma qualquer.

— Trouxe uma cópia para cada um. — Lucina tira duas pastas idênticas de sua bolsa. — Quero que leiam, podemos fazer isso juntos, devemos discuti-lo.

Lucina faz uma pausa, vacila entre continuar ou não, mas sabe que são as duas únicas pessoas com as quais pode compartilhar as nuvens escuras que se formaram em sua mente e em sua alma depois de ler essas páginas. Um sistema nebuloso tomou posse de sua vida sem previsão de uma mudança climática.

— Achei que soubesse quem eu era, de onde vinha... Ignacio destruiu tudo; se o que diz aqui for verdade, preciso saber.

— Não entendo.

— Depois de ler, você vai entender, Esteban.

O *pager* de Lucina a interrompe, ela olha para o aparelho e diz:

— Tenho que ir. Os partos não esperam. — Rapidamente Lucina pega sua bolsa. — Vocês devem ler tudo que há na pasta, rápido, encontro vocês assim que terminarem. Está incompleta. — Lucina pega a pasta que acabou de entregar a Esteban e mostra a última página. — Veem? Aqui ele parou de escrever na metade da frase ou talvez houvesse outras páginas que ele não me entregou, isso nunca saberemos... Bem, eu já vou, a única coisa certa em minha vida é minha profissão.

— Lucina, espera — diz Esteban, despedindo-se de Elena e indo atrás da filha de Ignacio Suárez.

Elena permanece de pé ao lado da mesa, desorientada. Um garçom se aproxima para perguntar se precisa de algo e ela pede a conta.

A bola azul volta a quicar perto dela, ela a chuta e observa as crianças com inveja. Deseja que a vida volte a se resumir ao fato de chutar uma bola em direção ao gol.

VINTE E DOIS

TERÇA-FEIRA, 10 DE SETEMBRO DE 1985.
15H20

As ruas de San Miguel são estreitas como em todas as cidades erguidas pelos espanhóis no México. A cidade foi fundada pelas viagens que foram feitas entre os estados mineiros e a capital, principalmente a rota que vinha de Zacatecas, em que os viajantes eram atacados pelos indígenas chichimecas.*

Em 1542, o frade Juan de San Miguel estabeleceu a vila de Itzcuinapan, dedicada ao seu santo padroeiro, o arcanjo São Miguel. Os moradores tiveram confrontos constantes com os violentos chichimecas, ataques que deixavam os indígenas em alta e os espanhóis em baixa, principalmente entre os frades que não eram hábeis na arte de matar.

Aqueles primeiros moradores viram a necessidade de se mudar alguns quilômetros para o noroeste e fundar em 1555 a vila de San Miguel, el Grande. O vice-rei dom Luis Velasco ordenou que os vizinhos espanhóis se estabelecessem ali, outorgando-lhes gado e terras, e aos indígenas perdoou o tributo e deu-lhes a liberdade de serem governados pelos próprios chefes com o intuito de evitar rebeliões.

Com o passar dos séculos, as pedras de suas ruas estreitas deixaram de sentir o peso de carroças e cavalos e encheram-se de automóveis.

A casa dos avós de Elena, transformada na Pousada Alberto, à época da Colônia, foi uma das casas onde os frades recebiam sacerdotes e viajantes. Lá mesmo davam aulas de catequese aos indígenas, que pouco a pouco abandonaram seus deuses e adotaram as crenças e os costumes de alguns homens que não tinham seu

---

* Povos guerreiros que habitavam as áreas desérticas da região centro-norte do atual México. (N.T.)

tom de pele e não falavam seu idioma. Mediante as pinturas que decoram as paredes do pátio central da Pousada Alberto, evangelizaram o povo guerreiro.

Elena tentou conservá-las e por isso contratou dois restauradores. As pinturas contam a história da Bíblia, do Antigo ao Novo Testamento.

Desde criança ela gostava dessa parede que sua mãe tentou pintar de branco várias vezes, mas nem os avós de Elena, nem Consuelo, nem seu então marido permitiram. Assim que Elena assumiu a administração da pousada, as restaurações começaram e o afresco adquiriu as cores e o esplendor de outrora.

Embaixo da imagem da crucificação de Cristo, encontra-se o quarto número 8, onde dois oficiais de justiça remexem nos pertences de Ignacio Suárez Cervantes, o pouco que restou depois que Elena e os filhos do escritor quase o esvaziaram.

— O que é isso? — pergunta um dos homens, sem saber como definir a estátua de Moloch que os observa de uma estante. Uma figura com cabeça de touro e corpo de homem, com os braços estendidos à espera de uma oferenda.

Elena dá de ombros sem responder. Quase pode ouvir as palavras e a voz de Ignacio, que com uma paixão incompreensível para ela havia lhe explicado quem era esse deus touro adorado pelos fenícios, cananeus e cartagineses: "Nos templos dos sacerdotes tocavam trompetes, tambores e címbalos ao começar a cerimônia. As estátuas eram ocas por dentro para acender um fogo que se alimentava constantemente. O sacerdote subia ao altar com um recém-nascido nos braços, em seguida o colocava nos braços da estátua".

Elena lembra-se do modo com que levou as mãos à boca: "Não quero saber de mais nada", disse a Ignacio. Ele pegou-a pelo braço, aproximando-a da estátua e continuou falando sem se importar com o descaso de Elena: "O sacerdote acionava correntes que levantavam os braços articulados e lançava a criatura pela boca até as chamas". Elena soltou-se de Ignacio e saiu do quarto batendo a porta.

— Senhorita? — interpela-a um dos homens.

— Sim?

— Precisamos que nos explique por que Ignacio Suárez possuía essas imagens.

— Eu não sei.

Leonardo Álvarez, jornalista do *Diário de Allende*, com uma câmera pendurada no pescoço, atravessa a porta.

— Desculpem a demora — diz entrando no quarto.

— Quem é...? — tenta perguntar Elena sem terminar a frase.

— Leonardo Álvarez — responde o rapaz. Ergue sua câmera Nikon e observa pelo visor antes de tirar a primeira foto. — Sou jornalista do *Diário de Allende* — acrescenta e estende uma mão que ela ignora.

— Não é permitido tirar fotografias do hotel. Faça o favor de sair.

O jornalista a ignora, aproxima-se dos homens e pergunta-lhes:

— O que vocês encontraram?

— Você não me ouviu? Vou chamar o segurança para que tire você daqui.

— Negativo, senhorita, o rapaz tem o direito de fazer seu trabalho — intervém um dos oficiais.

— Não, não tem direito nenhum. Nem vocês. É um absurdo, uma injustiça... Um... um delito entrar na minha propriedade dessa forma.

— Negativo, senhorita. Cumprimos uma ordem judicial, investigamos a prática de um possível delito.

— Boa tarde — interrompe um homem na porta, sua voz é tão alta que todos os presentes se calam e olham para ele.

— Senhor Pereda — diz um dos agentes.

— Senhores — responde o homem e levanta a mão direita, tocando a testa com os dedos indicadores e médio, em saudação.

— Senhor, a senhorita aqui quer nos impedir de cumprir suas ordens — retoma o agente.

— O que o senhor está fazendo aqui? — pergunta Elena. Sente um calafrio percorrer seu corpo, é a segunda vez que vê esse homem, e desde a primeira sentiu medo, um medo irracional, talvez pela vulnerabilidade que sente desde a morte de Ignacio.

— Boa tarde, senhorita Galván — diz estendendo a mão morena, suada, a qual Elena também ignora. — Temos um mandado de busca para revistar o local. Por ora, apenas o quarto do falecido Suárez. Não posso dar mais explicações, mas caso não permita que realizemos nosso trabalho, seremos obrigados a acusá-la de obstrução.

Um homem e uma mulher, hóspedes da pousada, param para observar a cena do pátio central, depois aceleram o passo, cochicham entre eles e saem rapidamente.

Elena observa as paredes e os móveis, tenta lembrar se há algo além das imagens dos demônios, algo para incriminar o escritor. Vacila entre sair dali ou ficar. Imagina que os policiais podem plantar uma prova falsa. *Já tenho a mentalidade de um escritor de romance noir*, pensa enquanto fecha a porta do quarto para que os hóspedes não saibam o que está acontecendo ali.

— Ficarei aqui enquanto fazem seu trabalho. E ele? — diz apontando para o jornalista.

— Ele também faz seu trabalho — afirma Miguel Pereda.

— Vocês têm mais suspeitos ou só um morto que não pode se defender?

— Seu padrasto, eu já tinha lhe dito.

— Um morto e um homem em coma são seus suspeitos? É muito fácil culpar quem não pode se defender.

— Senhorita Galván, não tem por que nos questionar.

Elena, incomodada, senta-se em uma cadeira que coloca ao lado da porta. Cruza as pernas e se lembra da pasta que Lucina lhe entregou. Ainda não começou a lê-la por ódio, raiva, estava furiosa porque Ignacio não lhe contou que tinha uma filha, que ainda por cima é sua ginecologista. Um detalhe que esqueceu de lhe contar. Imperdoável. Por que o protege? Deveria contar ao senhor Pereda que ela sabe que Ignacio matou as garotas, acabaria com a reputação dele e a de sua filha para sempre... e também com a dela, que foi sua companheira durante três anos... Por isso não vai falar nada, pensa. *Não é por você, Ignacio, seu mentiroso, é por mim. Por mim vou evitar que te culpem, eu não vou terminar como a namorada de um assassino.*

O jornalista termina o filme, tira-o e carrega a câmera novamente, distraindo Elena de seus pensamentos. O agente ministerial segura a figura de Moloch, a observa e lê em voz alta o que está gravado na parte inferior:

— "E não entregarás ninguém de sua descendência a Molech, nem profanarás o nome de seu Deus: Eu sou Yahvé". A senhorita sabe o que isso significa? — pergunta a Elena.

— Não — responde quase em um sussurro com as sobrancelhas erguidas. — Eu nunca tinha visto isso.

Décimo segundo fragmento

— A parteira vai ser solta — avisou-me Ramón. Ele estava arrasado, frustrado, distante do otimismo patológico que o caracterizava.

A notícia foi publicada no dia 27 de abril de 1941, minha mãe estava presa há menos de um mês.

— Você me disse que ela nunca ficaria livre.

— Assim é a justiça neste país.

Dei de ombros, fingi que não me importava, me afastei dele e fui esvaziar as latas de lixo que faltavam. Estávamos na redação, ele com sua popularidade recentemente alcançada pelas notícias sobre minha mãe, e eu tentando passar despercebido, ser quase invisível.

Felícitas foi solta por intervenção de duas das mulheres que ela havia atendido. Tinha feito uma ameaça: disse que diria o nome de suas pacientes, principalmente daquelas que tinham uma reputação importante, mulheres casadas com homens ricos, políticos, poderosos.

O primeiro nome que tirou de sua lista negra, como se fosse uma bolinha de bingo, foi o de Eugenia Flores. Não precisou procurá-la em seu caderno, sabia que Isabel trabalhava em sua casa e que, além disso, havia nos ajudado. Mandou-lhe um recado pela funcionária de La Quebrada.

A moça procurou Eugenia Flores e a esposa de um funcionário importante da Pemex. O contra-ataque de minha mãe foi tão preciso, tão eficaz, que apareceu na primeira página do jornal e ofuscou as notícias da guerra, que acontecia longe dali.

No dia seguinte à publicação da soltura de minha mãe, a Grécia perdia a batalha contra a Alemanha.

A estratégia de minha mãe invadiu a corte e o terceiro juiz da Primeira Corte Penal decretou formalmente a prisão de meus pais apenas pelo crime de violação à Lei de Sepultamento:

> Foi considerada inexplicável a determinação do juiz Clemente Castellanos, terceiro juiz da Primeira Corte Penal, que decretou formalmente a prisão apenas pelo crime de violação da Lei de Sepultamento, ignorando os outros atos puníveis que consistem nos crimes de aborto, associação criminosa e responsabilidade médica e técnica. Portanto, talvez continuem sendo um mistério as atividades que praticavam, como também permanecerá oculto para sempre se houve algum tipo de acordo entre o juiz e os advogados de defesa dos réus, já que a decisão foi tão inexplicável. Esperamos que esse mistério seja desvendado pelo bem da sociedade, que luta para que crimes dessa magnitude sejam punidos.
>
> *LA PRENSA*. CIDADE DO MÉXICO, DOMINGO, 27 DE ABRIL DE 1941.

— Eles serão liberados após o pagamento da fiança. Sinto muito — disse-me Ramón como se fosse o culpado pelo desenrolar dos acontecimentos. Suas palavras caíram sobre mim como uma sentença de morte, minha cabeça rolaria.

Meu amigo escreveu um novo artigo para evitar que os soltassem, as palavras eram sua única arma. Ramón esperava que duvidassem da honestidade do juiz, mas tudo que conseguiu foi que este enviasse uma carta para o jornal, repelindo a insinuação de prováveis acordos entre ele e os advogados de defesa, motivo pelo qual se dirigiria ao procurador-geral para abrir uma investigação contra o *La Prensa*.

Os artigos de Ramón atrasaram a saída de minha mãe e o juiz se viu obrigado a mudar o valor da fiança de mil para cinco mil pesos, foi tudo o que conseguiu. Ramón voltou à prisão para falar com Felícitas. Ela afirmou que era incapaz de esquartejar uma galinha, mas que me esquartejaria por eu ser o autor de todas suas desgraças, aí sim teria motivos para ser chamada de estripadora.

Ramón não escreveu que minha mãe ameaçou me matar por ser um traidor. "Vou comer esse moleque vivo assim que sair daqui", disse-lhe.

— Ela é sua mãe, eu sabia, já imaginava desde o começo, mas não tinha certeza, não podia perguntar. Confesso que fiquei calado pela história, porque se te obrigasse a falar a verdade, você não falaria mais dela e eu perderia a notícia — disse-me com uma mão apoiada em meu ombro direito. — Sinto muito, amigo, sinto muito de verdade.

No final das contas, talvez a amizade seja apenas uma ilusão, um ato de conveniência, uma das tantas invenções do ser humano para tornar nossa vida menos insuportável.

O ESCRITOR REALIZAVA MISSAS NEGRAS

Leonardo Álvarez

Diário de Allende
11/09/1985

Em uma operação comandada pelo Ministério Público foram encontrados diversos objetos destinados ao culto satânico.

No dia de ontem, depois de uma das linhas de investigação para a apuração do assassinato de Leticia Almeida e Claudia Cosío, foi realizada uma busca constitucional na Pousada Alberto, desta cidade.

Era no quarto número 8 de tal estabelecimento que o escritor Ignacio Suárez Cervantes se hospedava por longos períodos. Lá foram encontrados vários indícios, entre eles estatuetas que parecem ter sido utilizadas em missas negras.

Espalhadas pelo quarto, algumas na escrivaninha, outras sobre uma cômoda e em uma estante, foram encontradas imagens e representações de Lúcifer, Satanás, Leviatã, Amon, ou outro morador do inferno cuja identidade não foi possível descobrir. Exceto por um: Moloch, a maior estátua. Tinha seu nome escrito na base, ao lado de uma frase que não deixava dúvidas quanto à sua adoração.

Nos rituais a Moloch, recém-nascidos eram sacrificados dentro da estrutura da estátua.

Os agentes que realizaram a operação afirmaram que a busca serviu para esclarecer algumas questões da investigação e levá-la adiante.

VINTE E TRÊS

QUARTA-FEIRA, 11 DE SETEMBRO DE 1985.
11H11

Evangelina de Franco gosta de levar a roupa do marido à tinturaria. Mentira, ela não gosta, mas tem que levar. Poderia mandar o motorista com alguma das empregadas da casa, mas Humberto Franco, seu marido e dono do *Diário de Allende*, não permite que ninguém mais cuide de sua roupa, tem essa mania de encontrar amassados e defeitos onde ninguém os vê. A roupa pendurada em seu armário deve estar organizada por cores, e com um dedo de distância entre um cabide e outro. Os ternos dentro de capas, devidamente marcadas. As gravatas, as camisas, as meias, por tons, das mais escuras para as mais claras, assim como seus sapatos. Quando construíram essa casa, o arquiteto planejou um *closet* especialmente para o casal e o carpinteiro refez seu trabalho até que Franco o aprovasse.

Em algumas ocasiões, Evangelina já exibiu algum hematoma, nome que sua mãe dá aos roxos, por não arrumar as coisas do jeito que o marido gosta. Ele exige que suas unhas estejam sempre perfeitas, sem nenhuma lasca, além de cabelo e maquiagem impecáveis. Viajam uma ou duas vezes por ano para a Europa ou para os Estados Unidos para fazer compras e conseguir os modelos que serão tendência e que em um lugar como San Miguel são motivo de fofoca na sociedade da qual Franco tanto gosta de fazer parte.

Mais de uma vez disse à sua irmã, sua confidente, que quer se divorciar. Ele lhe foi infiel várias vezes, mais um motivo para as fofocas entre os habitantes daquele lugar.

Houve uma época em que esses comentários a enchiam de raiva, sentia-se furiosa por ter que se levantar todas as manhãs e parecer perfeita, os anos tinham que passar despercebidos, apesar de não poder competir com as mocinhas que seu esposo preferia.

Depois a raiva deu lugar à vergonha sombria e impenetrável, ofuscamento por permitir que as coisas chegassem a um ponto insuportável e que ela sustenta com toda determinação.

A pior vergonha é a que sente de si mesma e aos olhos de sua única filha, Beatriz; é difícil olhar para ela e explicar o tipo de mulher que deve se tornar, uma bem diferente dela: melhor, cheia de amor-próprio, que não seja submissa, medrosa, mansa, idiota; sente dificuldade de repreendê-la. "Como posso fazer isso? Como teria coragem de repreendê-la?", diz a si mesma.

O divórcio não é uma opção, ela sabe disso, pertence a essa geração em que as mulheres separadas não têm lugar na sociedade, são malvistas e pouco aceitas. Ela mesma faz parte disso. Seu marido a proíbe: "Você não pode sair com Fulana ou Beltrana porque é divorciada, nem pode convidá-la para vir a nossa casa". Sua única filha não pode ter amigos de pais divorciados porque têm outros valores, diz-lhe.

"Melhor ser chifruda que divorciada, as idiotas são mais aceitas na sociedade que as corajosas", disse dias atrás à irmã.

Há dias Humberto Franco está de péssimo humor, pior que de costume. Ela, imprudente, em vez de se fazer de louca e fingir que nada está acontecendo, atreve-se a perguntar-lhe: "O que está acontecendo?". "O que você tem?" "O que foi?". "O que houve com você?" A mesma pergunta em todas as formas verbais que conhece. Ele não responde, ignora a pergunta ou emite algum resmungo como única resposta.

Franco tem ficado em casa mais tempo que o normal, enfiado em seu escritório, cercado pelos artigos do jornal de todos os anos desde sua fundação; guarda-os porque seu pai fez isso, faz parte da herança que recebeu, além dos lucros dos postos de gasolina que seus irmãos depositam todo mês.

O escritório é um cômodo que cheira ao tabaco de seu charuto, lugar proibido para os demais; sua mulher dever supervisionar a limpeza, acompanhar a empregada doméstica durante o tempo que estiver limpando.

Ontem ela se distraiu e foi buscar a filha no colégio; desde o assassinato de suas colegas, a menina sente-se mal, enjoada, ansiosa.

— Vou buscar minha filha, termine de limpar com muito cuidado, não mexa em nada, apenas limpe e saia — disse à empregada em um tom parecido com o de uma ameaça.

A empregada, desajeitada e nervosa por estar sozinha nesse lugar sagrado, esticou o fio do aspirador e derrubou a licoreira de vidro lapidado que estava sobre uma mesa ao lado da poltrona onde seu patrão costuma se sentar.

Franco flagrou a moça esforçando-se para limpar o tapete.

— O que você fez? Onde está sua patroa?

A empregada não conseguiu falar nada, perdeu a cor, derrubou os cacos que havia juntado e começou a chorar.

Nesse instante, Evangelina de Franco chegou com sua filha atrás dela.

— O que eu disse? — perguntou-lhe gritando.

A empregada aproveitou para escapar para a cozinha.

— O que houve? — perguntou enquanto pendurava sua bolsa no cabideiro ao lado da porta.

— Como assim o que houve? Como a limpeza de meu escritório deve ser feita? — perguntou puxando-a pelo braço.

— Eu tive que... a menina...

Tentou explicar, mas ele a empurrou sobre os vidros que a empregada tinha acabado de derrubar, a qual no dia seguinte deixaria a casa levando todas as suas coisas e todo o dinheiro de sua patroa que estava na bolsa pendurada no cabideiro.

Evangelina de Franco não sentiu nada quando cortou as mãos e manchou de sangue o tapete que fedia a conhaque caro.

— Limpe a bagunça que a vadia da sua empregada fez.

— Humberto, não fica assim. Tive que ir buscar a menina — tentou explicar a mulher que estava no chão, sem reclamar da dor que sentia em suas mãos.

Não pôde falar mais nada porque Franco a empurrou, ela ficou caída e então seu marido a chutou no estômago; Evangelina colocou as mãos na barriga e acabou em posição fetal aos pés do marido.

— Pai! Deixe-a em paz! — gritou a filha que estava na porta.

Humberto Franco parou e percebeu que queria matá-la. Queria partir para cima dessa mulher que reclamava de dor com a blusa manchada de vermelho. Ele jamais poderia ter matado Leticia Almeida, amiga de sua filha, que tinha se ajoelhado ao lado da mãe para ajudá-la a se levantar. Mas poderia matar sua mulher, de tanto ódio que estava sentindo. Regurgitou de seu estômago um líquido ácido e amargo.

— Sua puta imbecil — disse antes de sair batendo a porta.

Agora Evangelina Franco observa suas mãos, o esmalte perfeito, vermelho, a gaze branca que usou para cobrir suas feridas. Sua filha a acompanhou ao hospital. Ela não precisou de pontos; esparadrapo e gaze foram suficientes para cobrir os cortes. Tinha uma costela machucada, mas sem sangramento interno. O médico que a atendeu sugeriu que passasse a noite inteira internada em observação; ela não quis, precisava voltar para casa. Pediu que enfaixassem suas mãos, considerou que a gaze e o esparadrapo não seriam suficientes para causar algum tipo de remorso em

Humberto. Eles enfaixaram seu abdômen e ordenaram que fizesse repouso absoluto, pelo menos por dois dias.

Além do Prozac, ela está dopada com analgésicos, quase não sente a dor na costela, apenas um incômodo que a obriga a se manter mais ereta. Entrega a roupa à balconista, que a revisa e devolve à Evangelina o que há nos bolsos da calça de seu marido; ela não pôde revisá-los por causa do curativo: algumas moedas e uma fotografia. Pega a carteira em sua bolsa e percebe que está vazia.

— Tenho certeza de que eu trouxe dinheiro — disse surpresa.

— Não se preocupe, pode me pagar quando vier buscar a roupa.

Evangelina volta para o seu carro, um Le Baron branco, muito grande e exagerado para as ruas de San Miguel. Nele a espera Juventino, o motorista, que ouviu algumas ofensas por estacionar em frente à tinturaria invadindo uma faixa da estreita rua de paralelepípedos.

— Eu tinha dinheiro. O que será que aconteceu? — pergunta a si mesma em voz alta.

— Desculpe, patroa. Não ouvi o que disse.

— Nada, Juve, nada. Estou falando sozinha.

Distraída, olha a fotografia instantânea que a balconista lhe entregou.

Na mesma hora, sua mente detém a busca da memória inexistente de onde gastou o dinheiro.

Aproxima a foto de seus olhos. Semicerra os olhos para enxergar melhor, não comprou os óculos para vista cansada que a oculista lhe receitara, mas consegue ver Humberto com uma calça desabotoada (a mesma que acabou de deixar na lavanderia), a camisa aberta, o rosto com aquela expressão boba que já conhece, de quando ele está bêbado. Ao seu lado está Miguel Pereda, o novo amigo de seu marido, com a calça abaixada, o peito aparecendo através da abertura da camisa azul-clara e um sorriso idiota. No meio dos dois, com os olhos quase fechados, Claudia Cosío. É ela. Não reconhece o lugar. Aproxima e afasta a imagem de seu rosto para captar todos os detalhes.

— É a Claudia, tenho certeza — exclama em voz alta.

— Desculpe, patroa. Não ouvi o que disse.

— Foram eles — afirma mais alto.

— Eles quem?

— Meu marido e seu amigo estavam com elas.

Evangelina Franco leva a mão enfaixada aos lábios, os olhos estão arregalados. Sente uma pontada onde seu marido a chutou no dia anterior. Move um pouco o corpo para aliviar o incômodo. Não sente dor ao ver a fotografia, tampouco medo. Não se sente a vítima como todas as vezes que descobre uma infidelidade.

Fecha os olhos e tem uma sensação parecida com o que sentiu no dia em que deu à luz sua filha, ou quando ganhou o concurso de declamação no primário, como quando ganha uma partida de baralho contra suas amigas e tenta não demonstrar sua emoção, sempre há quem diga: "sorte no jogo, azar no amor", e ela finge um ataque de risos, porque todos sabem que ela tem azar no amor.

Há anos compra um bilhete de loteria por mês, com a esperança de que fosse sorteado para que pudesse ir embora com sua filha, deixar seu marido e as amigas que debocham dela.

Olha de novo a fotografia, observa a odiosa e absurda expressão do marido.

Tem o bilhete premiado em suas mãos.

Acabou de ganhar na loteria.

O prêmio acumulado.

— Juve, leve-me até a casa da minha irmã.

Décimo terceiro fragmento

Se pudesse centrifugar algumas lembranças, eu as espremeria até deixar minha memória seca. Outras eu conservaria em naftalina e tiraria o pó de vez em quando. Conservaria a lembrança de minha mãe morta, de seu corpo no chão. Seus olhos esbugalhados, desorientados. O rosto inchado e levemente arroxeado, que quase não se notava em sua pele morena.

Julián estava de pé ao seu lado, ao lado de seu corpo. O olhar de minha mãe parecia fixo no rosto de meu irmão. Se houvesse uma maneira de examinar os olhos dos mortos e descobrir a última imagem que viram, na escuridão de suas pupilas estaria meu irmão.

Aconteceu à noite. Fazia uma semana que tínhamos voltado à casa número 9 da rua Cerrada de Salamanca.

Deixamos o cortiço de uma maneira tão tranquila que me surpreendo ao lembrar, talvez porque soubéssemos que nosso lugar não era no quarto de Isabel, que tínhamos começado a perder no dia em que contei a Ramón que conhecia uma mulher que matava crianças.

Carlos Conde e Felícitas Sánchez foram ao cortiço dias após serem soltos; estávamos meu irmão e eu com Jesús e sua avó. Eugenia Flores havia levado Isabel para sua casa a fim de que pudesse se recuperar. A mãe de Isabel se esforçava para manter à tona um barco que afundava por culpa de dois viajantes clandestinos. Segui meus pais sem dizer uma palavra quando foram nos procurar, estava esgotado, exausto, enquanto os vizinhos nos observavam sair, olhando-nos de canto de olho, cochichando baixinho. "Assassina!", gritou a senhora Ramírez, com dois de seus filhos agarrados em sua saia. Minha mãe quis responder algo, mas meu pai segurou um de seus braços e ela o seguiu sem tirar os olhos da senhora Ramírez, que não conseguiu encará-la. O cochicho aumentou, aceleramos o passo e não me atrevi a olhar para trás; ali deixamos a última esperança de não nos tornarmos quem somos.

Julián a olhava com o rosto ensopado de suor, gotas salgadas escorriam por seu pescoço, testa e bochechas. Ofegava como se tivesse um ataque de asma.

— Julián?

Ele a surpreendeu sentada à mesa da cozinha, concentrada em escrever algumas cartas para o advogado que a havia tirado da prisão e que tinha a intenção de ficar com o que lhe restava.

Meu irmão tinha descido a escada em silêncio, parou atrás dela e atingiu sua nuca com um cano. Felícitas caiu no chão semiconsciente, tentou dizer algo quando Julián derramou dentro de sua boca aberta um jato de Nembutal, que minha mãe guardava no quarto onde atendia as mulheres. Engoliu o veneno obrigada pelo seu filho, que fechou seus lábios com uma mão. Ela convulsionava no chão e cuspia espuma entre os dedos de meu irmão, chutou uma cadeira pelos movimentos convulsivos de seu corpo.

Julián tinha subido em cima dela; era magro e alto, algum gene travesso o tinha transformado em um gigante em comparação a nós. Empurrou o joelho contra o esterno da mãe. Eu entrei na cozinha nesse instante e a vi resistir e cuspir como um cão raivoso. Julián percebeu a minha presença e me olhou por um instante antes de apertar mais a mão esquerda sobre a boca e o nariz de minha mãe. Em seguida, apoiou sua mão direita sobre a esquerda para empurrá-la contra o chão.

A fúria de Julián obrigou-a a ficar imóvel.

Parou de lutar.

Não fechou os olhos nem parou de olhar para o filho enquanto morria.

Eu não fiz nada. Fiquei parado na frente dos dois, impávido.

Surpreso. Eufórico.

Depois de um tempo, ele descobriu sua boca.

Levantou-se ensopado de suor, ofegava.

Dei um passo à frente, depois outro.

Primeiro olhei para ela e depois para ele, que limpava a testa com o antebraço.

Nós a deixamos jogada no chão com o frasco de Nembutal ao seu lado.

Fomos para o nosso quarto, tiramos a roupa e nos deitamos sem fazer barulho. Não dissemos nada. Permaneci um tempo com os olhos abertos; vislumbrava na escuridão do quarto atento à respiração de Julián, que foi se acalmando até que acabou dormindo. O ritmo calmo da respiração de meu irmão me embalou até que fiquei inconsciente e dormi profundamente pelo resto da noite.

Quando descemos à cozinha no dia seguinte, meu pai estava ajoelhado em frente à esposa com um pequeno espelho na mão. "Já comprovei. Está morta", disse sem olhar para nós, com a voz trêmula, depois suspirou profundamente. Acabou sentado no chão ao lado daquela que foi sua esposa. Nunca saberei o que ele sentia por ela, mas em seu rosto dava para ver algo parecido com a tristeza pela perda de um ente querido. Nunca medi o ódio de Julián por minha mãe, um ódio que cresceu à sombra de seu silêncio permanente, alimentado pelos maus-tratos diários, pela dor, pelo trauma, pelo rancor, talvez nem ele soubesse o espaço que tudo isso ocupava em seu corpo. Porém, nada me surpreendeu tanto como minha própria indiferença, minha falta de sentimentos. Tenho certeza de que senti algo muito parecido com ódio por meus pais, mas nessa manhã, depois de ter visto Julián assassiná-la na noite anterior, eu estava vazio por dentro.

— Temos que levá-la para cama — disse Julián. — O chão está muito frio. Nós três podemos levá-la.

A notícia que Ramón escreveu, para concluir a história da Ogra do bairro Roma, dizia que ela havia se suicidado com Nembutal.

A FAMOSA "ESTRIPADORA" FELÍCITAS SÁNCHEZ, TOMADA PELO REMORSO, SE SUICIDOU

A mulher que impediu o nascimento de muitos seres humanos, e que jogava os embriões pelo ralo, não suportou o peso que carregava em sua consciência e tirou a vida.

Ela é esperada pelos anjinhos que não deixou nascer! Eles rodeavam sua cama, voavam alegremente, visivelmente alegres, porque nascer não é uma coisa satisfatória, já que a vida é feita de lágrimas e amarguras, de mágoas e dores.

Ontem as autoridades a encontraram morta, deitada em sua cama; de barriga para cima, com o rosto bochechudo pálido; com os olhos esbugalhados um pouco afundados. Despediu-se do mundo deixando duas cartas visivelmente nervosas.

Em vinte e cinco anos exercendo sua profissão, Felícitas Sánchez, mais conhecida como a Estripadora, impediu milhares de nascimentos, incentivando o controle de natalidade sem levar em conta que o México está quase despovoado; matou vários bebês e os enterrou clandestinamente.

LA PRENSA. CIDADE DO MÉXICO, TERÇA-FEIRA, 17 DE JUNHO DE 1941.

A polícia nos fez algumas perguntas, não o suficiente para esclarecer a causa da morte, dava para ver de longe que não estavam interessados em investigar mais.

Julián e eu não tocamos mais no assunto, tampouco demos um nome, *parricídio*, muito sofisticado. As poucas vezes que falei sobre a morte de minha mãe, disse que ela se suicidou e pronto, sem muita explicação.

VINTE E QUATRO

QUARTA-FEIRA, 11 DE SETEMBRO DE 1985.
16H40

Elena estaciona o carro em frente à represa. Ela gosta desse lugar onde a natureza purifica seus pensamentos. Antes de sair, cuidou de alguns assuntos: saídas de clientes, um cano que havia estourado em um dos quartos, supervisão da limpeza e arrumação do *buffet* para o meio-dia. Ontem, depois da visita dos oficiais de justiça, havia se deitado cedo, sem ânimo para ler os documentos da pasta que Lucina lhe entregou.

Hoje à tarde, quando a ansiedade a dominou, entrou no carro e foi até a represa.

Ela gosta desse lugar desde criança, seu lugar para pensar, deixar ir, se perder.

Gostaria de ter se dedicado à ornitologia, com a única preocupação de observar as aves que vivem ali. À sua frente, sobre a água, consegue ver Maximiliano boiando. Maximiliano é um pelicano branco americano, há alguns anos ele machucou uma asa e passou a morar nessa água turva repleta de robalos e carpas.

Chegou com a migração que ocorre no início de novembro todos os anos; os pelicanos brancos voam dos Estados Unidos e do Canadá para passar o inverno em terras mais quentes, grande parte do bando vai para os estados de Michoacán e Jalisco, mas alguns ficam nesse lugar.

Com os vidros do carro abaixados, sente o ar fresco.

Lembra-se do dia em que levou Ignacio a esse lugar pela primeira vez e lhe mostrou o pelicano:

— Eu o descobri em maio, quando todos os outros já haviam migrado. Todos menos Maximiliano — explicou-lhe, sentados sobre o capô do carro em frente à represa.

— Maximiliano? — perguntou Ignacio, achando engraçado.

Elena sorriu, aquele sorriso grande, honesto, que ilumina seu rosto e deixa seus olhos pequenos, diminuindo os anos, dando-lhe um aspecto quase infantil.

— Tive um cachorro quando tinha cinco anos: Maximiliano. Ele viveu muito pouco, engoliu um purgante que meu avô tinha feito para as vacas. Meu cachorro morreu de uma diarreia que não puderam controlar. Quando encontrei o pelicano, me lembrei desse nome e o batizei assim.

Elena quis sorrir de novo, mas acabou com os ombros curvados e os lábios franzidos. Voltou a olhar para a água e para a ave, Ignacio olhava na mesma direção. Um barco passou entre eles e o pelicano, fazendo-o voar.

— Acho que vou me sentir triste quando chegar a época de ele migrar... Assim como você — disse a Ignacio, apoiando a cabeça em seu ombro. — Você também tem sua época de migrar, deveria ficar aqui como o Maximiliano, para sempre.

Ignacio segurou o rosto de Elena entre as mãos, trouxe-o para perto dele e beijou-a nos lábios, um beijo curto.

— Talvez um dia — sussurrou em seu ouvido e a abraçou com força.

Uma batida no carro a trouxe de volta para o presente, tirando-a do devaneio do passado: o pelicano havia pousado sobre o capô e a observa com a cabeça de lado. Elena se assusta, mas se recompõe ao perceber a presença da ave.

— Você vai amassar o carro.

A ave se aproxima do para-brisa, move a cabeça de um lado para outro.

— Está procurando Ignacio? Não está. Nunca mais vai estar. Migrou para outro mundo. Para o inferno, deve estar no inferno por ser um mentiroso.

Elena não consegue evitar uma gargalhada repentina, inesperada. Ri porque seu corpo precisa disso, precisa liberar a tensão desses dias, ri porque se sente uma ridícula falando com um pelicano.

— Estou ficando louca — diz em voz alta.

As bochechas ficam encharcadas de lágrimas repentinas e o carro balança sem ritmo. O pelicano abre a boca como se fosse rir também, dizer algo, despedir-se antes de bater as asas e se afastar. Elena despede-se dele com um aceno. Limpa o rosto, olha-se no espelho, recosta-se. Pega a pasta, acaricia a capa e começa a ler.

```
Era uma vez uma mulher, a qual a imprensa apelidou de Mulher
Hiena. Esquartejadora de inocentes. Bruxa. Estripadora de
crianças. Trituradora de anjinhos. Monstro. A Ogra do bairro Roma.
    Julián e eu a chamávamos de mãe.
```

Seu nome era Felícitas Sánchez Aguillón.

Sua avó.

Não sei exatamente os motivos que me levam a contar a história da minha mãe. A nossa história. Ninguém consegue se lembrar perfeitamente de tudo que aconteceu em sua vida, apenas de algumas partes: mensagens que o cérebro nos envia esporadicamente, um montão de neurônios enganosos e incapazes de recordar uma cena completa, apenas partes da obra que fomos obrigados a interpretar.

VINTE E CINCO

QUARTA-FEIRA, 11 DE SETEMBRO DE 1985.
16H33

Evangelina de Franco entra rapidamente em casa e vai direto para o seu quarto.

— Mãe? — escuta sua filha chamar.

— Já vou — diz e tranca a porta com chave.

Entra em seu *closet* e tranca-se ali. Pega a fotografia em sua bolsa e a rodopia como um planeta desorbitado sem saber onde escondê-la. Depois a coloca de volta em sua bolsa, escondendo-a atrás de uma pilha de suéteres em uma das prateleiras. Pensa nas vezes em que o marido meteu a mão em suas coisas, xeretando, alegando que tem o direito de fazer isso porque é ele quem paga por elas.

Nervosa, senta-se no banco ao lado do espelho de corpo inteiro para retomar o ritmo de sua respiração. Com cuidado retira o curativo das mãos, já não precisa fazer com que Humberto se sinta mal e nem esperar que ele se desculpe. Ele nunca mais irá tocá-la. Ela lava as mãos, com cuidado para não molhar a gaze, apenas as pontas dos dedos. Cheira sua blusa e decide trocá-la, está fedendo a suor e nervoso.

Com cuidado, por causa da dor na costela, ela veste uma camisa branca com uma fileira de flores sobre a costura dos botões. Abre o frasco de perfume Opium e sobre os dedos indicador e médio coloca algumas gotas que espalha por trás das orelhas, depois nos pulsos, e quando sente que pode dissimular, não apenas o cheiro, mas também seu nervosismo, vai até a sala de jantar onde está Beatriz.

— Desculpe pela demora — diz e em seguida começam a conversar sobre o colégio. A garota está mais gentil e atenta que de costume, não consegue parar de olhar para a gaze nas mãos da mãe, tampouco ignora sua expressão de dor ao mudar de postura.

— Está doendo muito?

— Não... bem... um pouco. Ele não vai mais me machucar.

— Mãe... — diz segurando a mão dela. — Deixe-o, ele vai acabar te matando. Vamos embora juntas.

Beatriz não compreende por que a mãe não pode deixá-lo, detesta suas respostas: "Porque não posso", "porque não é tão fácil", "porque vivemos em uma sociedade", "por você", "porque você precisa de uma família". "Porque não teríamos do que viver." Espera uma resposta parecida quando sua mãe diz:

— Isso já vai acabar.

— O que vai acabar?

— Tudo, você vai ver. Tenha calma — declara e beija sua mão.

— O que vai fazer?

— Preciso que hoje você vá para a casa de sua tia e durma lá. Amanhã eu te busco assim que você sair da escola. Preciso conversar com o seu pai.

— Ele vai te machucar de novo. Não quero te deixar sozinha.

— Não se preocupe, te prometo que não vou permitir que me toque. Nunca mais.

— Não, mãe, não posso ir para a casa da minha tia e te deixar aqui.

Evangelina aproxima-se da filha, abraça-a demoradamente, beija sua testa e sente o cheiro de seu cabelo, esse cheiro que a reconforta, que a reconecta com a maternidade. Em seguida, diz olhando diretamente em seus olhos:

— Eu juro que vai ficar tudo bem.

Uma hora depois, Evangelina acomoda-se no banco traseiro de seu carro Le Baron. Não sabe o que vai dizer, nem como, mas tem que fazer isso. Mónica Almeida é sua amiga desde o primário. É das poucas amizades que ainda conserva.

No dia que enterraram Leticia, ela tentou ficar perto da amiga. Desde esse dia a tem procurado e falado com ela quase que diariamente pelo telefone.

O que vai dizer acabará com a amizade, ela sabe disso. É inevitável.

Suspira fundo, segura o ar por um instante e em seguida exala, considerando que deve tomar essa atitude pelo motivo correto, porque Mónica é sua amiga e Leticia era como outra filha em sua casa. Faz um esforço para pensar na Leticia criança, não naquela moça que estava com seu marido sabe-se lá onde. Percebe que não pode odiá-la.

— Tenho certeza de que o safado do Humberto a convenceu, talvez a tenha sequestrado e a forçado a fazer algo que ela não queria — diz em voz baixa.

Leva as mãos à cabeça e sente o peso do que vai fazer: contar à família Almeida que Leticia estava com Humberto e seu amigo, e que talvez eles a tenham matado.

— Tenho que te mostrar uma coisa — disse à irmã assim que chegou em sua casa.

— Seu marido e as crianças não estão, certo?

Sua irmã negou com a cabeça.

— O que aconteceu? — perguntou assustada pelo curativo.

— Nada, nada, isso não importa agora — disse Evangelina levando-a ao lavabo e trancando a porta com chave. — Não quero que ninguém me ouça — disse-lhe tirando a fotografia da bolsa.

— O que é isso?

— Olha direito — disse Evangelina, pressionando-a.

Sua irmã olhou atentamente.

— É Humberto — exclamou apontando com um dedo.

Evangelina concordou rapidamente para que a irmã entendesse a situação.

— Esta é Claudia Cosío — disse apontando-a.

— Claudia Cosío?

— A moça que foi assassinada, amiga de nossas filhas.

— Não é possível.

— Sim, é ela. Este outro é o tal Pereda do Ministério Público. A foto foi tirada no dia em que foram assassinadas, Humberto estava usando essa calça.

— Você acha que eles...?

— Não sei. Estou tremendo desde que encontrei a fotografia na calça dele — disse e estendeu uma mão trêmula para provar.

— Na calça dele?

— Sim, levei-a até a tinturaria e a encontrei. Você acredita? O idiota a esqueceu ali.

— O que vai fazer?

— O que faremos?

— Vamos à polícia?

— À polícia? Eu não acabei de falar que o amiguinho do meu marido é o chefão do Ministério Público? Além disso, Humberto se relaciona com várias pessoas importantes.

Evangelina senta-se sobre a tampa da privada.

— Ontem eu tive que buscar minha filha mais cedo na escola e deixei a empregada sozinha no escritório de Humberto, a tonta quebrou a licoreira. Quando cheguei, Humberto me jogou em cima dos cacos e depois me chutou — explicou com as mãos enfaixadas para o alto.

Em silêncio, a irmã observa a gaze e acaricia a mão de Evangelina.

— Seu marido é um imbecil. Vamos procurar seu amigo.

— Quem?

— O dono d'O *Observador de Allende*. Vamos pedir que publique a foto e assim todo mundo vai saber que estiveram com elas — sugeriu a irmã com a ponta da fotografia apoiada no lábio inferior.

— Você vai sujá-la — recriminou-a Evangelina arrancando a foto de sua mão.

— Vamos ao jornal.

— Não sei, acho que não é uma boa ideia.

— Você disse que não quer ir à polícia.

Evangelina suspirou fundo, deu de ombros e disse:

— Tudo bem, vamos.

O carro para e ela sai de seus pensamentos como se estivesse saindo da água, estão em frente à casa da família Almeida.

Tira um espelhinho de sua bolsa e retoca o batom, como se o fato de estar com a boca perfeita diminuísse o efeito do que vai dizer.

Pigarreia um pouco e desce do carro lentamente.

Toca a campainha e torce para que Mónica esteja em casa. Devia ter ligado antes, culpa da pressa por querer dizer tudo que tem a dizer. Sente no corpo a eletricidade da adrenalina, uma corrente elétrica percorrendo-a dos pés à cabeça. Leva o nariz à axila direita e inala fazendo uma careta.

— É a Evangelina Franco — responde à voz que pergunta pelo interfone. — Evangelina Montero — corrige-se imediatamente, sabendo que já não quer usar o sobrenome do marido. — Vim falar com a sua patroa.

Depois de um breve silêncio, a mesma voz diz:

— A patroa não está, não sabemos a que horas ela volta.

Mónica Almeida tinha lhe dito várias vezes pelo telefone que não queria ver ninguém, não queria se arrumar, nem sair da cama. Não queria nada.

Prestes a se dar por vencida e voltar para o carro, a empregada abre-lhe a porta e convida-a a entrar.

Décimo quarto fragmento

Ele escolheu-a aleatoriamente na lista de mulheres do caderninho de minha mãe, a única herança com que ele se importava. Seu nome era Estela García. Minha mãe foi meticulosa ao fazer uma espécie de fichas médicas com os dados de cada paciente e o procedimento realizado. Talvez tenha adquirido esse hábito na clínica de Huasteca, ou o médico que a instruía lhe ensinou como fazer. Ou talvez percebeu que esses dados seriam um salvo-conduto, um salva-vidas caso algum dia precisasse deles, e foi o que aconteceu.

Após a morte de minha mãe, ficamos nessa casa com meu pai. Não conversamos, não houve consenso. Eu continuei trabalhando no jornal, Julián às vezes estava na mercearia La Quebrada ou em lugares que ignoro. Não sei a que meu pai se dedicou após a morte de minha mãe; sempre foi o ajudante de sua esposa, um homem com deficiência e força de vontade querendo fazer algo além do que fez na petroleira, antes de seu braço direito impedi-lo de conseguir um bom trabalho, braço que se deformou ainda mais com o tempo, como uma asa quebrada que não permitiu que voasse longe da minha mãe, deixando-o preso a ela, induzindo-a a fazer o que fazia, porque ela era sua fonte de recursos.

Nós três apenas morávamos juntos, nada mais. Cada um cuidava de sua vida e meu pai nos cobrava parte do aluguel. Às vezes nos esbarrávamos em algum cômodo. O inquilino permanente era o silêncio, um silêncio que se expandia ou se contraía como um batimento cardíaco, uma presença.

Até o dia em que Julián rompeu o silêncio com uma palavra: acompanhe-me.

Na noite de 5 de junho de 1944, três anos após a morte de minha mãe, decolaram da Inglaterra três divisões aerotransportadas com mais de vinte mil paraquedistas. Voaram em mil e duzentos aviões Douglas C-47 Dakota, rumo à Normandia, a guerra estava prestes a terminar. Nessa época, eu já escrevia algumas notícias breves para o jornal. Depois de ter deixado o cargo de *office boy*, trabalhei na formação do diário e com os linotipistas, e posteriormente tive a oportunidade de ser jornalista de plantão e cobrir o que seria a minha especialidade: notícias policiais, sensacionalistas.

Era o amanhecer do Dia D, o céu começava a se vestir, era uma manhã fresca. Julián e eu nos escondemos perto de um portão em frente a uma casa no bairro Polanco e em torno de seis horas saiu um homem, meia hora depois uma mulher. Julián me fez um sinal e a seguimos, ela andou alguns quarteirões. Usava salto alto e um vestido branco com flores roxas. O cabelo preso, perfeito. Era bonita, elegante, estilosa, como dizia meu pai. Virou a esquina e entrou em um Chevrolet preto, o que fez rapidamente, o motorista não desceu do carro para abrir-lhe a porta, conseguimos ver seu chapéu. Assim que a mulher fechou a porta, o carro partiu.

— Quem é?

Até esse momento eu não tinha falado nada; estava tão acostumado com o silêncio de meu irmão que nem tinha pensado em perguntar para que seguíamos aquela mulher. Havia tirado algumas conclusões pelo caminho, inclusive achei que ele estivesse apaixonado por ela. O que não tinha nada a ver com a realidade.

— Estela García — respondeu e não disse mais nada. Voltamos para casa sem conversar.

Às dez da noite, Julián apareceu no jornal e disse:

— Venha comigo.

Disse-lhe que tinha que estar atento caso houvesse alguma notícia.

— Venha comigo — ordenou.

Fomos para casa, para o quarto onde minha mãe atendia suas pacientes.

— O que estamos fazendo aqui?

Meu irmão abriu a porta, acendeu a luz e vi uma mulher em posição fetal embaixo da mesa onde minha mãe trabalhava. Estava com os pés e as mãos amarradas e com um pano em sua boca.

O quarto fedia à lugar fechado, podre, tinha ficado trancado desde a morte de minha mãe.

— O que você fez?

Julián ajoelhou-se com muita dificuldade, sua perna inútil não permitia que se movesse com agilidade. Ele arrastou-a para tirá-la dali. Ela se debatia, tentava se defender e se arrastava tentando voltar para debaixo da mesa, como se assim estivesse a salvo. Pude sentir seu suor nervoso, ácido, tinha urinado na calça. A maquiagem dos olhos manchava seu rosto de preto. O penteado perfeito que usava no começo da manhã estava desfeito. Gritos silenciosos, gemidos presos nas fibras do pano que a amordaçava.

Eu me ajoelhei devagar. Sem pensar, destapei sua boca.

— Por favor, por favor.

Era um animal assustado, encurralado. Erguia um pouco a cabeça e em seguida a jogava no chão.

— Por favor! Eu não podia tê-lo! Já lhe expliquei.

Gritava. Implorava em voz alta. Gemia em voz baixa.

Meu irmão, irritado, tampou a boca da mulher novamente. Ela lutou, mas ele a pegou pelo cabelo, batendo-a contra o chão. Ela parou de lutar.

— Não toque nela! — Julián gritou quando voltei a aproximar a mão dela, não sei se para acariciá-la, soltá-la, limpar seu rosto ou apenas tocá-la. Era terrível e era belo. Dei um passo para trás.

— É uma delas — disse ele.

Julián passou a se considerar o carrasco, o juiz.

Não foi necessário explicar, era uma das mulheres que minha mãe atendeu; talvez tenha feito um aborto, talvez tenha abandonado um filho. Quis perguntar-lhe qual tinha sido seu pecado, mas não encontrei as palavras adequadas porque não tinha importância. Era "uma daquelas mulheres que nos sustentavam", como dizia meu pai. "Temos que ser gratos a essas vadias", disse um dia em que umas três ou quatro mulheres aguardavam no local que minha mãe falava de boca cheia que era a sala de espera. Não sei se meu pai disse isso a mim, a ele mesmo ou a ninguém. Naquele momento não compreendi muito bem suas palavras, mas elas ficaram guardadas em algum canto do meu cérebro, espalhando-se como um vírus. Uma infecção que ao final de sua incubação mostrou os primeiros sintomas: transformou meu modo de ver aquelas mulheres que minha mãe chamava de clientes, pacientes, tornando-as as únicas culpadas por Felícitas dedicar-se a fazer aborto e matar crianças. Culpadas por termos que enterrá-los, jogá-los pelo ralo, em terrenos baldios, em latas de lixo. Nunca pensei que a infecção afetaria Julián a ponto de transformá-lo em uma aberração, que os malditos genes de minha mãe despertariam nele.

— Me ajude a segurá-la.

Neguei com a cabeça.

Não conseguia parar de olhar para a mulher, estava hipnotizado.

Ele chutou seu estômago e deixou-a sem ar. A mulher tossiu, sem poder recuperar o fôlego. Deitou-a de barriga para cima e colocou um joelho sobre o peito de Estela García, do mesmo modo que fez com minha mãe, depois colocou as mãos sobre o pescoço e apertou-o cada vez mais forte.

Observei-a lutar por sua vida, tentar tirá-lo de cima dela, os pulsos e os joelhos sangravam. O corpo se agitava convulsivamente pela falta de oxigênio. Enquanto meu corpo permanecia quieto, reconhecia a morte e testemunhava sua chegada. Eu também não respirava, segurei o ar por não sei quanto tempo, imóvel, paralisado frente ao meu irmão.

Agora que relato sua morte e tento descrever todos os detalhes, penso que talvez ela ainda continue morrendo. Talvez os mortos só morram de verdade quando todas as pessoas que se lembram dele desaparecem. Morrer é um *continuum*.

Não sei quando parou de respirar completamente. Julián gritou algo que não entendi, eu permaneci quieto, transformado em um assassino passivo. Cúmplice.

Ele se levantou do chão, limpou o suor com o antebraço e acendeu um cigarro. Estendeu o maço em minha direção e fumamos, sem falar. Depois, de uma das prateleiras, pegou um objeto inesperado: um sapato de salto alto de minha mãe, o reconheci imediatamente, preto, quase novo porque ela os usava pouco e, quando os usava, acabava com os pés cheios de bolhas. Guardava-os na caixa como se fossem um tesouro. Julián pegou-o e cravou-o bem no meio da testa de Estela, como se fosse um terceiro olho. Modificou o sapato com um salto de metal, ele mesmo fez isso com as habilidades adquiridas durante a época em que trabalhou como sapateiro. Essa seria a sua marca.

Mais tarde, de madrugada, quando pensávamos que não haveria testemunhas, a levamos no carro de meu pai ao Bosque de Chapultepec. Julián já havia planejado tudo há não sei quanto tempo. Limpou seu rosto, arrumou um pouco seu cabelo. Nós a deixamos apoiada em uma árvore, com as pernas abertas, as mãos sobre a barriga, Julián tinha levado um travesseiro que colocou por debaixo do vestido, de modo que de longe parecia uma grávida prestes a dar à luz. Deixou-a na mesma posição em que minha mãe apareceu em uma das fotografias do jornal.

— Aqui está sua notícia sensacionalista — disse e foi embora.

Voltei para a redação, pedi que um dos fotógrafos me acompanhasse porque tinha recebido uma informação sobre o corpo de uma mulher que tinha sido encontrado no Bosque de Chapultepec. Para a polícia expliquei que tinha recebido uma ligação anônima na redação e só.

A notícia apareceu na primeira página. Minha primeira página. Escrevi sobre a descoberta do cadáver, as hipóteses da polícia, a notificação à família e a identificação do corpo. O principal suspeito era o marido, já que a empregada doméstica declarou que a patroa tinha um amante. A quase certeza de um crime passional. As especulações dos detetives responsáveis pelo caso sobre a estranha posição do cadáver. Um jogo de pingue-pongue entre o marido e o amante. Durante vários dias, escrevi para afastar a história de nós, de Julián e de mim. Era quase divertido.

Dois anos antes, Ramón havia coberto a história de Gregorio Cárdenas, Goyo, que estuprou e assassinou quatro mulheres e enterrou-as em sua casa em Tacuba. Em uma das entrevistas à polícia, perguntei se havia a possibilidade de ser um imitador de Cárdenas, algum admirador. A polícia não descartou a hipótese, não a afirmou, mas me ajudou a desviar ainda mais a história.

Comecei a pensar sobre minha atuação frente aos assassinatos de Julián. Concluí que o que sentia era fascinação. Era tão filho de minha mãe como meu irmão, outra aberração. Mais parecido com meu pai, que participava sem matar e se aproveitava do que a esposa fazia. Pergunto-me se os remorsos o invadiam pela noite tirando-lhe o sono, se vivia em um estado de ansiedade constante, um alarme impossível de desligar, debatendo entre confessar tudo e libertar a consciência, perder a liberdade e estar disposto a passar anos na prisão.

O que tanto ele desfrutou com as mortes? Padeceu com elas ou se sentiu fascinado diante da transformação de um ser humano em cadáver? Sentia-se poderoso ao ter a decisão sobre a vida e a morte de alguém?

Quando a notícia começou a perder importância, a se perder entre outros crimes que aconteciam todos os dias, desejei – essa é a palavra correta – que meu irmão voltasse a matar.

E então, Clara. Clarita. Clara, sentada atrás de uma escrivaninha, sorria para mim. Para mim. Gosto de suas notícias. Gosto do jeito que ela escreve. E de repente seu rosto, seu cabelo, seus gestos. O cinema, sua mão, seus lábios. Toque. Beijos. Carícias. Excitação. Ereção. O parque. A cafeteria. A rua. Seu quarto. O jogo amoroso. Beijos. Carícias. Excitação. Ereção. Beijos. Saliva. Pênis. Testículos. Umidade. Beijos. Vulva. Vagina. Mãos. Língua. Clitóris. Mamilos. Introdução. Movimentos rítmicos. Suor. Beijos. Ofego. Gemidos. Orgasmo. Clímax. Ejaculação. Fluxo. Gozo. Sêmen. Espermatozoides. Espasmo. Relaxamento. Suspiro. Beijos.

O maior triunfo do ser humano é que alguém o espere na entrada de um cinema ou em uma cafeteria, em um parque, entre os lençóis. Eu, sem saber, em sua cama me despi da solidão, tirei meu manto, o sobretudo que guardava o frio dentro de meu corpo. Há dois anos, Clara viera de Guanajuato para a capital em busca de trabalho, alugava um quarto no centro e sonhava com uma família. Sem que eu percebesse, contagiou-me com seus sonhos e desejei uma vida tão quente quanto sua pele, fofa como seus pelos pubianos, sem surpresa, entediante. Comum.

Enquanto isso, Julián escolhia uma segunda mulher, três meses depois da primeira. Procurou seu endereço e seguiu-a por alguns dias. De classe média baixa, garçonete no Café de Tacuba. Ele a vigiou, viu-a uniformizada levando pratos, copos e talheres de mesa em mesa, como em uma dança. Achou-a bonita. Gostou de sua figura miúda, mais magra que as outras garçonetes, baixinha. Ela sorria. Mantinha o sorriso nos lábios quase o dia todo, inclusive quando em seus intervalos ia para a rua fumar um cigarro. Como se estivesse apaixonada, em constante devaneio. Não saía com ninguém.

Durante três dias seguidos, ele foi ao café e pediu a mesma coisa. Sempre dava um jeito de ser atendido por ela. No quarto dia, esperou que lhe perguntasse:

— O de sempre?

— Como você consegue memorizar tudo o que as pessoas pedem?

Julián notou seu rubor. Ela se recompôs e perguntou mais uma vez se queria o de sempre.

— O de sempre é vir te ver.

Ela mudou o sorriso e tentou seguir com seu trabalho, não queria deixar de lado sua função como garçonete. Julián comeu o de sempre, fumou um cigarro, dois, pagou e saiu esquecendo o chapéu.

Ela saiu correndo atrás dele e disse:

— Senhor, senhor!

Julián demorou um pouco para dar meia-volta, como se a cena tivesse sido ensaiada, cronometrada:

— Meu chapéu, obrigado. Eu o esqueço em todos os lugares, é um milagre que ainda esteja comigo. Muito obrigado, senhorita...

— Pilar, me chamo Pilar Ruiz.

Em seguida, ele disse que gostaria de levá-la para almoçar, para jantar, para tomar um café. Ela respondeu que não podia sair com clientes e ele lhe disse que não comeria mais ali e deixaria de ser um cliente.

No dia seguinte, a convidou para tomar um sorvete, para passear pelo Centro Histórico. Saiu dois dias com ela. No terceiro, a levou para a casa na rua Cerrada de Salamanca, número 9. Ela se negou a entrar.

— O que houve?

— Aqui...

Obrigou-a a entrar na casa, como fez com Estela García, e em seguida a colocou para dormir com clorofórmio.

Ela acordou na mesma mesa onde foi atendida pela parteira. Demorou alguns minutos para perceber onde estava, para recapitular as últimas horas, os últimos acontecimentos. Estava sozinha, a lâmpada pendurada no teto iluminava o lugar onde tinha dado à luz um filho.

Julián deixou um recado no jornal, eu estava de plantão. De novo abandonou o corpo no Bosque de Chapultepec, perto do lago. Demorei um tempo para encontrá-la. Na mesma posição. Estrangulamento. Apoiada em uma árvore, o buraco na testa. O rosto inchado e vermelho-arroxeado, os olhos hemorrágicos. Fiz uma ligação anônima para a polícia e mais uma vez fingi que tinham avisado no jornal.

"Não tenho nada a ver com isso", repeti para o detetive José Acosta Suárez quando me interrogou. Ele sabia quem eu era, minha relação com a mulher que havia prendido anos atrás, minha mãe, a Estripadora de Anjinhos. Insinuou que eu poderia ser o assassino. Me interrogaram e ameaçaram utilizar métodos mais eficientes para descobrir a verdade.

Escrevi a história e insinuei que a polícia tentava me incriminar porque não tinha ideia de quem poderia ser o assassino dessas mulheres, as Santas, nome que lhes dei depois de ouvir alguém na redação dizer que pela posição pareciam estar dando à luz, e que as mulheres que morrem dando à luz são santas e vão direto para o céu.

A segunda mulher, encontrada na mesma posição, como se tivesse morrido ao dar à luz, como uma santa, chamava-se Pilar Ruiz. Tinha vinte e cinco anos, um metro e cinquenta de altura, de compleição magra, e uma vida inteira pela frente.

Anos depois escrevi um livro que intitulei do mesmo modo: *As Santas*.

Meu irmão começava a estabelecer uma rotina, matava e depois desaparecia por alguns dias. Dois ou três, como que para apaziguar o demônio que o havia dominado. Dr. Jekyll e Sr. Hyde.*

Certa noite, enquanto eu tomava uma xícara de café e fumava um cigarro após ter chegado de uma noite de plantão na redação, Julián voltou para casa. Sentou-se na minha frente, pegou o maço de cigarros e acendeu um. Eu o observava sem falar nada.

— Você tem namorada. Ela é bonita.

Não respondi, não afirmei. Senti medo, algo parecido com o que sentia quando era criança. Pavor de que ele fizesse algo com ela.

— Você a ama?

Julián terminou o cigarro, e percebi o cansaço que eu sentia, estava esgotado, não dormia há três noites, ficara à espera de meu irmão mais novo.

Observei sua roupa suja, o cabelo oleoso, despenteado, as mãos sujas, as unhas pretas. Por onde havia andado?

Desde que Ramón batizou a minha mãe como a Ogra, comecei a sentir um fascínio doentio por monstros e suas histórias. Anos mais tarde, publicaria pela Editora

---

* Do livro *O Médico e o Monstro. O Estranho Caso de Dr. Jekyll e Sr. Hyde.* (N.T.)

Novaro uma coleção de livros sobres monstruosidades e demônios. Em todas as histórias, plasmaria a mesma sensação de terror que me invadiu essa manhã diante de Julián. Ele era o monstro que matava e eu o que contava. Nenhum dos dois estava interessado em caçar o animal e acabar com a matança, monstros da mesma espécie.

— Você a ama?

— Não sei. Monstros como nós não sabem amar — respondi.

Admito que sentia pavor ao imaginá-la morta, assassinada por meu irmão. Sentia medo por ela ou por voltar a me sentir sozinho?

— Pilar Ruiz era bonita — disse Julián depois de acender outro cigarro. — Se não tivesse sido uma dessas mulheres, talvez eu teria gostado dela. Ela não gritou, nem lutou contra a morte. Seu coração era fraco, como o de um pássaro. Falei sobre o filho que tinha abandonado com nossa mãe e como ele tinha morrido. Ela chorou por ele e disse que esperava que a eternidade fosse suficiente para que ele a perdoasse.

Ele terminou o cigarro e quase pude notar um gesto de decepção em seu rosto. O pouco que falava contrastava com a narração detalhada e escrupulosa que fazia dos assassinos. Fumava um cigarro após o outro até que não tivesse mais nada para contar.

— Vou dormir — disse quando apagou o último cigarro.

Dormiu por dois dias seguidos.

VINTE E SEIS

QUARTA-FEIRA, 11 DE SETEMBRO DE 1985.
19H17

Elena chegou ao mundo de surpresa. Soledad, sua mãe, tinha dezenove anos, ela era a força e sua irmã gêmea, Consuelo, a inteligência, pelo menos era assim que o pai as descrevia. De tanto repetir isso, os corpos das irmãs se adaptaram a essas palavras e Soledad se tornou um pouco mais rude, corria mais rápido, andava de bicicleta e montava a cavalo de um modo quase masculino.

Até que conheceu o pai de seus filhos, que amenizou sua rudeza. A família inteira se surpreendeu com seus gestos femininos um tanto exagerados, mas que convenceram o futuro marido de que poderia se tornar uma senhora e cumprir as regras do bom comportamento. O amor anestesiou a força, tanto que quando a gravidez chegou ao fim, Soledad não suportou a dor das contrações nem a abertura da pélvis, e depois de dar à luz — uma menina que chorou desde o momento de seu nascimento até quase seis meses depois —, ela sangrou e teve uma infecção. Passou uma semana quase sem fôlego e delirando constantemente. A esposa de um trabalhador foi a mãe substituta de Elena, uma mulher que a alimentava com o mesmo leite que o filho. Consuelo ficou encarregada da recém-nascida, que exigia muita atenção. Sua mãe demorou catorze anos para engravidar novamente, e quando Alberto nasceu passou a se preocupar apenas com o filho doente. Elena, em plena adolescência, se sentiu deslocada, abandonada e, principalmente, traída, quase da mesma forma que se sente agora.

Elena volta da represa ao anoitecer com a pasta de Ignacio embaixo do braço e encontra Consuelo na porta de entrada.

— Vou ao hospital ver José María — diz-lhe sua tia.

Elena não responde, ignorando-a.

— Elena, onde você esteve a tarde inteira?

— Por aí.

Consuelo a segura pelo braço.

— Elena, entendo que poucos dias se passaram desde a morte de Ignacio. Entendo que esteja de luto, mas eu não posso cuidar de sua mãe, do hotel e de José María.

— Sim, tia. Eu prometo que vou dar mais atenção ao hotel. Só preciso de mais alguns dias, só isso, tenho que resolver alguns assuntos de Ignacio, e assim que terminar cuidarei deste lugar como sempre fiz. Só preciso de alguns dias.

— Você está bem?

— Estou bem, estou triste, estou brava... é normal.

Consuelo faz um carinho em uma das bochechas da sobrinha; quando era uma recém-nascida, gostava de acariciar suas bochechas com um dedo, passando a ponta dos dedos por seu rosto para tranquilizá-la, para fazê-la dormir, para acalmar o seu choro.

— Eu sei, eu sei, vai passar, o tempo vai resolver tudo, você vai ver.

— Há coisas que não podem ser resolvidas.

— Como?

— Esquece, depois eu te conto. Dê um abraço em José María por mim.

— Devo me preocupar com você também?

— Não, tia, não, estou bem, é sério.

Elena beija a testa de Consuelo e vai para seu escritório, de lá ela liga para Lucina.

— Você pode vir ao hotel?

— Agora?

— Acabei de ler o que havia na pasta.

— Estou terminando uma consulta. Tomara que não haja nenhum parto de emergência.

— Uma pessoa está procurando a senhora — anuncia uma das funcionárias e atrás dela aparece um homem.

— Esteban?

— Desculpa aparecer assim.

— Eu ia te ligar. Lucina está a caminho, precisava vê-los para conversar sobre o que li na pasta de Ignacio. Sente-se.

Esteban senta-se na cadeira em frente à Elena, a pasta de Ignacio está em cima de sua escrivaninha.

— Ignacio era Manuel?

— Não sei, parecem anotações para um livro, do tipo que ele estava acostumado a escrever.

— Que deixou pela metade. — Elena move a cabeça de um lado para o outro, em negação, com os olhos revirados. — Como podemos saber se é verdade? Fala de seus filhos, de seu casamento, de Lucina. E o resto? Os assassinatos? Acha que ele pode ter matado...?

— Leticia e Claudia? De acordo com o exame que pude fazer nos corpos, é pouco provável, apesar de não ter tido tempo de terminar e não quero tirar conclusões precipitadas. Além disso, estive investigando com o pai de Leticia Almeida. Ontem nos encontramos com uma amiga de sua filha e ela nos disse que Leticia saía com um homem mais velho. Não conseguimos informação suficiente porque ela estava muito nervosa.

— Você se encontrou com o pai de Leticia?

— Ele me procurou quando publicaram as fotografias, quis contar pra você e pra Lucina, mas com a história da tal pasta do Ignacio, não tive a oportunidade.

— Acha que esse homem mais velho é... era Ignacio?

— Acho que não.

— Mas você leu o que ele escreveu.

— Sim, ele escreveu que seu irmão era um assassino.

— E ele era seu cúmplice.

— Elena, não podemos levar ao pé da letra tudo que foi escrito, afinal ele era um escritor de ficção, pode ser tudo mentira.

— Então para que ele daria a pasta à Lucina se não fosse verdade?

— Talvez seja o manuscrito de seu último livro e deu a ela para que não fosse esquecido.

— Quero acreditar que se trata de um romance. De verdade. Senão isso significaria que passei três anos com um assassino. Você imagina? Não posso acreditar nisso. Como não percebi? Ou pelo menos suspeitei. Imagina se ele for o assassino, o que vai acontecer com o hotel? Com minha vida, com a vida da minha família. Não quero nem pensar no que as pessoas dirão.

— Calma, Elena, calma. Não vamos nos precipitar. Calma.

Duas batidas à porta os interrompem.

— Pode entrar — diz Elena. Lucina abre a porta devagar.

— A recepcionista me disse que vocês estavam aqui.

Cumprimenta ambos, demorando um pouco mais com Esteban.

— Você está melhor? — pergunta-lhe ele, olhando em seus olhos, sem lhe dar oportunidade de desviar o olhar.

— Sim, estou melhor — responde afirmando com a cabeça.

Ontem, depois que saíram da cafeteria, quando Lucina lhes entregou as pastas, Esteban a alcançou e caminharam juntos, ela gritava no meio da rua que devia ter escutado sua mãe, que era uma idiota, uma imbecil por ter acreditado em Ignacio.

— Porra, Esteban, ele era um safado, um assassino — gritava descontroladamente.

O médico-legista tentou acalmá-la, mas ele toca nos mortos, não nos vivos, os vivos o intimidam.

— Ainda por cima não era minha mãe — repetia Lucina. — Isabel não era minha mãe.

Esteban a ouvia sem compreender.

— Era mentira, Esteban, mentira — Lucina dizia em voz alta, tanto que os pedestres passavam olhando para eles, até que Esteban segurou-a pelo braço, olhou-a por uns segundos em silêncio, levantou os braços quase que de forma automática e abraçou-a.

— Falei com meu irmão... Jesús, o filho de Isabel, e ele me confirmou parte do que havia escrito naquela pasta — diz Lucina, sentando-se em uma cadeira no escritório de Elena. — Minha mãe... Isabel o proibiu de me contar a verdade, por isso ele se afastou de nós, ele não queria continuar fugindo. A culpa foi minha.

— A culpa não foi sua, foi uma decisão que Isabel tomou — afirma Elena.

— Devemos investigar o que é verdade e o que é mentira. Eu preciso contar mais coisas a vocês — diz Esteban tirando um maço de Viceroy do bolso da camisa e Elena pega um.

— Achei que não fumasse — diz Esteban aproximando o fósforo.

— Eu tinha deixado de fumar há quase cinco anos, entre as coisas que deixei para engravidar. Não é mesmo? — pergunta à Lucina, que dá de ombros. — É hora de retomar — inspira a fumaça, sentindo-se um pouco enjoada e ao mesmo tempo levada por essa sensação quase esquecida da primeira tragada.

Esteban começa a falar entre os rolos de fumaça que saem de sua boca, como se fosse uma legenda em um idioma desconhecido.

— O pai de Leticia e eu fomos aos lugares que sua filha costumava frequentar, falamos com seus amigos.

— Espera, espera, com quem você foi? Por quê? Vai com calma — interrompe Lucina.

— Sinto muito... Vou te explicar da mesma forma que expliquei à Elena: quando me informaram da minha suspensão, saí do edifício e dei de cara com o senhor Almeida, o pai de Leticia, no estacionamento. Ele me atacou e me acusou de ter entregado as fotografias de sua filha e sua amiga, tive que convencê-lo do contrário. Falei sobre minha suspensão e minhas suspeitas de que os assassinatos não seriam investigados.

— Como? Não serão investigados? — pergunta Lucina.

— Desde o início me impediram de terminar as autópsias e supervisionaram a redação dos relatórios.

— Vieram me interrogar e me mostraram uma pasta cheia de papéis; acredito que haja uma investigação, mas focada em Ignacio e José María, porque estavam juntos no carro de Ignacio, onde encontraram as fotos — acrescenta Elena.

— Eles tentaram te assustar — afirma Esteban.

— Como você sabe?

— Porque conheço o sistema, porque faço parte dele há muitos anos. O que te perguntaram?

— Queriam saber o que Ignacio tinha feito naquela noite. Senti que estavam me obrigando a prestar declaração contra ele e dizer que eu tinha me embebedado e o havia perdido de vista.

— Utilizam uma pasta cheia de papéis para ameaçar, afirmando que têm provas, uma de suas várias táticas, a mais inofensiva.

— Você e Almeida descobriram algo? — pergunta Elena, sentada na beirada da cadeira, com a sensação de que está prestes a cair.

— Procuramos as amigas das duas, fizemos as perguntas que ninguém havia feito. Foi o que combinamos pelo caminho. Fui buscá-lo e expliquei a alta possibilidade de as autoridades apostarem no de sempre: no esquecimento e na necessidade das pessoas de voltarem à rotina, de esquecerem as tragédias e assassinatos. Somos um país que não gosta de cutucar a ferida, dissecá-la, esperamos que se forme uma casca e tomamos cuidado para não a levantar, apesar de sabermos que a pele apodrece por baixo...

— E o que mais fizeram? — pergunta Elena.

— Sinto muito... me deixei levar. Depois fomos à casa do ex-namorado de sua filha, o primeiro da lista do senhor Almeida. O rapaz nos recebeu com má vontade, enquanto a mãe nos oferecia um café e procurava as palavras corretas para dizer o quanto lamentava. O rapaz afirmou que terminaram porque ela o traía com alguém que lhe comprava presentes muito caros. Almeida não sabia de nada.

— Coitado.

— O rapaz suspeitava de um homem mais velho, ninguém da sua idade poderia comprar coisas tão caras. Ele nos deu outros nomes, telefones e endereços de amigos.

— Acha que esse homem mais velho é o assassino? — pergunta Elena.

— Eu não sei.

— Honestamente, o que preciso é saber a verdade sobre mim. É terrível o que estou dizendo, mas por ora não me interessa saber quem as matou, nem o investigar — replica Lucina. — Estou interessada em saber quem era o homem que dizia ser meu pai. Manuel ou Ignacio.

— Eu entendo — afirma Esteban.

— Eu me lembro do dia em que Ignacio apareceu em meu consultório. "Você é ginecologista", disse-me logo após se sentar. "Você se parece com a sua mãe." Eu neguei com a cabeça e disse que ele estava me confundindo com outra pessoa. "Eu sou seu pai", disse sem rodeios.

Lucina se levanta da cadeira e caminha até a janela que dá para um pátio interno, tampa os olhos com a mão esquerda e dá um longo suspiro. Elena e Esteban a observavam sem se atreverem a falar, Lucina cruza os braços sobre o peito e continua:

— Pedi que ele se retirasse e então ele disse que minha mãe poderia comprovar o que estava dizendo. Mas Isabel já tinha morrido. Insisti novamente para que ele saísse do consultório, inclusive pensei em ligar para o meu marido. Aí ele me implorou dizendo que me procurava há anos. Me contou que tinha contratado vários investigadores e que algumas vezes estiveram prestes a nos encontrar, mas nós acabávamos desaparecendo. Isabel devia ter um sexto sentido muito apurado para saber quando ele se aproximava. Insistiu mais uma vez dizendo que provaria que era meu pai. As palavras de minha mãe se repetiam em meu cérebro várias vezes: "Seu pai quer te matar, seu pai quer te matar". Concordei em vê-lo de novo, apesar dos meus joelhos tremerem embaixo da mesa. A curiosidade foi maior. Apavorada, encontrava-o em lugares públicos lotados de gente, perto da porta. Sem perceber eu baixei a guarda, permiti que entrasse em minha vida. Que tonta! Pensei em procurar Julián na prisão, é o único que pode nos falar a verdade, apesar de não saber se ele vai querer falar comigo, muito menos me contar algo. Tenho que tentar.

— Tenho conhecidos na procuradoria-geral e posso pedir para que marquem um horário.

— Sim, Esteban, por favor, preciso saber a verdade.

— Eu te acompanharei, Lucy, prometo — diz Esteban apoiando de maneira desajeitada uma mão sobre o ombro de Lucina.

— O que mais me assustou ao ler o manuscrito — interrompe Elena — é a falta de sentimentos.

— Como? — Esteban afasta-se de Lucina e volta para sua cadeira.

— Sim, vocês não perceberam? — Elena não lhes dá tempo de responder e continua: — Ignacio era uma espécie de espectador de todos os acontecimentos que narra, um observador que presenciava os atos mais atrozes sem falar nada, sem se comover, sem se assustar, sem sair correndo, sem evitá-los ou impedi-los.

— Eu também percebi e por isso achei que tivesse me deixado o manuscrito de um livro.

— Preciso mostrar outra coisa a vocês — diz Elena. — Vamos até o meu quarto.

Esteban e Lucina vão atrás dela, andam pela beira da piscina e um casal os observa com curiosidade.

— Como eu pude estar com ele sem perceber nada? Como fui cega e imbecil. — Elena move a cabeça de um lado para o outro enquanto caminha.

— Ele era encantador — opina Esteban.

— Encantador, sim, essa é a palavra — afirma Lucina. — O primeiro dia em que nos vimos, me obriguei a ouvi-lo. Observei seus modos, seu jeito de se vestir, seu comportamento, seu cabelo grisalho penteado para trás, seu lenço tão fora de moda, mas que ficava tão bem nele. Suas mãos grandes, masculinas e ao mesmo tempo femininas de tão bem cuidadas. Cheguei a pensar que era homossexual de tão vaidoso, depois percebi que era autocontrole, não permitia que um único fio de cabelo estivesse fora do lugar.

— Ignacio me proibia de mexer em suas coisas, deixava seu quarto trancado e não permitia que o limpassem até a sua volta, com ele presente. Todas essas coisas estavam em seu quarto, me pediu que as tirasse de lá no dia em que morreu, não queria que os filhos as encontrassem.

Dentro de seu quarto, Elena abre uma caixa. Esteban e Lucina se aproximam. A filha do escritor leva uma mão à boca, sufocando um grito. Esteban se agacha devagar, estica uma mão e pega um entre os vários sapatos de mulher que estão lá dentro.

— Por que teria...? Por que guardaria...? Será que são os sapatos das mulheres que seu irmão assassinava ou talvez ele...? — Elena interrompe a pergunta e cobre metade de seu rosto com ambas as mãos.

— Não sei. — Esteban levanta um sapato à altura de seu rosto e em seguida o coloca de volta na caixa. — Talvez sejam como troféus, lembranças, talismãs, fetiches. Não quero tirar conclusões precipitadas nem me deixar levar pelo que vejo.

Esteban faz uma pausa para conter a enxurrada de pensamentos que inundam sua cabeça, pega outro sapato e diz:

— Acho que já sei com o que marcaram uma das jovens: com seu próprio sapato. Um golpe na testa. Igual Julián fazia. Salto agulha... Eu estive pensando em um revólver, um Kolibri.

— Kolibri?

— Sim, é um revólver pequeno. Ignacio me deu um de presente. Pouquíssimos foram fabricados. Devo confessar que depois de ler o manuscrito de Ignacio achei que ele poderia tê-las matado, principalmente pelo buraco na testa de

Claudia Cosío, tão parecido com o descrito em um de seus livros. Acho que fizeram isso com seu próprio sapato, temos que encontrar o par, como em *Cinderela*, para descobrirmos o assassino.

— Esta caixa faz de Ignacio o possível assassino — conclui Lucina. — Meu Deus! Esteban coloca o sapato dentro da caixa e a fecha.

— Vou levar a caixa, Elena. Por enquanto, não pensem em mais nada. Não vamos fazer suposições nem tirar conclusões precipitadas, vamos investigar.

VINTE E SETE

QUINTA-FEIRA, 12 DE SETEMBRO DE 1985.
10H

O território próximo ao rio Laja começou a ser povoado no ano 200 d.C. por comunidades agrícolas que deixaram vestígios em peças de cerâmicas encontradas na região. Próximo dali, o frei Juan de San Miguel fundou a primeira capela em homenagem a São Miguel Arcanjo, padroeiro do frade, daí surgiu o nome da cidade. A capela se encontra na comunidade de San Miguel, el Viejo, onde Adolfo Martínez mora. Adolfo dedica-se a limpar a antiga capela em alguns dias e em outros, a pescar carpas e robalos da represa.

Todos os dias ele se levanta antes do amanhecer e sai depois de alimentar seus animais: sete galinhas, um galo, uma vaca, um porco e um cavalo. Homem de poucas palavras, o pouco que verbaliza diz a seu cavalo. Quase não se comunica com sua mulher, monossílabos e sons, uma linguagem limitada, mas suficiente para se entenderem. Moram em uma casa de pedra e adobe, galhos, palha, janelas sem vidros, chão de terra, igual a todas as outras que compõem o povoado pedregoso e empoeirado, onde os dias são longos e a maioria dos habitantes são parentes. Adolfo sabe o nome de todos os seus vizinhos, mas nunca os cumprimenta quando os encontra, apenas faz um gesto com a cabeça do alto de seu cavalo, tocando a ponta do chapéu.

Hoje ele vem galopando, golpeando forte seu cavalo. Sem prestar muita atenção na estrada, perde o chapéu ao esbarrar em um galho de algaroba.

Não sabe a quem recorrer. Seu compadre (um de tantos) aparece de repente.

— Uma morta — diz quase sem ar. Essas são as duas únicas palavras que dirigiu a ele neste ano. Com seus setenta anos de idade, Adolfo desce o mais rápido que pode do cavalo. — Uma morta — repete.

Assim que a névoa sobe, os patos e as garças desenham ondulações na superfície da água onde o nascer do sol é recriado. Quando Adolfo sai para pescar, tem a sensação de que o barco navega pelo céu e os peixes voam entre as nuvens. Pela manhã, ao aproximar seu barco da margem, a encontrou de bruços na lama presa a um tronco.

Na represa já morreram crianças, velhos, mulheres, homens, engolidos pelo fundo cheio de galhos famintos como intestinos.

Os olhos azuis da mulher se desbotaram com a água, pelo menos foi o que ele achou. Fizeram que se recordasse dos olhos de seu avô cego, um olhar morto que o perseguiu desde criança, como o olho do velho no conto de Poe.

Ele virou-a de barriga para cima e o cadáver cuspiu terra e água, um vômito preto, pastoso. Suas mãos estavam fechadas. A blusa, antes branca, estava manchada de uma cor incerta entre marrom e verde, e as flores na linha dos botões se destacavam como lótus. O cabelo parecia uma água-viva castanha.

A notícia não demora para se espalhar e as pessoas vão à margem da represa, justamente onde desemboca o leito do rio Laja, que não se distingue pela quantidade de água que a lagoa contém hoje. Não demorou para que alguém reconhecesse a mulher e o nome de Evangelina chegasse até a casa dos Montero. A insistência das batidas na porta do quarto, onde o casal Montero ainda dormia, obriga o marido a se levantar e a abrir para uma das empregadas com o rosto suado e vermelho por ter vindo correndo desde a represa, a uns cinco quilômetros dali. Com a boca seca, a moça tenta explicar aquilo que o pai de Evangelina tem dificuldade em entender: o senhor deve ir à represa porque encontraram a sua filha afogada.

Rapidamente ele calça um par de sapatos marrons e sai com a camisa listrada do pijama. Quando chega ao local, não conseguem detê-lo, e com seus quase oitenta anos empurra o oficial que tenta impedi-lo de seguir em frente e se joga sobre o corpo da filha. Ajoelhado ao lado dela, a levanta da lama e, sem deixar de chamá-la pelo nome, a abraça contra seu peito, uma cena muito parecida com uma obra renascentista.

— Senhor... — os agentes tentam interpelá-lo. — O senhor não pode ficar aqui.
— Ele os ignora, não pode ouvir nada além de sua voz repetindo o nome de Evangelina. Também não ouve os gritos de seu filho que veio atrás dele.

Os agentes insistem em separar o pai da filha para fazer seu trabalho. O filho diz aos homens que irá conversar com o pai, mas perde todos os argumentos ao se deparar com os olhos perdidos da irmã e cai de joelhos ao lado dos dois.

Os gritos da irmã de Evangelina chamam a atenção:

— Foi Franco, foi Franco! — grita para o pai, para o irmão, para Miguel Pereda, que acaba de chegar ao local. Ficou presa na lama, não se atreve a se aproximar mais, não quer ver a irmã. — Ele batia nela, ele a matou.

Num reflexo, o mesmo impulso que o irmão sentia quando suas irmãs eram pequenas e tinha que defendê-las, ele se levanta e tenta correr para procurar o cunhado em sua casa, mas os agentes o impedem, não permitem que siga em frente, não terá nenhum acesso durante toda a manhã.

Às dez da manhã, o corpo de Evangelina é levado ao anfiteatro com a família Montero atrás da ambulância.

Miguel Pereda repreende o dono do *Diário de Allende*, trancados no escritório deste, que dá um gole na garrafa de Bacardí que segura em uma das mãos. Sobre o tapete há mais garrafas de diferentes bebidas, livros, folhas, canetas, porta-retratos, pesos de papel, vidros e objetos que não se sabe exatamente o que eram, cada um descansava em seu lugar específico antes de ser vítima do ataque de ira que Humberto Franco descarregou em tudo.

— Humberto, me ouça, você tem que me explicar o que aconteceu. O que você fez com sua mulher?

Franco, escondido atrás da garrafa, observa Pereda com os olhos injetados pelo álcool, ódio e sangue.

— Sabe o que aquela imbecil fez?

Miguel Pereda nega com a cabeça.

— Levou a fotografia para Antonio Gómez. Aquela desgraçada entregou a fotografia para ele.

— Que fotografia? Do que você está falando?

— Da foto que a pirralha tirou de nós aquela noite. Você não se lembra?

— Não.

Franco leva a mão à testa com desespero, dá outro gole na bebida. Pereda se aproxima e arranca a garrafa de Bacardí de sua mão.

— Preciso de você sóbrio para o que está por vir, você vai ter que prestar declaração.

— Prestar declaração? Não... não vou declarar na-da. Na-da! — diz soluçando. — Gómez me devolveu a fotografia, não vai publicá-la. Olha só, aqui está.

Franco caminha em zigue-zague sobre as coisas no chão, os objetos rangem sob seus pés, tenta chegar à escrivaninha, mas tropeça e cai de joelhos no chão, batendo a cabeça no canto do móvel.

— Ai, porra! — consegue gritar. A ferida sangra imediatamente. Leva as duas mãos à testa. — Puta que o pariu! — Levanta-se lentamente com a ajuda de Pereda, que se perde entre a figura corpulenta do outro. Com passos inseguros, vai até o banheiro, observa o corte em sua testa e quando está prestes a socar o espelho, Pereda segura-o por trás.

— Chega, calma — ordena. Pega a toalha e a molha para limpar sua ferida. — Não vai ser suficiente, talvez você tenha que levar pontos.

Humberto Franco olha-se novamente no espelho, abaixa-se sobre a pia e joga água no rosto. Gotas grossas de sangue caem sobre a cerâmica branca diluindo-se com a água.

— Puta que o pariu! — diz secando-se.

Miguel Pereda se aproxima da escrivaninha, pisa nos objetos espalhados pelo tapete; há pouco espaço para andar. Ouve o barulho de um vidro quebrando embaixo da sola de seu sapato, não sabe que se trata do porta-retratos com a foto do pai de Franco com um exemplar do jornal nas mãos. O próprio Humberto a tirou quando tinha doze anos, a colocou em um porta-retratos e a deixou em cima de sua mesa de cabeceira para sentir a companhia de um pai ausente.

Miguel Pereda pega na escrivaninha uma foto colorida ao lado do cinzeiro repleto de bitucas.

— De onde saiu isso? — pergunta com os olhos arregalados. Observa sua cara de bêbado na imagem. *Nossa, olha minha cara de imbecil*, pensa. Olha para Claudia Cosío e algo que não sentia há muito tempo renasce dentro dele, algo parecido com compaixão, mas que dura apenas um segundo, desaparece em seguida dando lugar ao medo.

Franco sai do banheiro com a camisa ensopada de sangue e água e com a toalha sobre a ferida. Ele se sente um pouco melhor. Caminha desviando da bagunça até se jogar em uma poltrona de couro marrom, que por milagre saiu ilesa do seu chilique de horas antes.

— Leticia tirou essa foto naquele dia.

— Quando? Eu não me lembro.

— Tirou depois que chegamos ao motel.

— Por que a sua esposa estava com ela?

— Porque sou um imbecil. Eu a esqueci dentro da calça. Só lembrei quando Gómez me entregou a cópia, minha mulher estava com a original.

— Por que diabos sua esposa a entregou para Gómez?

— Por ser uma cretina, porque achou que ele a publicaria. Disse-lhe que tinha a notícia do ano. Tempos atrás, Gómez e eu tivemos uma desavença e nossa relação se limitava à concorrência, apesar de que nunca o considerei um adversário. Ontem à noite ele apareceu com uma cópia e me entregou, porque não quer problemas comigo nem com você.

Franco não conta a Pereda que a principal desavença entre Gómez e ele era que Evangelina, antes de ser sua namorada, havia saído algumas vezes com Antonio Gómez. Povoado pequeno, inferno grande. Quando este abriu seu jornal, Franco disse, debochando, que queria imitá-lo. Antonio Gómez queria que *O Observador de Allende* fosse o contrapeso do *Diário de Allende*, tendencioso e a favor da política. Porém, logo entendeu que devia fazer alianças e também queria conquistar o governo, tanto que o próprio Franco o chamou de puxa-saco.

— O que aconteceu com a sua esposa?

Franco suspira, dá de ombros e decide qual parte da cena da noite anterior não deve lhe contar; além disso, ele não consegue se lembrar de tudo, montar o quebra-cabeça. Não dirá a Pereda que quando ela entrou em casa ele a esperava ao lado da porta. Ele a segurou pelo braço e a arrastou à força até seu escritório, onde conseguiu ver pela janela as luzes das poucas casas à margem da represa refletidas na água. Também não vai lhe contar que a jogou no chão, que gritou com ela querendo saber o que pretendia fazer com aquela fotografia. Ela implorava para não apanhar. Nunca imaginou que Gómez a trairia, sentiu-se como uma criança ao ser flagrada cometendo um erro grave. Ela tentou encontrar as palavras para acalmá-lo e ele apenas gritava: "Onde está a foto original? Me dá!".

Franco também não vai contar que a empurrou contra uma das mesas laterais da poltrona marrom.

— Minha esposa saiu de casa ontem quando viu que eu tinha a cópia e não voltou — diz Franco enquanto pressiona a toalha contra a ferida que não para de sangrar.

— E a original?

— Não sei. Só iremos descobrir quando Evangelina aparecer.

— Ela está morta. Você não sabia? Um homem a encontrou de manhã às margens da represa, a menos de um quilômetro daqui.

— O quê?

— Humberto... não tente me fazer de idiota. Fale a verdade. O que aconteceu?

— Eu estou falando a verdade. Tivemos uma discussão feia e ela saiu daqui.

— Você tem certeza?

— Que merda, Miguel. Claro que eu tenho certeza.

Miguel Pereda observa Franco dos pés à cabeça, o agente está prestes a colapsar, os últimos acontecimentos podem arruinar sua carreira.

— Acreditamos que foi um acidente. Tropeçou no escuro e bateu a cabeça contra uma pedra, caiu de bruços e a lama a impediu de respirar. O cadáver foi levado para o necrotério, mas ainda não contamos com um médico-legista aprovado pelo procurador. A situação está se complicando, Humberto.

Franco quase consegue ouvir os gritos da esposa. Como se recordasse a cena de um filme visto há muito tempo, sua memória projeta a esposa que corria à sua frente. A escuridão o impedia de vê-la claramente, uma sombra assustada que gritava e tropeçava até que ele conseguiu alcançá-la. Colocou as mãos em seu pescoço e a sacudiu enquanto o ar soprava sobre a superfície da água.

— Vamos. Tenho que levar você para prestar declaração — diz Miguel Pereda segurando pelo braço o homenzarrão, que se deixa levar, enquanto o cérebro de Franco relembra o momento em que empurrou Evangelina e ouviu o barulho de seu crânio se rompendo contra uma pedra.

De repente a porta é escancarada.

— Senhor! — grita uma das empregadas. Atrás dela um homem tira um revólver do bolso de sua jaqueta e aponta para Franco e em seguida para Pereda. Ao ver a arma, a moça sai correndo do quarto e o homem fecha a porta.

Humberto Franco dá um passo em sua direção.

— Que diabos...?

— Cale-se! — ordena o homem, nervoso, com os olhos vermelhos, inchados.

Miguel Pereda segura Franco pelo braço.

— Calma — diz para o intruso com as mãos para o alto. — Calma.

— Ricardo? — pergunta Franco ao reconhecer Ricardo Almeida.

— Quem foi? Quem matou minha filha? — pergunta Ricardo Almeida apontando em direção a um e depois a outro. — Quem foi?

— Calma — repete Miguel Pereda.

— Ricardo... Não... Nenhum de nós.

— Você esteve com ela naquela noite! Você esteve com ela!

— Sim, eu estive com Leticia. Não nego... Olha, Ricardo. Eu não sei como... sua filha...

— Cala a boca, desgraçado! Não se atreva a falar mal da minha filha. Cala a boca!

Franco toca a ferida em sua cabeça que voltou a sangrar, um pequeno rio vermelho escorre até o olho direito.

Almeida levanta o revólver.

— Se não me disserem quem a matou, vou ter que matar os dois.

— Nós não a matamos. Não sabemos quem foi — tenta explicar Miguel Pereda sem abaixar as mãos.

— Elas estavam com vocês.

Na noite passada, Evangelina de Franco entrou pela porta da casa dos Almeida como já tinha feito tantas outras vezes. Não era a mesma Evangelina; era um animal ferido, raivoso, com vontade de morder, de espalhar a infecção. Não queria conversar, fazer as pazes ou talvez se desculpar pelas ações do marido. Não. A Evangelina que entrou pela porta queria inocular seu ódio. Mónica Almeida, vestida com o pijama que tinha se tornado seu uniforme desde a morte da filha, recebeu-a com um roupão que vestiu por cima, mais por costume do que para estar apresentável.

— Eva, só porque é você. Não tenho vontade de ver ninguém.

— Moni...

— Eva, confesso que não quis ser grosseira, porque você tem sido muito gentil todos esses dias.

— Moni, preciso falar com você sobre a morte da Lety. Não sei como vou fazer isso... Tenho que te mostrar algo.

Mónica Almeida viu-a tirar a foto de sua bolsa, olhá-la por um momento e em seguida, como se estivesse em câmera lenta, entregar-lhe. Mónica pegou a foto e a observou, pegou seus óculos em um dos bolsos do roupão. A imagem ficou nítida, reconheceu o marido da amiga e Claudia Cosío. Não soube quem era o outro homem. Olhou a fotografia por uns minutos tão longos que para Evangelina de Franco pareceram horas. O tempo parou para as duas, o tempo que elas conheciam. Mónica Almeida vivia o tempo de uma maneira diferente desde a morte da filha. Sentiu uma sacudida parecida com um choque elétrico percorrer suas costas até o cerebelo, pressionar os dois hemisférios e congelar seu coração. Teve que se aproximar de uma das cadeiras do hall de entrada e deixou-se cair, o móvel rangeu com o peso de tudo que Mónica Almeida havia compreendido: sua filha havia tirado a foto com a câmera Polaroid que seu pai lhe tinha dado.

Evangelina não soube o que dizer, o que fazer. Tinha ido para a casa dos Almeida cheia de ódio, raiva, frustração, querendo vingança, sentindo uma pontada e dores na costela, onde seu marido a havia machucado.

— Ricardo! Ricardo! — gritou Mónica da cadeira onde havia desabado.

Almeida desceu a escada às pressas.

— O que houve? — Ao ver a esposa em péssimo estado, não parou para cumprimentar Evangelina, que tinha dado dois passos para trás e abraçava sua bolsa com força, como se fosse uma boia para evitar que se afogasse na tormenta que havia provocado.

Mónica entregou a foto para Ricardo Almeida.

— Ela estava com eles — explicou Mónica ante o silêncio do marido.

Ele se aproximou de Evangelina e a segurou pelo braço.

— Você sabe o que aconteceu?

Ela negou com a cabeça. Em algum momento pediu autorização para se sentar, entre as várias perguntas que o pai de Leticia lhe fazia. Ela lhes explicou o mesmo que a Antonio Gómez. Sua irmã a havia acompanhado para que falasse com Gómez e ele a aconselhou: "Você deve procurar os Almeida, Eva. Eles devem saber a verdade antes que venha à tona nas notícias". Os Almeida discutiram se deviam ou não ligar para os pais de Claudia Cosío. Evangelina se desculpou:

— Tenho que voltar para casa.

Se tivesse ficado os teria escutado decidir o que fariam.

Teria escutado Mario Cosío, aquele homem de que ela não gostava porque maltratava a esposa, insistir que não poderiam enfrentar a justiça nem os agentes ministeriais. Que deixassem as coisas como estavam porque nada mudaria a morte de suas filhas.

Teria ouvido também Martha Cosío chamando o marido de covarde pela primeira vez desde que se conheceram.

Teria visto Ricardo Almeida interpor-se entre os dois, mas principalmente Martha Cosío desafiando o marido, colocando um dedo em sua cara e dizendo: "Não, Mario, você não vai mais bater em mim".

Também não viu Mario Cosío sair batendo a porta, nem as mulheres se abraçarem.

Se tivesse testemunhado toda essa cena, agora não estaria morta.

Concordaram que o melhor a fazer seria procurar um advogado, tentar falar com um juiz, com o procurador. Pensaram em seus amigos influentes no governo, uma lista daqueles que consideravam menos corruptos. Ricardo Almeida afirmava, negava, opinava, mas o que não saía de sua mente era a imagem de seu revólver Smith & Wesson 38 especial, com o qual costumava ir ao campo de tiro uma ou duas vezes por mês.

Saiu de manhã e prometeu voltar para falar com o advogado.

Foi à casa de Humberto Franco e deu de cara com toda a confusão causada pela morte de Evangelina. Permaneceu em seu carro até que todos se foram e Franco e Pereda ficaram sozinhos.

— Não, Ricardo! — grita Mónica Almeida ao abrir a porta do escritório de Franco de supetão.

"Eu só vou me sentir em paz quando esses safados estiverem presos ou mortos", disse-lhe de madrugada, ao se deitarem na cama para tentar dormir um pouco. Não conseguiram.

Depois de esperá-lo a manhã inteira, Mónica Almeida procurou a arma onde ele a guardava e, quando não a encontrou, adivinhou suas intenções e correu para procurá-lo na casa dos Franco.

Humberto Franco foi com tudo para cima de Almeida.

O pai de Leticia puxa o gatilho.

A cena congela por um segundo antes que Franco caia no chão e as coisas embaixo dele se rompam.

Décimo quinto fragmento

Após a morte de minha mãe, a aparência de meu pai se tornou catastrófica. Com o passar do tempo, sua barba cresceu de um jeito selvagem, sem nenhum tipo de cuidado. Uma conjunção de pelos que não chegava a formar uma comunidade: havia espaços espessos, meio espessos e vazios. Como se não quisessem tocar um no outro, igual a nós: três assassinos dentro do mesmo espaço, mas sem nenhuma relação. Éramos como três pelos de barba do meu pai que nunca se tocaram, apenas dividiam os gastos do lugar que ocupavam.

Ele parou de usar ternos. Para minha mãe, os sapatos eram seus bens mais preciosos, e para o meu pai, seus ternos que mandava fazer sob medida. Ela era a principal provedora do dinheiro que ele gastava em chapéus, ternos, calças, camisas, gravatas; era um assistente estiloso, um vendedor de crianças com classe.

Eu acho que deveria existir uma classificação para os tipos de cúmplices dependendo do assassino.

Existe o cúmplice e o coautor. Coautor é aquele que realiza um delito em conjunto, colabora consciente e voluntariamente, contribui com uma parte essencial na realização do plano durante a fase de execução.

Cúmplice é uma pessoa que participa ou está associada a um delito, sem ter sido autora direta deste.

Meu pai era coautor e cúmplice. Cabia a ele a criação da Ogra. Era o cérebro atrás da operação. Mais que assistente, ele guiava a minha mãe: era ele quem decidia.

A especialidade do meu pai era a venda de bebês. Talvez por isso ele gostasse de usar ternos, como um vendedor de enciclopédias ou aspiradores em domicílio. Imagino-o dizer: "Tenho o que há de mais moderno em relação a bebês".

Sem minha mãe sua vida perdeu o sentido; ele perdeu sua cúmplice e a mercadoria para venda.

Um dia ele passou por La Quebrada e desapareceu. Deixou seus ternos pendurados no armário e não voltou para casa. Muitas vezes dormia fora de casa, por isso percebi sua ausência só uma semana depois. Perguntei a Julián sobre ele e tudo que recebi como resposta foi um dar de ombros.

Uma semana depois, revistei um lugar pouco conhecido: o quarto dos meus pais. Entrei nesse quarto proibido como se estivesse cometendo um delito mais grave do que assassinar mulheres. Dentro do armário ainda estavam as roupas da minha mãe com seu cheiro, ao senti-lo precisei me segurar para não sair correndo dali. A memória olfativa de minha mãe causou uma revolução dentro de mim. Dei um pulo para trás e acabei no chão, sem ar. Do chão observei as peças penduradas nos cabides, suspensas sabe-se lá há quanto tempo. Fibras têxteis do passado que se agarravam ao presente. Anacronismos que arranquei dos cabides e joguei um sobre o outro, formando uma montanha com as camadas geológicas da existência de minha mãe. Vestígios que faziam referência a todas as etapas de minha vida. Lembranças que me causavam vertigem.

Fiz com as roupas da minha mãe o mesmo que foi feito com os restos de bebês: coloquei tudo dentro de sacolas plásticas e joguei-as em terrenos baldios ou em latas de lixo longe de casa. Restos que queria longe, muito longe. Talvez um mendigo ou um catador as tenha encontrado, e hoje a roupa da Ogra seja usada por alguém que tenha mesclado o cheiro de minha mãe com o próprio cheiro. E ignora que no meio daquele tecido a maldade de Felícitas pulsa, do mesmo modo que pulsa em meus genes.

Joguei fora todas as roupas, bolsas, sapatos, liberei o quarto da presença de minha mãe, que resistia a abandonar a casa, só deixei as coisas de meu pai, caso ele voltasse.

O desaparecimento de meu pai me fez pensar em algo: talvez não tenha ido embora, talvez meu irmão tenha desaparecido com ele. Não soube na época, não sei agora e nunca saberei. Não lhe perguntei porque, confesso, no fundo gostaria que ele tivesse feito isso. Com o tempo também joguei fora suas roupas e seus pertences.

Há alguns anos escrevi um romance curto que vendeu muito bem e foi reeditado várias vezes, em que exorcizei uma imagem recorrente, obsessiva: fantasiava me encontrar com alguém vestindo a roupa de um dos meus pais. Tornou-se uma mania observar atentamente os indigentes. O romance tratava da vida de um homem que num dia qualquer se encontra com uma mulher que está usando um vestido que pertenceu à sua mãe, um vestido que ele havia doado para uma instituição de caridade. O personagem seguia a mulher até uma casa em um bairro de classe média, não muito afastada do lugar onde ele morava. Depois se apresentou a ela e com o passar dos dias iniciaram uma amizade. Soube que a mulher trabalhava no lugar onde havia deixado as roupas de sua mãe. As pessoas que trabalhavam na instituição costumavam ficar com as doações que se encontravam em boas condições. Na primeira e única vez que fizeram amor, pediu-lhe que colocasse o vestido que foi de sua mãe. Abraçou-a, beijou-a, apertou-a e rastreou desesperadamente o aroma de sua progenitora. Quando acreditou tê-lo encontrado teve uma ereção tão túrgida, tão dolorosa, tão ereta, que ela gritou ao ser penetrada. Penetrou-a de maneira violenta, agarrado ao tecido do vestido, que acabou rasgando ao mesmo tempo que gozava chamando-a enlouquecidamente de mamãe.

VINTE E OITO

SEXTA-FEIRA, 13 DE SETEMBRO DE 1985.
11H45

A passeata está prestes a começar. Começará ao meio-dia, saindo do Jardim Principal. O céu amanheceu nublado, triste como aqueles que participam. Todos vestidos de branco. A convocatória foi de Tierry Smith, vizinha da família Cosío, a voz correu desde às sete da manhã convidando todos a marchar nesse mesmo dia a fim de mostrar sua insatisfação com as autoridades, que pareciam não fazer o necessário para resolver o assassinato de Leticia Almeida e Claudia Cosío.

Martha de Cosío havia saído às cinco da manhã da casa dos Almeida; na noite anterior, depois de conversar sobre a fotografia e o que fariam, não permitiram que fosse embora tão tarde e a acomodaram no sofá-cama do quarto de visitas. Voltou para casa com medo de encontrar o marido. Não havia ninguém. Martha entrou nesse espaço onde viveu os últimos vinte anos de sua vida com a sensação de ser a primeira vez que o fazia. Observava os pisos, as paredes, os quadros que ela mesma pendurara, e que um dia considerou bonitos, porém hoje parecia que pertenciam a alguém com um gosto diferente do seu. Sentiu um cheiro que antes nem percebia, e não gostou. Era uma estranha em sua própria casa.

Passou uma mão pela bancada da cozinha cheia de pratos, copos, talheres deixados por seus filhos e seu marido. Estava tudo sujo, grudento. Desde a morte de Claudia parou de se interessar pelo que acontecia. Lavava a louça e fazia a limpeza no automático, inteligência artificial programada para as tarefas do lar, rotina terapêutica para não pensar.

Andou até seu quarto como se não conhecesse o caminho. Precisava de um banho. A água levou suas lágrimas e batizou a mulher que se livrava das células mortas que escorriam até o pequeno ralo embaixo de seus pés. Vestiu-se e pensou em arrumar a cama; porém, em vez disso pegou a fotografia que tinha recebido de Mónica Almeida, na qual sua filha aparecia. Percebeu que era a última foto de Claudia e aproximou a imagem de seu peito, como se quisesse protegê-la desses monstros. Sentiu-se extremamente culpada por tê-la deixado sair. Ela administrava as saídas da filha, e apesar de querer livrá-la dos pecados, também devia afastá-la daquele pai tão violento. Queria tê-la em casa e ao mesmo tempo expulsá-la para protegê-la. *Não há nem haverá penitência suficiente para que eu seja absolvida*, pensou.

Olhou a imagem da Virgem que a observava de uma estante onde tinha um altar, sobre um genuflexório onde todos os dias se ajoelhava para rezar a esse deus que havia permitido que dois demônios abusassem de sua filha e a matassem. Com uma mãozada jogou tudo no chão. A imagem de gesso de Maria foi decapitada ao cair contra o piso. Cristos crucificados acabaram esparramados pelo chão, assim como os rosários e as medalhas: pedacinhos de vinte anos de casamento.

Assim como havia combinado com Mónica Almeida, às seis e meia da manhã ela apareceu na casa da vizinha: Tierry Smith, esposa de um tenente-coronel, veterano da guerra do Vietnã, e que tinha chegado a San Miguel há alguns anos. Ela lhe contou o ocorrido e disse que ninguém na cidade se atreveria a encarar o tal Franco ou o Ministério Público. Tierry respondeu que nenhum mexicano se atreveria, mas que os norte-americanos não tinham medo e não podiam permitir atrocidades desse tipo no lugar que haviam escolhido para viver.

Rápida como fogo em um pavio, espalhou a notícia e no meio da manhã já havia organizado uma passeata encabeçada por dezenas de norte-americanos dispostos a devolver a paz e a tranquilidade a essa cidade. Fizeram cópias da fotografia e as distribuíram. O rosto de Claudia Cosío, com os olhos quase fechados prestes a cair da cama do motel, se tornou o estandarte.

A primeira gota de chuva cai no momento de caminhar rumo ao Palácio Municipal. Apesar de o céu estar nublado, a multidão não se intimida; pelo contrário, caminha com mais firmeza sobre os paralelepípedos escorregadios.

Com passos curtos, ansiosos, Miguel Pereda caminha de um lado para outro no escritório do presidente municipal, para onde se dirige a passeata. Lá se encontram reunidos o juiz penal Bernabé Castillo, o procurador de justiça do estado de Guanajuato, o presidente municipal e Miguel Pereda.

— Você não nos recebeu quando nós o procuramos — repete pela terceira vez. Bernabé Castillo observa a chuva pela janela com a esperança de que ela se intensifique e acabe com a manifestação que avança em direção ao escritório.

— Não queria ver Franco, não suporto esse prepotente.

— As coisas se complicaram. Tentamos conter os assassinatos, já havíamos encontrado um culpado. Tudo saiu do controle por culpa do idiota do Franco.

— Olha só, Miguel, você tem que renunciar ou vamos te suspender, não há outra opção — diz o procurador.

— Se eu cair, todos caímos, Franco, o juiz Castillo, você.

— Não me ameace, seu babaca. Nessa fotografia só aparecem vocês dois. Os americanos estão causando, e nem o governador nem eu vamos permitir isso. Renuncie de uma vez. Depois a gente pensa em algo, talvez você possa voltar.

— E Franco?

— Miguel, pense em você. Vocês dois se tornaram os principais suspeitos do assassinato. Além disso, Franco é o suposto assassino da esposa — intervém o presidente municipal.

— O que aconteceu com a esposa de Franco é outra coisa, eu garanto que não matamos aquelas filhas da mãe.

— Você não tem credibilidade para garantir nada — afirma o juiz Castillo.

— Por enquanto reintegramos Del Valle, ele será o responsável pela autópsia de Evangelina Montero. Espero sua renúncia. Será o melhor para você. Você pode alegar que está saindo porque é inocente, não quer interferir na investigação e está disposto a cooperar. Não sabemos o que vai acontecer depois da passeata — diz o procurador, que passa uma mão no rosto e fecha os olhos por um momento, exasperado.

A passeata avança devagar. Sobre as pessoas que caminham e aqueles que observam chovem gotas e palavras: *Homicídio. Impunidade. Assassinos.*

Cartazes em espanhol e inglês sobem e descem nas mãos dos manifestantes.

Os ecos ressoam contra as paredes do Hospital Geral, onde Esteban del Valle investiga os segredos escondidos no cadáver de Evangelina Montero. Observa o rosto limpo, sem lodo.

— O que aconteceu? — pergunta-lhe. Nunca poderá reconstruir a cena completa, não poderá arrancá-la do corpo dessa mulher linda, mesmo morta.

220

Embora sem ter estado *in situ*, tentará adivinhar como ela quebrou o pescoço e morreu. Imaginará o momento da queda e o golpe na raiz do cerebelo. Não poderá colocar no relatório que ela saiu de sua casa à noite. Que corria. Que fugia de Humberto como um animal assustado. Que o medo não a deixava pensar, puro instinto de sobrevivência. Que depois que Franco a empurrou e seu crânio quebrou como uma noz, rolou até a água e caiu de bruços.

Nada disso foi escrito no relatório de Del Valle; porém, dirá que tinha outros ferimentos mais antigos, costelas lesionadas, ferimentos internos. Nesse momento, imagina Humberto Franco batendo nela.

— Era um desgraçado, né? — pergunta-lhe, limpando a lateral de seu corpo com uma gaze.

A chuva diminui, derrotada pela resistência da passeata. Transformada em chuvisco, acompanha homens e mulheres pelas ruas estreitas.

Alguns gritam e outros caminham em silêncio. Um silêncio que ressoa nas paredes, nas telhas, nos tecidos corporais. Nas ruas e nas calçadas. Um Triângulo das Bermudas que devora o que encontra pelo seu caminho.

Virginia Aldama caminha com o guarda-chuva fechado na mão. Hoje bem cedo, Leopoldo López apareceu na funerária para avisar sobre a passeata — desde os assassinatos os donos das duas funerárias reataram sua amizade. Virginia caminha sozinha, o marido não quis participar, tiveram uma discussão porque ela repetiu que trabalhar com os mortos tornou-o insensível.

— Uma moça assassinada não é um morto qualquer, como os que chegam à funerária — disse-lhe; como resposta ele apenas ergueu a sobrancelha.

Ela passa uma mão pelo cabelo molhado, em um esforço inútil de reparar aquilo que é irreparável. Sente-se muito próxima de Leticia Almeida, como se ao descobri--la na intimidade de sua morte a tornasse quase sua parente.

As pessoas vestidas de branco passam em frente à redação do *Diário de Allende*, param por um momento e os gritos de *covarde, assassino, abusador, estuprador* ressoam pela redação, onde minutos antes o diretor editorial e os jornalistas, incluindo Leonardo Álvarez, discutiam se deveriam ou não notificar a morte de Evangelina de Franco, ou se deveriam cobrir a passeata. Leonardo Álvarez fecha as janelas para deixar a gritaria lá fora.

Três andares acima do necrotério, Humberto Franco, agora viúvo, pede mais analgésicos a uma enfermeira. Lá fora está um policial; Franco está sendo considerado oficialmente o suposto assassino, mas seu advogado já deu um jeito para que a palavra *oficialmente* não seja repetida, e depois de entregar um envelope com dinheiro sabe que o guarda está ali de enfeite. Sua filha permaneceu ao seu lado porque ele a obrigou a ficar ali, ordenou ao motorista que não permitisse que saísse do quarto.

— Pai, me diz o que aconteceu com a minha mãe. É verdade que você a matou?

— Sua passagem de avião já está comprada, você vai hoje à noite. Deve partir o quanto antes. Você irá de helicóptero para a Cidade do México. Já está tudo preparado para que deixe o hospital. O especialista irá recebê-lo em Houston — interrompe o advogado de Franco.

— Houston? Você vai para Houston? Você não pode ir. Pai, me responde... Você matou a minha mãe?

— Aqui querem amputar a minha perna e me prender por um delito que não cometi. Você vai comigo.

— Eu não vou com você a lugar nenhum. Estou aqui à força. Além disso, temos que enterrar...

— Sua tia e seus avós cuidarão do enterro.

— Não! Eu não quero ir. Não quero ir! Você enlouqueceu! — A voz se transforma em choro.

Na noite anterior, na casa de sua tia, ela tomou um porre com a prima no quarto. Roubaram uma garrafa de tequila do armário da sala de jantar, porque a prima lhe disse que deveria esquecer seus pais e suas brigas, ela não tinha que pagar pelos erros que cometiam, nem ser a cuidadora de sua mãe. Entre vários argumentos, brindaram, beberam direto da garrafa, riram e não pensaram em nada. Sua tia não quis acordá-la quando avisaram sobre a morte de Evangelina; avisou-a no meio da manhã, quando Esteban del Valle disse que levaria um tempo para examinar sua irmã.

— Sua mãe morreu — disse à sobrinha sentada na beirada da cama de sua filha, onde as primas sobreviviam à ressaca. Quis parar, não falar mais nada, mas a frustração e a raiva foram maiores: — Acho que seu pai a matou. — Ao dizer isso sentiu como se as cordas vocais estivessem emaranhadas em um nó górdio, hiperventilou e teve que se deitar por um instante, enquanto a filha abraçava a prima.

— Não está permitida a presença de tantas pessoas aqui — diz uma enfermeira no quarto de Franco.

— Humberto, se você for, não podemos garantir que sua perna irá se salvar, você pode ter septicemia e gangrena nos tecidos — insiste um médico.

— Não importa, não posso ficar.

Ele teme por sua perna e pelo que está por vir. Por mais que tente pensar em outra coisa, não consegue tirar da cabeça o barulho do crânio de sua mulher ao romper-se contra a pedra.

Nesse momento, centenas de pessoas caminham rumo ao Palácio Municipal, e a fotografia que Leticia Almeida tirou circula e se espalha como uma epidemia.

Três andares abaixo, a irmã de Evangelina espera fora do necrotério. Culpou o cunhado, gritou com ele e o chamou de *assassino* até que os funcionários do hospital ordenaram que se calasse. Desde que se sentou na mesma cadeira em que dias atrás Mónica Almeida esperava pelo corpo da filha, tapou o nariz com um lenço em que borrifava perfume constantemente. Não chorou pela irmã, não quer fazer isso, precisa que a raiva, a frustração, a coragem e o desejo de vingança contra Humberto Franco não se diluam com as lágrimas.

Os manifestantes passam em frente à Pousada Alberto. Alguns hóspedes vão até o portão para vê-los passar.

— *What happened?** — pergunta uma menina a seu pai.

Consuelo responde atrás deles:

— *Somebody murdered two girls few days ago. They are marching to force the government and find the guilty.***

Consuelo observa atentamente a passeata. Reconhece a maioria das pessoas, que as cumprimenta com um aceno de mão ou de cabeça.

— Chelo, vem com a gente — diz-lhe uma mulher que sai da passeata.

— Não posso, temos muito trabalho.

— Isso é mais importante. Não terá trabalho se os turistas deixarem de vir pela falta de segurança.

— Eu sei, mas não posso sair — responde com firmeza. Dá meia-volta e sai para procurar Elena. Pergunta pela sobrinha a um dos funcionários: "Ela saiu faz tempo", obtém como resposta, e considera que terá que contratar outra enfermeira para sua irmã até que a sobrinha recupere a sensatez e dedique-se ao hotel.

* O que aconteceu? (N.T.)

** Duas garotas foram assassinadas há alguns dias. Eles estão protestando para forçar o governo a encontrar os culpados. (N.T.)

A poucos metros do quarto de Humberto Franco, Elena Galván observa a respiração inquieta de José María e seu gesto contraído.

— Josema — diz-lhe baixinho. Sente-se um pouco ridícula ao falar com alguém que claramente não a escuta, apesar de todos dizerem que sim e que está comprovado que as pessoas em coma ouvem tudo que lhes é dito. — Você tem que acordar e me explicar sobre o acidente que sofreu com Ignacio. Por que estavam juntos? Acabei de descobrir que Ignacio não é Ignacio, mas Manuel. Mudou de nome e é filho de uma assassina de bebês. É irmão de um homem que está na prisão por assassinar quatro mulheres, inclusive a mãe. Não poderia ler para você o que ele escreveu, é de uma frieza absurda. Não sei se você pode me ouvir, talvez esteja dizendo coisas que não deveria. Ele tinha uma caixa com sapatos de mulher. Ah, e uma filha, por isso veio para San Miguel e por ela ficou. Tive uma relação de três anos com um desconhecido; bem, na verdade, um ano e meio. Não sei se estou de luto pela sua morte, se estou triste, brava, envergonhada, sei lá.

Elena suspira fundo e solta todas as palavras que não disse a José María, todas suas dúvidas conscientes e inconscientes, o cansaço que se acumula na alma e no corpo. Acaricia a testa dele e beija-o entre as sobrancelhas.

— Eu voltarei em breve — diz e sai do quarto.

Do lado de fora, vai em direção à escada.

— Eu não vou com você. — Escuta e, ao dar meia-volta, dá de cara com Beatriz Franco e seu pai, este último em uma maca empurrada por seu funcionário e um enfermeiro.

— Eu não estou perguntando, pirralha idiota.

— Tente me impedir.

— Sebastián, pare ela — ordena ao funcionário.

— Não, Humberto. Esquece sua filha, já está tudo no carro, temos que sair agora mesmo. Temos que ir antes que o impeçam.

Beatriz Franco passa por Elena como um raio, ela consegue ouvir o barulho de suas botas contra os degraus, enquanto os homens desaparecem logo que as portas do elevador se fecham.

Tímido, querendo fazer parte do evento, o sol aparece por trás de uma nuvem quase tão branca quanto a roupa de alguns manifestantes. Estão a pouco mais de um quilômetro de seu objetivo.

Insegura, Lucina une-se à multidão. Uma de suas pacientes dá uma tapinha em suas costas e a parabeniza por estar ali.

— Não podia faltar — diz Lucina. — Leticia Almeida era minha paciente.

— Fez bem em vir, doutora, precisamos que esses imbecis do governo parem de babaquice e prendam os culpados — intervém o marido da mulher, vestindo calça jeans e uma camiseta branca.

— Você não deve ser visto aqui — ordena o procurador a Miguel Pereda. — Os gringos e sua passeata estão chegando e não quero que nos vejam juntos. Você deve renunciar ao seu cargo, Miguel, será melhor para todos.

— Eu vou pensar — diz ao pegar sua jaqueta.

— É uma ordem.

Miguel Pereda abre a porta do escritório, os gritos da passeata começam a ser ouvidos.

— Mais uma coisa, Pereda... Solte Ricardo Almeida, não temos nada contra ele. O tiro foi culpa de Franco, você sabe disso — diz o juiz Castillo.

— Ele estava disposto a nos matar.

— Não conseguiu. Uma pena. Solte-o imediatamente.

O presidente municipal olha pela janela, ajeita o nó da gravata e o terno. Ao longe é possível ver um arco-íris e abaixo aparecem as primeiras pessoas de branco.

VINTE E NOVE

SEXTA-FEIRA, 13 DE SETEMBRO DE 1985.
21H

Consuelo desnuda-se lentamente, sentada em uma cadeira retira as meias escuras. Desde o acidente de José María se mudou para o quarto de sua irmã para que não ficasse sozinha. Sabe que ela está inquieta, sente sua angústia por não saber nada do marido. Elas têm essa conexão desde o ventre materno.

Soledad segue com o olhar o vaivém da irmã ao banheiro, ao armário, à cômoda. Consuelo veste-se com um pijama idêntico ao da irmã gêmea, ela ainda gosta de se vestir igual, mesmo que seja só para dormir. Impregna o ambiente com o cheiro de seu hidratante corporal de baunilha.

— O hotel está cheio — diz aproximando-se de Soledad com o pote de creme nas mãos, coloca um pouco nas palmas das mãos e depois as esfrega nos braços da irmã. — Para que sua pele fique hidratada e você fique bem cheirosa. — Vira-a de um lado para o outro. — Uma delícia, né?

Ela ajeita sua roupa, o lençol, os travesseiros e a acomoda para que possa beber um pouco de água com um canudo.

— Hoje um cano estourou, você não imagina o caos que foi, o quarto 7 começou a inundar e o encanador demorou pra chegar por causa da tal manifes... Ah, claro, você não sabe...

Consuelo dobra a roupa e guarda-a no armário para afastar-se da irmã e do comentário que esteve prestes a fazer. Não lhe contou nada sobre os assassinatos das jovens nem sobre o acidente de José María. Agora se concentra nos cabides de roupas e começa a contá-los em sua mente, estratégia que segue desde criança quando não quer que sua irmã se meta em seu pensamento, tem certeza de que assim não pode lê-lo, e para escondê-lo desvia a atenção para outra coisa, como os cabides. Assim, se sua irmã conseguisse entrar em sua mente, só encontraria números e não todos os segredos que ela teve que ocultar.

Em mais de uma ocasião se aproximou dela com um travesseiro entre as mãos, decidida a deixar que seu peso caísse sobre o rosto de Soledad, ficar ali até que a respiração se extinguisse, acabar com essa vida que não é vida. Já passou por todos os estados de ânimo ao ver Soledad assim: fúria, raiva, frustração, tristeza, negação, compaixão, lástima.

Um, dois, três, quatro, cinco... conta e passa os cabides do armário, já sabe que têm cinquenta e três, mas se concentra como se não soubesse. Seis, sete, oito, nove...

"Josema?", escuta de repente e põe a cara para fora do armário.

— Você está entrando na minha mente? — pergunta à irmã. Faz tanto tempo que não ouvia a voz de Soledad, rouca como a sua, com as cordas vocais inflamadas pelo excesso de nicotina, quase dois maços por dia. Parou de fumar dias depois de trazerem Soledad de volta para casa, transformada em um móvel, como a chama secretamente: *minha irmã, o móvel*.

Fumou o último cigarro e disse em voz alta que estava parando, que não teriam o mesmo gosto sem Soledad.

— Começamos a fumar juntas e juntas iremos parar — afirmou e apagou-o na frente da irmã.

"Josema", escuta de novo.

— Chole? Você disse algo?

Lentamente se aproxima e a vê de boca aberta, como se fosse dizer algo que estava preso em sua boca. Consuelo limpa a saliva e olha bem dentro de seus olhos como se fosse atravessar o crânio. Desde o acidente vascular de Soledad, elas perderam a conexão. Porém, às vezes ela conta pra quem quiser ouvir sobre sua primeira menstruação, apenas para reiterar que tinham uma conexão. As duas estavam dormindo na mesma cama, estavam no quarto ano do primário, era impossível convencê-las de que cada uma deveria dormir em uma cama de solteiro. Consuelo foi a primeira que acordou e sentiu uma umidade entre as pernas. Sonolenta, levantou-se para ir ao banheiro e caminhou pelo corredor sem acender a luz, sentou-se no vaso sem conseguir abrir os olhos. Ao procurar o papel para se limpar, viu o sangue em sua calcinha e no vaso. Estava prestes a gritar quando Soledad chegou. "Eu vou morrer. Tenho sangue nas pernas e tem sangue no colchão", disse Soledad. "Sou eu, algo arrebentou dentro de mim, olha a minha calcinha. Nós duas vamos morrer", afirmou Consuelo. Alertada pelo choro das filhas, a mãe entrou no banheiro e as encontrou abraçadas. "Nós vamos morrer", disseram ao mesmo tempo. A mãe das gêmeas pegou uma caixa escondida entre as toalhas, abriu-a e entregou uma toalhinha branca, dobrada em três partes, a cada uma. "Acontece com todas as mulheres, vocês não são mais crianças e vão sangrar todos os meses." No dia seguinte, a mãe mandou trocar a cama de casal por duas de solteiro. "Vocês não são mais crianças, dormirão como adultas."

Consuelo está com o rosto bem próximo ao da irmã, consegue sentir seu hálito rançoso.

— Chole? — Com todo cuidado fecha sua boca, mais uma vez limpa sua saliva, acaricia suas bochechas. Elas já não são idênticas, parece que Soledad envelheceu uns dez anos.

Coloca a irmã de lado, ajeita-se embaixo das cobertas e aperta seu corpo contra o dela. Apesar de a mãe as ter separado, elas acordavam juntas na cama de uma ou de outra. Consuelo passa um braço por cima dela.

— Em breve você verá José María, eu prometo — sussurra em seu ouvido abraçando-a bem forte.

Décimo sexto fragmento

Meus filhos passaram por aqui. *Passaram* é a palavra que melhor define o que acontece entre nós: passamos pela vida do outro, não ficamos. Quando não suportam mais o remorso de não ter uma relação com seu pai, eles vêm libertar a alma da pressão da culpa. Temos que ver o velho, é o que devem dizer. Aparecem sem avisar, sabem que quase sempre estou em casa. Logo que passam pela porta se sentem desconfortáveis, mal, com vontade de sair daqui correndo. Eles não sabem, mas os fantasmas das crianças mortas grudam no corpo, sobem pelas costas e sussurram ao ouvido.

— Por que você gosta desta casa? — perguntam-me.

— Porque eu cresci aqui — respondo. Devia responder-lhes que acompanho os bebês mortos, como se fosse o diálogo de um filme de terror.

Andrés aproximou-se da minha escrivaninha e folheou este manuscrito sem prestar o mínimo de atenção, mais por um movimento mecânico, automático, aprendido na infância quando me perguntava:

— O que você escreve?

— Um livro — respondia-lhe com frieza.

Ele não se conformava, passava a mão pela pilha de papéis datilografados.

— Eu vou gostar? — perguntava.

— Não sei, mas se você não gostar, ninguém vai — respondia dando-lhe uma palmada e ele ia correndo chorar para a mãe, que se queixava por assustá-lo.

Andrés olhou as folhas sem esperar por uma resposta, automaticamente sabia que deveria se afastar. Eu quis contar que estava escrevendo uma espécie de autobiografia, mas antes de abrir a boca ele declarou:

— Não importa. Eu não vou ler.

Nenhum deles lê meus livros, não perco o sono por isso; na verdade, nunca esperei que os lessem. Nunca escrevi para eles. Alguns colegas escrevem para seus amigos, sua família, para aqueles que amam e nunca deixam de amar. Quando me perguntam por que escrevo romances policiais, respondo que fui escolhido por esse gênero literário.

Achei que seria jornalista para sempre. Não, minto, não achava nada, não vislumbrava um futuro. Era jornalista e ponto-final.

Em 1946, Ramón me apresentou ao homem que mudaria meu futuro, que me daria um futuro: Antonio Helú. Helú era filho de imigrantes libaneses e tinha acabado de fundar uma revista dedicada à ficção policial mexicana: *Seleções Policiais e de Mistério*. Ramón era o editor-chefe e eu seguia com minhas notícias policiais, algumas reportagens e entrevistas.

— O Antonio está precisando de escritores para a revista. Por que não escreve algo pra ele? — perguntou-me.

Demorei semanas para escrever meu primeiro conto, que ele rejeitou, apesar de ter elogiado meu potencial e ter se autonomeado meu tutor para me introduzir no mundo da ficção policial. Ele guiou as minhas leituras: Poe, Doyle, Agatha Christie, Raymond Chandler, Hammett. Foi amor à primeira vista desde a primeira página até hoje. Na terceira tentativa, ele publicou meu conto na *Seleções Policiais e de Mistério*. Depois me convidou ao seu recém-fundado Clube da Rua Morgue, em que conheci outros escritores do gênero, fiz amizades e sonhei em me tornar um deles.

Com o tempo, escreveria alguns capítulos de *As aventuras de Chucho Cárdenas*, cujo personagem era um jornalista que trabalhava em um jornal idêntico a *La Prensa*. Passei a fazer parte de um grupo de escritores-fantasmas escondidos atrás de um pseudônimo. Comecei a escrever teatro, cinema.

Entre roteiros, contos e reportagens, escrevi meu primeiro romance baseado nos assassinatos das Santas, que jamais foram solucionados. No livro, ressuscitei o detetive José Acosta, que foi o responsável pela prisão de meu irmão e que participou do caso da Estripadora de Anjinhos, minha mãe. Entre todos os policiais que havia conhecido até então, Acosta era um verdadeiro exemplo: um sujeito honesto e com alto senso de ética e moralidade. Quando investigava minha mãe, seu tratamento era respeitoso e empático o tempo todo. Acosta morreu justamente quando comecei a escrever o livro, roubei seu nome, seu físico, seu jeito de ser e o transformei no personagem principal de meus romances policiais.

Também conheci Graciela, minha ex-esposa, através de Helú em uma tarde que passamos juntos.

— Meus pais são espanhóis — disse-me Graciela durante a conversa.

— Acho que os meus são de São Luis Potosí, não tenho certeza — respondi, e por algum motivo ela achou essa resposta divertida.

Depois de um ano nos casamos.

Andrés e Antonio são adotados. Contei para Graciela que não podia ter filhos dias depois do casamento. Contei sem explicar que tinha feito uma vasectomia alguns anos atrás, queria deter o gene maldito de minha mãe. Talvez essa operação tenha sido o único ato moral que realizei.

Decidimos adotar.

Meus dois filhos se casaram com mulheres bondosas, como minha ex-esposa diz, já eu as considero umas chatas.

— E as crianças? — pergunto a Andrés e a Antonio por meus netos, mero formalismo.

— Bem — respondem quase em coro, olhando para o relógio.

Depois de quase meia hora, durante a qual beberam um copo de Coca-Cola e ouvimos o tilintar dos gelos, único som claro de nossa conversa inexistente, eles foram embora. São tão diferentes de você, Lucina, sangue do meu sangue.

Os nomes dos meus filhos foram escolhidos pela minha esposa, ex-esposa, esquecer a palavra *ex* muda completamente os períodos e me leva de volta ao passado, quando éramos uma família: o pai, a mãe e os dois filhos que importamos da Espanha. Quando meu sogro soube que eu não seria capaz de lhe dar descendentes, entrou em contato com umas freiras em Madri. Ainda me lembro o nome de quem nos entregou as crianças: Irmã María Gómez Valbuena, uma freira que traficava crianças, como meus pais, mas ela contava com a bênção da Igreja e um hábito onde podia esconder seus delitos.

— Queremos netos brancos, parecidos conosco. — Foi a explicação do pai de Graciela quando lhe perguntei para que ir à Espanha se aqui era muito fácil arranjar um filho (eu sabia muito bem disso). — Nós somos espanhóis — afirmou, e era evidente que nesse *nós* não estava incluída minha pele morena.

No final das contas, minha esterilidade foi uma bênção para meu sogro, assim sua família branca manteria sua cor e sua raça.

A Irmã Cegonha nos entregou dois recém-nascidos depois de um período de quatro meses em Madri, suficientes para não gerar dúvidas sobre a maternidade de Graciela; eu dei corda à situação e inventei uma grande história sobre sua gravidez.

Não são irmãos, não têm a mesma mãe. Foram mostrados a meu sogro para que escolhesse, ele havia pagado por eles – o salário de um jornalista e escritor iniciante não era suficiente para cobrir o preço de dois filhos europeus. Ele não soube qual escolher e comprou os dois.

— Nós os resgatamos do franquismo* e mudamos suas vidas — afirmou o avô, cheio de orgulho.

Nunca falamos com ninguém sobre a adoção ou a compra. Minha ex conversou com alguns psicólogos se devíamos contar a verdade aos nossos filhos, mas meu sogro nos proibiu e o assunto foi dado por encerrado. Andrés, Antonio, Graciela e eu, uma família de quatro desconhecidos, em que o moreno depois de um tempo estaria fora da jogada.

Quando meus filhos vêm a esta casa onde meus pais venderam muitas crianças, penso que talvez a compra deles tenha sido como uma restauração da ordem universal.

---

* Regime totalitário de tendência nazifascista que teve início na Espanha em 1939. (N.T.)

TRINTA

SÁBADO, 14 DE SETEMBRO DE 1985.
18H

Leopoldo López se aproxima de um dos irmãos de Evangelina Montero com um arranjo de flores que coloca ao pé do caixão. Os irmãos Montero, cinco homens, estão ao redor do caixão.

— Não sei o que esperam para prender aqueles safados do Franco e do Pereda — repete a irmã de Evangelina a qualquer um que se aproxima para lhe dar os pêsames.

— Dizem que Franco já fugiu para os Estados Unidos — cochicham os que estão presentes, ninguém se atreve a perguntar para a família.

Beatriz, a filha de Evangelina, permanece afastada de todos, perto do caixão. Não permite que ninguém se aproxime, sussurrando pede perdão para a mãe por não a ter defendido do pai.

Horas antes do velório, Franco voava para Houston dormindo pela quantidade de analgésicos que ingeriu para suportar a viagem. Foi levado para o hospital assim que deixaram o aeroporto e, enquanto velavam sua mulher, seu joelho foi operado. Voltou a dormir com um sorriso nos lábios.

Esteban procurou-as bem cedo, disse que precisava vê-las urgentemente, onde ninguém pudesse escutá-los, nenhum lugar público, tampouco no hotel; combinaram de se encontrar no consultório assim que Lucina terminasse as consultas.

— Acho que Julián é o assassino, o irmão de Ignacio — diz ao deixar sua bolsa no chão, sentando-se devagar, mais para obedecer à Lucina, que apontou para as duas cadeiras; ele queria ficar de pé, há dias não consegue se acalmar.

— Como? — pergunta Elena. Ela não gosta do consultório de Lucina, sugeriu que se encontrassem em outro lugar. "É melhor nos encontrarmos em sua casa", dissera a Esteban, mas Lucina argumentou que para ela era mais fácil encontrá-los ali depois de sua consulta. "Quantas vezes eu estive lá?", pergunta-se Elena. "Cinco? Seis?" Sempre à espera de receber a notícia de uma gravidez, depois da quinta ou sexta procurou outras opções fora da cidade. — O consultório das más notícias — diz Elena em voz alta.

— Quê? — pergunta Lucina.

— Era assim que eu chamava seu consultório todas as vezes que vinha aqui: o consultório das más notícias — esclarece.

— Elena, podemos nos concentrar no que viemos conversar? — pede Lucina. — Continue, Esteban — pede.

Elena a ataca em pensamento. *Podemos nos concentrar?*, repete a frase mentalmente e, ao fazer isso, dá de ombros e a boca continua em silêncio.

Esteban olha para as duas em silêncio e depois de alguns segundos retoma:

— Uma colega trabalha com a Procuradoria Federal e lhe pedi que fizesse uma investigação na penitenciária de Santa Martha Acatitla sobre o preso Julián Conde Sánchez. Ela me informou que Julián não está preso. Ele saiu. Cumpriu sua pena.

— Meu irmão Jesús me disse que se lembrava do dia em que Julián me deixou com Isabel e lhe pediu que me levasse para bem longe, para que ela salvasse minha vida, porque Manuel ia me matar.

— Julián? Julián te entregou para Isabel? Ignacio queria te matar? — interrompe Elena.

— Eu perguntei duas vezes para Jesús: "Você tem certeza de que foi Julián?". Ele me garantiu nas duas vezes. Jesús me culpa de todas as desgraças da família. Isabel o deixou com a senhora Flores quando tinha catorze anos para que tivesse uma vida estável e recebesse educação. Isabel e ele se viram pouco, ele nunca pôde perdoar o abandono da mãe.

— Julián não está mais preso. Ele saiu. Cumpriu sua pena — interrompe Esteban.

Lucina recosta-se na cadeira.

— Saiu? Quando? — pergunta Lucina com os olhos bem abertos.

— Há quase dois meses.

— Por isso você acha que ele é o assassino?

— Quem mais poderia ser? Elena, nas fotografias que foram deixadas embaixo de sua porta estava escrito: *Me procure*. Você me contou que Ignacio saiu para procurar uma pessoa, ele sabia que Julián as havia matado, do mesmo modo que as outras mulheres.

— Então você acha que Julián está aqui? Na cidade?

— Não sei, Lucy, não sei.

— Se for verdade o que foi escrito pelo meu... Ignacio... Manuel... Nem sei mais como chamá-lo. Se Julián queria me matar, então... talvez queira matar a mim e ao meu filho — diz Lucina, levantando-se da cadeira. — Tenho que buscar meu filho e ir embora daqui. Não sei para onde. Não tenho mais família. Não posso voltar à vida de antes. De um lado para o outro. Fugindo. Não posso!

— Calma, Lucy, calma. — Esteban se aproxima de Lucina e a segura pelos ombros. — Você não está sozinha, eu estou com você — diz e em seguida a abraça.

— Minha família tem uma casa em Sierra Gorda, talvez você queira ficar alguns dias lá — intervém Elena.

— Não é justo voltar a essa vida, meu filho não merece passar pelo que eu passei.

— Tenho que falar sobre minhas suspeitas com o procurador e o juiz, hoje de manhã foi recebida a renúncia de Miguel Pereda. Parece que está detido, que está sendo interrogado, pelo menos é o que dizem para acalmar a situação que ficou caótica depois da manifestação e da fotografia. Talvez se você e seu filho fossem morar comigo, todos ficaríamos mais tranquilos.

Lucina não responde. Volta a se sentir como quando era criança: desprotegida, assustada, vulnerável.

— Tinha vinte anos quando minha mãe morreu. Me senti completamente perdida sem ela. Acabei ficando na universidade e trabalhei com o que era possível. Naquela época, meu irmão me ajudava, achou que era o que sua mãe gostaria que fizesse. Conheci meu marido em Guanajuato e nos mudamos para cá já casados. Esqueci um pouco do medo, achava que ele pudesse me salvar. Nunca lhe contei nada de minha vida antes de conhecê-lo, nisso eu me pareço com meu pai, também posso inventar mentiras, para ele sou apenas uma órfã que tem um irmão, com quem não tenho uma relação.

— Vou ligar agora mesmo para o escritório do procurador. Tenho que contar tudo que descobrimos até agora — afirma Esteban.

— Sabe algo sobre os sapatos? — pergunta Elena.

— Não, ainda não descobri nada sobre eles. Talvez sejam das vítimas de Julián.

— Mas o manuscrito menciona apenas três mulheres mortas e havia nove sapatos sem par.

— Eu sei, tenho que mandá-los para um laboratório, aqui não podemos fazer nada.

— Enquanto isso, o que faremos em relação a Julián? Nós nem sabemos como ele é.

— Sabemos sim, Lucy. Tenho uma imagem aqui que me mandaram do presídio por fax.

Esteban pega uma pasta em sua bolsa e coloca em cima da mesa uma folha com o rosto de um rapaz.

— É recente? — pergunta Elena.

— Me disseram que sim, parece muito jovem.

Lucina concorda com a cabeça e examina o rosto na folha.

— Ele não tem cara de assassino, né?

— Não. — Elena tenta encontrar algo parecido com Ignacio naquele homem de cabelo escuro, curto, sobrancelhas grossas e olhos pequenos, lábios grossos e rosto marcante. — Ele não tem nada a ver com Ignacio.

— Tem certeza de que é Julián?

— Sim, Lucy, me mandaram toda a ficha técnica — diz pegando outra pasta com algumas folhas. — Fala da morte de Clara, como já sabíamos. Ele foi preso pelo homicídio de Clara.

— Meu Deus!

— Tenho que me apressar para falar com o procurador, não gostaria de falar com os agentes ministeriais daqui, prefiro ir ao estado e falar sobre minhas suspeitas. Eu as manterei informadas. Lucy, você vai ficar bem? Pode me acompanhar se quiser.

Lucina pensa por alguns segundos.

— Podemos buscar meu filho no colégio? Te esperaremos no carro o tempo todo enquanto você fala com quem tiver que falar. Pode ser?

— Sim, tudo bem.

Na rua, Elena os observa caminhar em direção ao carro de Esteban e olha de um lado para o outro em busca de um rosto parecido com o que o médico-legista acabou de lhes mostrar.

TRINTA E UM

DOMINGO, 15 DE SETEMBRO DE 1985.
8H10

A notícia não aparece no *Diário de Allende*, desde que Humberto Franco voou para Houston a edição desapareceu. Os anunciantes cancelaram seus contratos um dia após a manifestação em que a fotografia de Miguel Pereda, Humberto Franco e Claudia Cosío teve mais circulação que o próprio jornal. *O Observador de Allende* publica a notícia, junto com as imagens que Antonio Gómez, dono do jornal, havia recusado: "O ex-agente do ministério público Miguel Pereda Aguilar é detido", diz a manchete.

No corpo da notícia é dito que o paradeiro de Humberto Franco é desconhecido e que as autoridades concluíram que a arma de Ricardo Almeida foi disparada ao ser atacado por Franco. Conta que Evangelina Montero foi espancada antes de cair "acidentalmente" (as aspas foram intencionais) e bater a cabeça contra uma pedra. Incluíram as palavras da irmã da defunta, que repetia que Humberto Franco violentou física e psicologicamente Evangelina durante anos. A notícia fala de Miguel Pereda, detido por suspeitas de estupro e pedofilia. De maneira velada, fica a dúvida sobre sua possível culpabilidade no assassinato.

O proprietário do diário escreveu a notícia. Nunca se dedicou tanto à elaboração de um artigo. Escreveu um pouco sobre o enterro de Evangelina, consciente de que a maioria dos leitores saberiam da relação que existiu entre ele e a falecida, como a chamou para poder se desvincular do sentimento de culpa que o obrigava a confessar que a fotografia chegou primeiro à sua mesa e ele não quis publicá-la. Precisou chamá-la de falecida para não despertar o ciúme de sua esposa, que sabe que Evangelina foi a mulher mais importante na vida de Antonio Gómez. Na coluna social, aparece uma foto quase do tamanho da página daquela que foi esposa de

Franco, e em duas páginas fala-se de seu trabalho à frente de uma instituição de assistência privada fundada pela família Montero, dedicada a abrir ludotecas nas comunidades mais pobres.

O rancor de Antonio Gómez em relação a Humberto Franco no momento de escrever a notícia não se compara ao que sentem os irmãos de Humberto, administradores do negócio familiar. Os irmãos Franco não tocam no assunto com ninguém de fora, limitando-se a fazê-lo entre eles. Cancelaram o depósito mensal para o irmão como pressão para obrigá-lo a voltar ao México e assumir seus erros ante as autoridades.

Pela manhã, *O Observador de Allende* é lançado na garagem dos Almeida por um entregador de bicicleta atento a aumentar sua precisão ao arremessá-lo.

O cachorro dos Almeida, como todos os dias, carrega a edição pelo focinho enchendo de baba a fotografia da primeira página. Dentro de casa, na cozinha, Mónica Almeida escuta a notícia no programa *Hoje Mesmo* do canal dois. Guillermo Ochoa fala sobre um caso que deixou a sociedade de San Miguel consternada, onde não conseguiram esclarecer dois homicídios que a cada dia se complicam mais. Ele comenta sobre os assassinatos do livro de Ignacio Suárez e que, a princípio, tentou chamar a atenção para o falecido escritor, que agora aparece na lista de suspeitos. Destaca a obrigação das autoridades de apontar os culpados em uma cidade onde o turismo norte-americano é parte fundamental de sua renda e por isso a notícia tem aparecido em jornais muito importantes dos Estados Unidos.

Mónica Almeida não diz nada, dá um gole em sua xícara de café para poder engolir as palavras que ouve, digeri-las com cafeína para que seja menos difícil, sente o líquido cair no vazio que se estende dentro dela, e que às vezes acredita que acabará fazendo com que desapareça.

Ontem foram testemunhar mais uma vez. Ouviram o procurador dizer que sua filha e a amiga tinham procurado a morte ao saírem com senhores casados. Criminalização da vítima, disse-lhes o advogado que contrataram quando Ricardo Almeida esteve detido por ter atirado em Franco. Neste país se tornou costume criminalizar as vítimas. Além disso, o procurador argumentou que Ricardo deveria estar detido por tentativa de homicídio, mas que foi solto pela tensão causada no ambiente; porém, a qualquer momento poderiam prendê-lo de novo, por isso o melhor para eles é ter paciência e não pressionar a resolução do caso. Quando saíram do escritório se encontraram com os Cosío, que esperavam sua vez de entrar no mesmo escritório.

Martha Cosío e Mónica Almeida se abraçaram demoradamente. Mario Cosío estendeu a mão para Ricardo Almeida e Mónica apenas cumprimentou-o movimentando a cabeça. Mario não mora mais em sua casa, Martha arrumou suas coisas e quando terminou ligou para a dona do jardim de infância onde trabalhava antes de se casar para pedir um emprego. O quarto de Claudia Cosío permanece fechado como um mausoléu. Martha para todos os dias em frente à porta e estende a mão para tocar na maçaneta, sem ter certeza do que quer fazer. Não sabe se quer entrar e guardar suas coisas ou se deitar na cama para cheirar seu travesseiro, talvez olhar suas fotografias ou abrir a janela e permitir que o ar circule. Não quer colocar tudo em caixas, porque também não sabe o que faria com elas. Dá-las de presente? Jogá-las fora? Guardá-las? Então ela deixa o quarto como está.

Martha levantou-se cedo e pegou *O Observador de Allende* que estava junto à porta principal e pensou na habilidade do entregador ao arremessá-lo. Agora o lê de pé ao lado da pia. Pensa em ligar para Mónica Almeida e perguntar se viu o jornal, mas desiste porque ela poderia perguntar algo sobre seu marido. Ainda não quer falar sobre esse assunto com ninguém. Hoje ela não o quer em casa, mas sabe que poderia mudar de ideia e bancar a ridícula caso diga que já arrumou todas as suas coisas e depois o aceite de volta. Olha a fotografia que conhece muito bem, o rosto alcoolizado da filha e a cara de imbecis dos homens que estão ao seu lado, com os olhos marejados começa a ler.

Leonardo Álvarez, jornalista do *Diário de Allende*, lê a notícia d'*O Observador de Allende* sentado em uma cafeteria. Embaixo do jornal há uma pasta amarela com várias cópias de seu *curriculum vitae*, pensa em distribuí-las depois de terminar seu café, entregará a primeira cópia ao gerente da cafeteria.

Com *O Observador de Allende* embaixo do braço, o procurador de justiça do estado de Guanajuato entra em uma sala de reuniões improvisada no Ministério Público. Lá, Esteban del Valle e o juiz criminal, senhor Castillo, esperam-no para uma reunião convocada pelo próprio Del Valle.

— Já leram as conclusões tiradas pelo dono deste jornaleco? — pergunta.

— Já apareceu nas notícias nacionais, temos que dar alguma resposta — acrescenta o prefeito ao estender a mão para o promotor.

— Senhores — começa a falar Esteban. Pigarreia um pouco. Está nervoso. Ensaiou durante a noite o que quer dizer para não se equivocar, não se desviar do objetivo pré-estabelecido por ele e Lucina. Retoma para que a conversa não tome outros rumos. — Não quis incluir nesta reunião os agentes que estão cuidando do caso porque, como sabem, desde o princípio tudo foi manipulado por Miguel Pereda. Ele e Franco tentaram conduzir a investigação para um beco sem saída, onde o único culpado seria Ignacio Suárez e ninguém descobriria que saíam com as jovens assassinadas.

— Há um arquivo vigente sobre a investigação — replica o procurador. — Ontem estive no interrogatório de Pereda. Muitos sabem que ele é meu conhecido e que o desgraçado conseguiu seu cargo graças a mim. Filho da mãe. A única coisa de que podemos acusá-lo é de não manter o pau dentro da calça.

— Estamos falando de menores de idade — esclarece Esteban.

— Umas putas menores de idade.

— Não estamos aqui para julgá-las, e sim para encontrar soluções, e parece que Del Valle encontrou algo — interrompe o juiz, que em seguida levanta uma sobrancelha para o médico-legista incentivando-o a continuar.

— Concentraram-se tanto em evitar que Franco e Pereda fossem apontados como supostos culpados de assassinato que reduziram sua culpa a Ignacio Suárez.

— Você está sendo repetitivo, Del Valle. Também sabemos da sua amizade com o escritor. — O procurador se levanta da cadeira de plástico, ajeita o casaco e, ao fazer isso, sua roupa exala um cheiro de loção Stefano e tabaco.

A porta rouba de novo a atenção dos presentes e a secretária de Miguel Pereda aparece. O próprio Pereda a havia contratado depois de uma série de entrevistas, escolheu-a pela "linda vista", explicou-lhe depois, porque ele gostava de ter uma "linda vista" de sua mesa. Ela não gostou do comentário, mas não disse nada porque precisava do emprego. E, apesar do comentário, procurava vestir-se da maneira que Pereda gostava. Desde a suspensão de seu chefe, a secretária usa a saia mais comprida e vai trabalhar sem ter nada para fazer, senta-se em sua mesa à espera de novas obrigações ou de sua demissão. Ninguém lhe pediu café, mas ela quis estar presente, caso seu futuro seja definido.

— Bom dia — cumprimenta sem saber o que mais dizer. Os três homens se distraem com a interrupção e em silêncio observam a mulher colocar uma xícara em frente a cada um deles. — Vou deixar creme e açúcar.

— Obrigado — diz Esteban, ansioso para continuar. A secretária sai e deixa para trás um aroma de perfume que obriga Esteban a levar a mão ao nariz; pode suportar o cheiro de um cadáver, mas certos aromas lhe causam alergia. A mulher fecha a porta com a bandeja na mão e vai para sua mesa, senta-se na cadeira com a sensação de ter assinado sua demissão quando o olhar que o senhor Castillo deu para o seu decote lhe causou uma leve tremedeira, fazendo com que derramasse um pouco de líquido.

— Sim, Ignacio Suárez era meu amigo — retoma Esteban para recobrar a atenção dos dois homens. O cheiro de café acompanha suas palavras. — Parte da suposta investigação foi focada nos crimes de um livro dele, baseado em uma história de quando trabalhava como jornalista da imprensa sensacionalista. As mulheres que apareceram assassinadas receberam o apelido de as Santas, nunca descobriram quem foi o assassino. Ignacio suspeitava de um homem que foi detido pelo assassinato de uma colega de trabalho no *La Prensa*.

— Quem é essa pessoa? Pare de enrolar e vá direto ao assunto — exige o procurador, impaciente, ignorando o esforço de Esteban em não mencionar a pasta de Ignacio, sua verdadeira relação com Julián e o parentesco com Lucina.

— Um réu que acaba de cumprir sentença em Santa Martha Acatitla. Ignacio cobriu a notícia, ouviu as declarações e teve a oportunidade de entrevistá-lo em Lecumberri; ele se gabou para Suárez por ter cometido outros crimes que a polícia não havia descoberto.

— Suárez te contou tudo isso? — pergunta impacientemente o juiz Castillo.

— Sim, ele me contou há alguns anos.

— Del Valle, espero que seja verdade e não uma tentativa de salvar seu amigo.

— Não tem motivos para tentar salvá-lo, Ignacio está morto. Porém, Julián Conde Sánchez está por aí.

Esteban lhes mostrou a informação que tinha recebido da prisão; os dois homens se concentram nas páginas.

— Aqui só se fala do assassinato de uma mulher — diz o procurador.

— Ignacio o entrevistou e ele confessou os demais crimes.

— Por que o escritor não contou tudo isso para a polícia?

— Julián não repetiu a confissão e as autoridades preferiram dar o assunto por encerrado, independentemente de ele ser o assassino das outras mulheres, já estava preso. Foi por isso que Ignacio escreveu o livro e, nele sim, sabe-se quem as matou e o culpado é muito parecido com o homem que ele entrevistou na prisão e que hoje está livre.

— Não podemos manter uma investigação baseada no argumento de um livro — disse o procurador, dando um soco tão forte na mesa que as xícaras de café pularam.

— Miguel Pereda e Humberto Franco culparam Ignacio Suárez pelo argumento de um romance policial. Não entendo por que agora perca a relevância. Além disso, estaríamos procurando um ex-presidiário.

— Não tenho tempo para perder em conjecturas de uma novela. Achei que esta reunião seria algo sério.

O procurador sai da sala a passos largos, deixa a porta aberta e de sua mesa a secretária de Miguel Pereda consegue observar a expressão transtornada de Esteban del Valle e do juiz Castillo. Esteban percebe o olhar da secretária.

— Vou dar um jeito de descobrir mais coisas sobre Julián Conde — diz Castillo. O médico-legista concorda e, depois de apertar a mão do juiz, deixa o local.

Décimo sétimo fragmento

Hoje de manhã eu tomei uma aspirina vencida, vi a data ao colocar a caixa de volta em seu lugar. Corri até o banheiro e enfiei o dedo na garganta, acho que consegui vomitá-la inteira. Uma das minhas obsessões é o modo como vou morrer, ser testemunha da morte me obriga a pensar nela. Não é uma condição particular, ao que parece (digo "ao que parece" porque talvez algum dia a ciência prove o contrário) nós humanos somos a única espécie preocupada com o futuro e a morte.

Acho estranho ter encontrado aspirinas vencidas, já que outra das minhas obsessões é a data de validade.

A solidão dos seis meses que passo na Cidade do México me obriga a pensar em outras coisas, talvez eu devesse ir morar com Elena.

Várias vezes imaginei que morreria aqui e meu corpo seria encontrado dias depois, fedendo, cheio de vermes. Sinal de que não consegui o que tinha dito antes: que alguém cuidasse dos meus restos. Quem me contaminou com tanta preocupação foi Lupita, a prostituta do cortiço. Continuamos nos encontrando depois que saímos da casa de Isabel, ela se tornou a única pessoa com quem podia falar sobre meus pais com total liberdade; nem com Ramón isso era possível, porque, mais que uma conversa, era uma entrevista.

Eu a procurei seis meses após a morte de minha mãe, esperei até vê-la sair do cortiço, nunca mais tive coragem de aparecer por lá.

— O que você tá fazendo aqui, moleque? — perguntou ao passar por mim.

— Estava te esperando.

— O que você quer comigo?

— Conversar.

Durante o dia, Lupita fazia várias coisas, comprava sua comida, dormia, visitava suas "colegas de profissão", como ela as chamava, as quais apanharam tanto de alguns clientes que acabaram inválidas e viviam de caridade. Manteve um quarto no cortiço porque sua mãe morava lá e, quando ela morreu e os bordéis começaram a ser fechados, ela decidiu ser prostituta nas ruas. Por um tempo, trabalhou como acompanhante em uma casa de encontros que simulava ser um salão, depois a matrona com quem morou durante anos montou um restaurante como fachada do prostíbulo e a chamava quando tinha clientes. Ela me contou que fez sucesso por uma época, que trabalhou em um bordel de luxo e ganhava até setenta e cinco pesos por cliente. Lupita pagava um valor fixo aos policiais para que a deixassem trabalhar, pagava uma porcentagem para os donos dos hotéis, pagava seu aluguel e sobrava dinheiro suficiente para viver, até o dia em que foi presa. A prostituição nas ruas implicava uma concorrência desleal que acabou levando-a à delegacia de polícia e a multa foi paga por um cafetão que lhe cobrou o triplo.

— Como você tá sem sua mãe, moleque? Mesmo que não acredite, nós sentimos falta dela. Ela ajudou várias de nós com as gestações. Só uma morreu.

— Uma?

— Todas sabíamos do risco que corríamos, sua mãe não era médica. Os médicos não ajudam com isso, cobram muito caro e não garantem que vamos ficar bem, se vamos viver.

Lupita gostaria de ter um bom funeral, com um túmulo decente, era assim que ela falava, economizou dinheiro para isso. "Um túmulo decente, moleque", repetia em nossos encontros.

Seria clichê confessar que perdi a virgindade com ela, prefiro dizer que foi assim que assinei o contrato em que me comprometi a realizar seu funeral.

Julián a assassinou no dia 12 de dezembro. A data de validade que tanto preocupava Lupita expirou numa terça-feira. O dia de sua santa, em que ia à vila para rezar para a Virgem de Guadalupe. Três meses depois da morte de Pilar Ruiz.

Um dia, Julián apareceu com a medalha de San Ramón Nonato, padroeiro das grávidas e dos bebês que não nasceram, que Lupita carregava em seu pescoço, e a quem ela pedia todos os dias pela alma dos dois filhos que não batizou. Ela pedia por eles e dava um beijo na medalha, que hoje carrego em meu pescoço.

Há dias Julián não voltava para casa, eu trabalhava com metade do cérebro preocupada com meu irmão e outra metade concentrada nas pequenas notícias policiais que escrevia, crimes passionais, roubos. Às vezes fazia alguma referência aos assassinatos das Santas, para que não perdessem o interesse, certo de que a qualquer momento Julián mataria de novo.

— Você matou a Lupita, cara? Por quê?

Ele não respondeu, deixou a medalha sobre o lençol, era de madrugada. Ele me acordou com uma sacudida e quando abri os olhos a corrente estava na minha frente.

Parti para cima dele, joguei-o no chão, ia sentar a mão nele quando ele levantou uma mão e disse:

— Quer saber onde ela está?

Parei na mesma hora.

— Apoiada no muro de uma funerária no bairro Doctores. Se você for rápido, será o primeiro a encontrá-la.

Ele me deu todas as dicas necessárias e não foi difícil encontrá-la.

Chamei a polícia e informei anonimamente sobre o assassinato. Eu me apresentei depois que chegaram, começaram a se acostumar com minha presença.

— Você já estava demorando, cara. É muita coincidência que seja sempre você que venha.

— Não tenho escolha, me mandam.

Ele a deixou do mesmo modo que deixou as outras duas: sentada na mesma posição, idêntica à foto da minha mãe na prisão.

Não consegui controlar meu estômago, foi a primeira vez que vomitei por um assassinato de Julián.

— O que houve? Suas tripas ainda não se acostumaram?

Deram-me palmadinhas nas costas, riram de mim.

— Asfixia mecânica, como as outras — explicou um deles.

— Era uma prostituta — disse o outro. — Mas aqui não era sua região, ela trabalhava mais no centro.

— A mesma ferida na testa, falta um sapato — disse uma terceira pessoa.

— E os sapatos? — perguntei a Julián quando ele voltou para casa, como das outras vezes ele passou uns dias fora. Ele deu de ombros e dormiu três dias seguidos.

Pedi para uma mulher, amiga de Lupita, outra prostituta, que reclamasse seu corpo e procurasse no quarto do cortiço o dinheiro para seu enterro. Tenho certeza de que ela ficou com uma parte; além disso, levou suas roupas, sapatos, bijuterias. Com certeza achou que seria mais útil se ela ficasse com suas coisas.

Completei o valor que faltava para o velório e o enterro, comprei um caixão e escrevi um epitáfio para sua lápide. Participei do enterro de longe, não queria que as pessoas do cortiço me vissem. Paguei um padre para que abençoasse seu caminho para o céu das prostitutas, e sua morte foi suficiente para escrever três notícias, lançar especulações, mencionar as mortes anteriores, falar sobre os assassinos em série.

TRINTA E DOIS

DOMINGO, 18 DE SETEMBRO DE 1985.
8H

Elena dobra lentamente uma calça sem ter certeza se deve colocá-la na mala ou não. Passou o dia inteiro pensando e ontem à noite decidiu ir à Cidade do México para procurar respostas sobre Ignacio. Ontem havia comentado com Esteban e Lucina:

— Irei à casa do bairro Roma, eu nunca fui lá — explicou. — Ignacio e eu nos encontrávamos em um apartamento que ele tinha em Polanco, só quando li o manuscrito soube da existência desse lugar, encontrei umas chaves que devem ser de lá. Também encontrei uma agenda de Ignacio com números de algumas pessoas, entre elas Ramón García Alcaraz, seu amigo. Passei a tarde inteira pensando se devia ligar para ele, farei isso amanhã. Se há alguém que pode nos contar algo é ele.

— Talvez eu vá com você — disse Lucina. Parece incrível que eu me dedique à mesma coisa que Felícitas, trouxe crianças ao mundo e também fiz alguns abortos. Não me considero uma assassina, nem minhas pacientes. Uma mulher pode ter muitos motivos para abortar. É muito fácil julgar as mulheres que fazem um aborto, mas ninguém, ninguém sabe o que se passa dentro do coração dessas mulheres.

— Não sei, eu me esforcei tanto para ter um filho...

— Se o que Ignacio disse for verdade, a mãe dele também assassinava bebês. Você não é uma assassina — disse Esteban.

— Não consigo parar de pensar sobre o que ele escreveu em relação ao gene amaldiçoado.

— Você mataria alguém? Acha que é capaz de matar alguém? — perguntou Elena.

— Não, acho que não, não sei.

— Você não é como a família de Felícitas, não se preocupe, você tem outros defeitos. — Elena dá um sorriso de canto de boca sem olhar para Lucina.

— Acho que vou com você para a Cidade do México.

Elena fecha a mala e depois a abre novamente olhando para seu armário. Ela está se sentindo nervosa porque vai conhecer Ramón, apesar de ele ter parecido uma pessoa muito simpática pelo telefone.

Ontem à tarde, quando finalmente decidiu ligar para o amigo de Ignacio, ninguém atendeu, achou que talvez o número não estivesse correto. Meia hora depois, uma longa meia hora, ela ligou novamente.

— Ramón? — perguntou depois de ouvi-lo.

— Sim, sou eu — respondeu uma voz rouca, varonil. Elena imaginou um adolescente, não um homem de quase setenta anos.

— Eu me chamo Elena. Elena Galván, sou a... — Não soube como se apresentar, foi ele quem terminou a frase.

— A namorada de Ignacio.

— Sim — disse ela. — A namorada de Ignacio.

Ramón comentou que quis se aproximar dela no dia do enterro de Ignacio, mas que não encontrou o momento adequado e que acabou ficando de conversa com alguns jornalistas, conhecidos de sua área, e quando finalmente se livrou deles, ela já tinha ido. Ela lhe falou sobre a pasta, leu algumas passagens e chegaram à conclusão de que seria melhor se encontrarem pessoalmente. Desligaram com a promessa de se encontrarem no dia seguinte, à tarde, na casa de Ramón.

Hoje de manhã, bem cedo, ela foi ao hospital ver José María. Durante quase meia hora falou com ele sobre seus medos, sobre o hotel, sobre sua mãe. Elena navegava entre as boas e as más notícias. Para ela, ainda é difícil acreditar que sua mãe e seu padrasto permaneçam no mesmo estado de desconexão da vida.

— É a história romântica mais brega do mundo — disse a Josema.

Considerava ridículo que os dois permanecessem nesse estado, como se estivessem dormindo.

— O que esperam? Que aprendamos telepatia?

O *bip* de uma das máquinas que estão conectadas a José María lhe respondeu.

— O que devo fazer? Devo ir falar com Ramón? Preciso saber a verdade sobre Ignacio.

Logo após ter pronunciado o nome do escritor, o coração de José María acelerou, assim como sua respiração com a chegada de Consuelo e uma enfermeira.

— O que aconteceu? O que você fez? — perguntou Consuelo deixando sua bolsa em cima da cadeira. A enfermeira revisou a máquina, o soro. Consuelo acariciou o cabelo crespo e grisalho dele. A enfermeira injetou alguns mililitros da solução que o manteria dormindo e em segundos as pulsações diminuíram de ritmo, assim como a respiração.

— Nada, eu não fiz nada — respondeu Elena com os olhos arregalados e o coração mais acelerado que o de seu padrasto.

Assim que ele se estabilizou, Elena despediu-se de Consuelo e saiu rapidamente. Desceu as escadas, atravessou o estacionamento e, quando chegou ao carro, percebeu que havia deixado as chaves no quarto. Subiu as escadas voando. A enfermeira havia deixado a porta aberta e Elena pôde ver sua tia beijar o marido de sua mãe na boca.

— Sinto tanto a sua falta. — Ouviu-a dizer.

Ela ficou sem reação. Consuelo não percebeu que ela estava ali, acariciava as feridas da cabeça de seu cunhado, o inchaço no rosto de José María estava diminuindo. O olho direito variava de cor: verde, roxo, vermelho. O mesmo acontecia com seu rosto coberto de crostas que cicatrizavam e caíam.

Em silêncio, Elena voltou para trás. Saiu para entrar novamente.

— Consuelo! — disse para alertar a tia. — Esqueci minhas chaves. Eu já vou.

Consuelo deu um pulo quando a ouviu, soltou a mão de José María que estava acariciando.

— Você vai me matar de susto — conseguiu dizer à sobrinha antes que ela saísse correndo.

Ao chegar ao hotel, foi até o quarto de sua mãe e a encontrou sentada na poltrona em frente à janela.

— Bom dia — disse a enfermeira que estava lhe dando o café da manhã.

Elena não respondeu, ajoelhou-se em frente à mãe e apoiou-se em seu colo com a respiração e o pulso acelerados. Levantou a cabeça, olhou a mãe nos olhos, quis que ela a olhasse também, que a visse como antes, como quando era criança.

— Ai, mamãe — disse-lhe beijando suas mãos. Em seguida se levantou e foi resolver os assuntos do hotel; evitou falar com Consuelo, primeiro resolveria a questão de Ignacio e depois pensaria na tia.

Elena devolve um vestido ao armário. Faz um tempo que começou a chover e ela acha que talvez esteja fazendo mais frio na capital. Pega uma calça, uma blusa, um suéter preto de uma prateleira e hesita se deve colocá-lo na mala, não quer que Ramón pense que ela se veste de preto porque está de luto por Ignacio. Percebe como quis enganar a si mesma desde a morte do escritor para não se vestir de luto; porque, mais que triste, ela está brava, irritada, cansada de todo esse assunto.

— Por isso devo me encontrar com Ramón — diz em voz alta. — Para ter paz, preciso de paz.

— Elena?

Algumas batidas na porta acompanham seu nome.

— Sou eu, Lucina.

Elena abre a porta e encontra Lucina vestindo seu jaleco branco.

— Como vai? — pergunta Elena convidando-a para entrar.

— Vou com você. Tenho um parto, mas te encontrarei mais tarde.

— Perfeito. Tenho uma reserva no hotel Gillow, podemos nos encontrar lá.

— Acordei pensando no destino, me perguntei se somos donos do nosso próprio destino ou se isso é ilusão. Cheguei à conclusão de que não somos donos de nada, nem arquitetos de nada. Muitas coisas em nossas vidas já estão determinadas: a genética, as circunstâncias, a saúde, a economia, a política, a natureza, a química. Percebi que não posso escolher quem foram meus pais, nem as características que herdei deles, nem as circunstâncias pelas quais vim parar nessa cidade, mas talvez possa descobrir de onde venho e reconhecer quem sou.

— Tem razão, vamos descobrir quem você é e quem era seu pai.

— O que você acha que ele ia escrever na página que deixou inacabada?

— "Isto é um romance" — diz Elena fazendo aspas com os dedos. Ambas riem, surpresas, aliviadas.

Elas se despedem e Elena acaba de arrumar a mala. Sai do quarto e dá de cara com Consuelo no corredor.

— Aonde você vai?

— Para a Cidade do México.

— Para a Cidade do México? Fazer o quê?

— Resolver um assunto, nos vemos em alguns dias.

— Menina, tem muito trabalho no hotel.

Elena não responde, acelera o passo e as palavras de Consuelo ficam pairando no ar.

Décimo oitavo fragmento

Sou duas pessoas.

Tenho dois nomes, um inventado por mim e outro pelos meus pais.

Sou o escritor e o filho da Ogra.

O pai de Lucina e o falso pai de Andrés e Antonio.

O jornalista de notícias sensacionalistas e o irmão de um assassino.

Já me perguntei várias vezes qual é a máscara. Um assassino disfarçado de escritor ou vice-versa? Quem é a pessoa e quem é o personagem?

O significado de *pessoa*, derivado do latim *personare*, que significa: "Ressoar através de". Em grego, προπόστον significa "máscara". Os atores cobriam o rosto com uma máscara que tinha uma espécie de caixa de som para que o tom de voz aumentasse.

As pessoas ressoam através de seus personagens e máscaras. O sujeito existe ao interpretar um papel autoimposto.

São dois personagens, um que mora na Cidade do México e outro que vive no interior, em um hotel. Alugar um quarto durante o ano inteiro faz com que minha presença seja mais real. Nos hotéis, os hóspedes são esquecidos a cada troca de lençóis e toalhas, são presenças que desaparecem num piscar de olhos.

Sou o hóspede do quarto número 8.

No dia em que a porta de Lecumberri se fechou atrás de Julián, decidi que mudaria de nome. Eu não tinha mais nada a ver com a Ogra nem com o assassino das Santas. Eu seria substituído por outra pessoa.

Ao começar a escrever para *Seleções Policiais e de Mistério*, três anos após a prisão de Julián, inventei um pseudônimo: Ignacio Suárez Cervantes.

Acreditava que trocar de nome é algo que demanda muito tempo; demorei dois anos para me decidir.

Conheci um grupo de falsificadores de documentos que tinham um escritório na rua Santo Domingo, fui eu quem cobriu a notícia da prisão deles. Passaram poucos meses detidos e com eles fiz a mudança do meu nome.

Ignacio era o nome que Clara queria dar para o nosso filho. Suárez como o sobrenome de Clara. Cervantes como o autor de *Dom Quixote*, um bom indício para me tornar escritor. Assim decidi meu novo nome, uma bobagem.

Eu me acostumei facilmente com ele, sentia-me à vontade ao pronunciá-lo. Gostava do som das palavras em minha boca.

Ramón insistia em me chamar de Manuel, mas no jornal se adaptaram rapidamente, a rotatividade de pessoal facilitou que os recém-contratados me chamassem de Ignacio.

O diretor ficou surpreso.

— Você apenas está ganhando uma reputação no jornalismo. As pessoas não saberão quem você é — insistiu.

— O senhor sabe, isso é o suficiente — respondi.

A mudança coincidiu com uma notícia que escrevi sobre a mudança de sexo de um soldado norte-americano; era assim que me sentia com meu novo nome, como se tivesse mudado de identidade.

Quando Julián matou Lupita, senti muita raiva de meu irmão. Eu me refugiei em Clara, no quarto onde ela morava. Clara gostava de falar, me contava sobre sua vida de antes de nos conhecermos, sempre começava com *eu me lembro* e depois contava alguma anedota que eu ouvia atentamente, sentindo inveja de sua infância, apropriando-me da imagem que me ajudava a acalmar a ansiedade em minha cabeça.

Eu me lembro da primeira vez que andei de bicicleta, era de um primo. As mulheres do meu povoado não podiam andar de bicicleta.

Eu me lembro da vez em que perdi o dinheiro das compras e meu pai correu atrás de mim com a cinta e não conseguiu me alcançar. Foi quando eu descobri que corria muito rápido.

Eu me lembro...

Procurei Isabel, queria me desculpar, apresentá-la à Clara, dividir com ela essa desconhecida alegria de estar com alguém. Ela nos recebeu no cortiço, no mesmo quarto, a princípio temerosa, mas logo abraçou Clara e depois a mim. Disse que me considerava como um filho e depois acariciou minha bochecha.

Clara e eu passamos o Natal juntos. Ela queria ir para a casa de seus pais para que eu conhecesse sua família. Eu me neguei e seu pai também. Disse que ela não podia levar nenhum homem para casa se não estivesse casada.

Jantamos na mesa de seu quarto, tive que pagar um pouco mais do que ela já pagava à velha que lhe alugava o quarto. Na primeira vez que me viu, disse que lá não era permitida a entrada de homens, mas em seguida esticou a mão e aceitou vinte pesos. Ela aumentou o aluguel de Clara com o pretexto de que dois inquilinos não custam o mesmo que um.

Jantamos frango, trocamos presentes, ela estava feliz e eu com uma máscara sorridente sobre meu rosto, por debaixo dela sentia incerteza e preocupação por Julián, a espera angustiante, a raiva. Achei que levaria três meses para que procurasse uma nova vítima.

Depois do Natal escrevi mais algumas notícias sobre Lupita, até então não havia pensado em mudar de nome, mas em ressaltar o meu, e os assassinatos de Julián me ajudavam a projetá-lo.

No mesmo dia que Clara me contou sobre a gravidez, um bonde atropelou um menino. Dezembro estava acabando e eu me sentia completamente ansioso à espera do próximo assassinato. Fazia quase um mês que meu irmão não voltava para casa. O fotojornalista e eu fomos cobrir o atropelamento. O menino tinha três anos e havia soltado a mão de sua mãe quando atravessavam a avenida. Ela carregava um bebê em seus braços e não pôde fazer nada quando seu primogênito se soltou e correu pela rua.

Os curiosos surgem do nada. Eles vêm presenciar a morte. Os gregos do primeiro século diziam: "A morte é terrível, mas o medo de morrer causa ainda mais espanto". A morte e as crianças não deveriam se mesclar. São opostas, antagônicas, antônimas.

A mãe do menino morto chorava de joelhos com a única filha que lhe restava em seus braços. Alguém tentava levantá-la do chão, mas ela não deixava. Ao meu lado, o fotógrafo pressionava o obturador de sua câmera, focava e em seguida apertava o botão com a mente no ângulo, na luz, na notícia do dia seguinte, não atentava à tristeza. Os curiosos olhavam para a câmera descaradamente, sorriam para o fotógrafo como se estivessem em um encontro de amigos.

— Tenho que te contar uma coisa — disse-me Clara na redação, onde tomávamos cuidado para que ninguém descobrisse o que havia entre nós. O diretor não gostava que seus funcionários se relacionassem. Esperamos para conversar até que estivéssemos em seu quarto.

— Vamos ter que morar juntos, talvez tenhamos que arrumar um apartamento pra nós dois — disse ela.

— Morar juntos?

— Estou grávida.

— Hoje atropelaram um menino — respondi. — Ele soltou a mão da mãe. As crianças são frágeis. Eu não posso ter filhos.

253

— É seu filho.

— Eu não posso ter filhos — repeti.

— Acredite, é seu filho. Eu não tive relações com mais ninguém. É seu filho.

Eu saí de lá sem falar nada, não bati a porta, não fiz drama. Saí assustado, com o medo correndo pelas minhas células. Um medo irracional, embora na realidade fosse a parte mais racional do meu cérebro que gritava que eu não deveria trazer ao mundo um ser humano com a maldita herança de minha família, de minha mãe, de meu irmão, de meu pai e sabe-se lá de quantas pessoas mais em nossa árvore genealógica.

Lucina, filha, se eu tivesse previsto o futuro naquele momento, se soubesse que você se tornaria essa pessoa maravilhosa, jamais teria pedido a ela que abortasse. Compreendi o medo das mulheres que procuraram minha mãe, talvez alguma delas imaginasse, como eu, que em seu sangue houvesse a maldade à espera de se reproduzir como um câncer, o mal encapsulado em uma célula.

Eu tinha vinte e um anos. Amava a sua mãe e me agarrava a ela como a uma boia para não me afogar.

— Clara está grávida — disse a Ramón enquanto fumávamos fora da redação do jornal. — Eu não posso ter um filho, poderia herdar os genes da minha família.

Ele sabia do que eu estava falando, apesar de não ter mencionado em voz alta.

— A vida é uma caixa de surpresas — disse. — Acho que depende de como você irá educá-lo, do ambiente onde irá crescer. O que teria acontecido se o doutor Frankenstein tivesse amado a sua criatura?

Lucina, minha filha, eu pedi à Clara que abortasse. Ela me surpreendeu ao dizer que jamais faria isso, mesmo que tivesse que cuidar do filho sozinha, que daria um jeito. Estava tão acostumado a ver mulheres se livrando de seus filhos, que sua resposta me obrigou a sentir um respeito distinto por ela. Conheci o outro lado da moeda.

Alugamos um quarto no centro, de novo em um cortiço na rua Mesones.

Julián não voltou para a casa do bairro Roma. Não quis levar Clara para morar lá, não queria contagiá-la com a dor e a morte que aquele lugar exalava. Levei meus poucos pertences, deixei os de Julián, o que restava de meu pai e tudo que havia nos quartos dos partos. Depois de um tempo, a dona tirou tudo. A casa nunca mais foi habitada, contavam-se histórias sobre bruxaria, sobre mulheres e crianças mortas. Diziam que se ouviam choros e gritos pelas noites e que as luzes se acendiam sozinhas.

Ramón reservou um tempo para escrever uma notícia sobre a casa mal-assombrada da rua Cerrada de Salamanca. Ficou abandonada até que eu a comprei.

Abandonada entre aspas, serviu de refúgio para vagabundos que não estavam nem aí para as histórias de terror desde que tivessem um lugar para dormir.

Julián desapareceu por nove meses. Eu o procurei nos lugares que frequentava, caminhei por muitas ruas procurando-o nos olhos dos mendigos, vagabundos, em rapazes que se pareciam com ele.

Quando a gravidez de Clara ficou mais evidente, ela foi despedida. O que lhe disseram foi que não podiam confiar em uma mulher grávida.

Sem o seu salário vivíamos apenas do meu, e isso me deu a sensação de ter me tornado um adulto. Até esse momento, eu tinha dançado conforme a música, vivido conforme as circunstâncias. Nove meses e eu seria pai. Tudo isso mudou a perspectiva em relação à minha pessoa, passaria de filho da Ogra a pai de família.

No dia 6 de agosto de 1945, vinte minutos depois que a bomba atômica *Little Boy* tinha sido lançada sobre Hiroshima pelo *Enola Gay** e matado mais de cento e sessenta mil pessoas, você chegou ao mundo, Lucina, e seu choro misturou-se ao dos habitantes dessa cidade no Japão.

Quando as contrações de Clara começaram, levei-a para o Hospital Juárez. Você nasceu prematura. A única visita que tivemos foi a de Isabel. Ela me ajudou a pagar o valor que o hospital estava cobrando, autonomeou-se sua avó e te segurou antes de mim. Você me fazia lembrar dos bebês que passavam pela minha casa, eu tremia ao ter você em meus braços, impossível explicar com palavras a reação do meu corpo. Sentia medo, pavor por tudo que pudesse te acontecer.

Isabel colocou você em meus braços como se eu fosse uma criança à qual estão mostrando um bebê pela primeira vez.

— Segure-a, não vai acontecer nada — dizia-me ela.

Você era tão pequena, tão frágil.

Clara olhava para você e te segurava como se tivesse esperado a vida inteira por esse momento. Ter você em seus braços era o resumo de sua existência.

Na manhã de 9 de agosto de 1945, o *Bockscar*** lançou uma segunda bomba sobre Nagasaki, chamaram-na de *Fat Man*, em referência a Churchill. Nesse dia, voltamos para o quarto do cortiço, Clara e você deitaram-se na cama e não demoraram para

---

* Avião bombardeiro B-29, de fabricação norte-americana, utilizado pela Força Aérea dos Estados Unidos durante a Segunda Guerra Mundial. (N.T.)

** Avião bombardeiro B-29 da Força Aérea do Exército dos Estados Unidos. (N.T.)

dormir, eu fui para a redação. Trabalhei pensando em vocês, com seu cheiro grudado no nariz. Seu cheirinho era tão bom.

Quando voltei, Julián ofegava ao lado da cama e você chorava ao lado de sua mãe morta.

Não sei se Clara estava dormindo quando ele entrou. Tenho certeza de que lutou com ele para te defender, meu irmão tinha uma mordida na mão e seu rosto estava todo arranhado.

Abri a porta e de lá vi o quarto inteiro, o fogão, a mesa, as duas cadeiras e a cama. Tudo estava revirado. Permaneci alguns segundos ali parado, talvez um minuto ou dois, tentava decifrar a cena, traduzir as imagens para uma linguagem que meu cérebro pudesse entender.

Fechei a porta devagar, fui até a cama olhando para sua mãe e em seguida para você.

Julián tinha sangue no rosto, na roupa, nas mãos.

Clara estava esparramada entre os travesseiros e os lençóis em uma posição que me fez pensar que estaria desconfortável. Foi então que tomei consciência do sangue, de seus olhos desorbitados, de seu pescoço arranhado, machucado.

O seu choro era felino.

Parti para cima do meu irmão.

Não sei exatamente a ordem dos acontecimentos, o que houve a cada momento. Em um minuto estávamos no chão, batendo um no outro. No minuto seguinte, chegou um vizinho, ou vários, eu tinha deixado a porta aberta, da mesma forma que a deixei quando fui para a redação, por isso meu irmão entrou sem dificuldades.

— Vou te matar! — gritava-lhe.

Alguém tentou nos separar, Julián se soltava e partia para cima de mim.

A polícia chegou. Um dos policiais tentou prendê-lo, mas meu irmão o empurrou, desceu as escadas correndo e desapareceu na avenida.

Em algum desses momentos desconexos entrou Isabel, ela queria gritar, mas levou a mão à boca e se ajoelhou ao meu lado.

— O que houve?

Estendeu a mão para me tocar, se arrependeu e chegou até você, Lucina. Mais uma vez, tomei consciência de seu choro.

— Calma, calma, meu amor.

Isabel te segurava e tentava te acalmar.

— Leve-a. Por favor. Leve-a. Esconda-a de mim e de Julián. Não voltarei a vê-la para que ele não as encontre. Eu imploro. Leve-a.

Consegui ouvir a sirene da ambulância ao mesmo tempo que Isabel te enrolava em um cobertor e se esgueirava entre os vizinhos amontoados na porta do quarto.

Essa foi a última vez que te vi, Lucina, minha filha, até que consegui te encontrar mais de trinta anos depois.

Julián foi preso uma semana depois, acusado de assassinar Clara Suárez Suárez, mas nunca o relacionaram com as outras mulheres. Prenderam-no em Lecumberri acusado de um único assassinato.

Os sobreviventes de Hiroshima e Nagasaki ficaram conhecidos como *hibakusha*, pessoa bombardeada.

Eu sou um *hibakusha*.

Escrevi estas páginas pensando em você, Lucina, porque acredito

TRINTA E TRÊS

QUARTA-FEIRA, 18 DE SETEMBRO DE 1985.
13H08

Elena ouve os passos que antecedem a abertura da porta com o número 10.

— Elena.

Ela acena com a cabeça. Não sabe como chamar o homem que estende uma mão morna que envolve a sua, que está fria e suada. Subiu as escadas indecisa, sem saber se devia dirigir de volta para San Miguel e voltar para casa. Seu corpo lutava entre saber a verdade sobre Ignacio e esquecer tudo aquilo. Vivenciar o luto, esquecer a pasta que carregava embaixo do braço, acreditar que se tratava do manuscrito de outro romance, pura ficção.

— Entre, entre — diz Ramón, segurando-a pelo braço e impedindo qualquer tentativa de fuga. — Desculpe a bagunça — diz pegando os jornais da mesa de centro da sala e levando-os para a cozinha. De lá pergunta se Elena quer beber algo.

— Não, obrigada.

— Vou te oferecer um copo de água ou cerveja, você deve estar com sede, foi um longo caminho até aqui. Eu deveria lhe servir um café quente, você está gelada. Vai relaxar com a cerveja. Ou prefere algo mais forte? Uísque? Rum? Conhaque? Uma taça de vinho? Tenho de tudo, mas pra falar a verdade, sempre fui um homem chegado à cerveja.

Elena não responde nem sim nem não, ele volta com as bebidas em uma bandeja, coloca porta-copos na mesa e sobre eles os copos e as garrafas de cerveja.

— Eu posso...?

— Fica ali no fundo — interrompe-a e mostra o caminho. — Conheço as mulheres, morei com três, assim que minha esposa descia do carro, depois da estrada, a primeira coisa que procurava era um banheiro, igual as minhas filhas.

— Obrigada — diz hesitando em deixar sua bolsa e a pasta em cima de uma das poltronas.

Ela lava as mãos e molha o rosto.

— Calma — diz a si mesma. — Calma.

Ajeita o cabelo e sai um pouco mais controlada.

Ramón a espera em uma poltrona com a pasta de Ignacio em cima das pernas e o nariz enfiado em suas páginas. Assim que ela se aproxima, ele a fecha e a coloca no lugar onde estava.

— Tudo bem, senhor.

— Ramón, pode me chamar de Ramón.

Ela se senta de frente para ele, pega a cerveja, dá um golinho e em seguida um longo gole.

— Parece que eu te conheço há tanto tempo, o Manuel falava muito de você.

Ramón percebe o gesto perplexo de Elena.

— Ignacio — corrige. — Eu nunca consegui chamá-lo de Ignacio.

— Já a mim ele nunca comentou nada sobre o senhor... sobre você. Quase não falava sobre sua vida aqui na capital e o pouco que disse era mentira.

— Eu também não sei toda a verdade.

— Eu vim vê-lo porque preciso de respostas.

— Eu sei, tentarei dar algumas. Para mim também foi uma surpresa quando me contou o que está escrito aí.

Elena dá mais um gole na cerveja. Dá uma olhada no apartamento, observa as fotografias penduradas em uma das paredes, se levanta e se aproxima.

— Ela é a... — Aponta para uma mulher de tez muito branca, cabelo castanho e grandes olhos claros, que se destaca entre as outras fotografias pelo seu tamanho e sua disposição no centro.

— É minha mulher, Mercedes. Ela faleceu há quase três anos.

— Eu lamento.

— Não lamente, você não teve culpa. Foi um maldito câncer de pulmão.

Ramón dá de ombros, Elena volta a observar as imagens, onde ele aparece ao lado de distintas celebridades do mundo da fama, da política mexicana e internacional. Diante dela está Ramón com o presidente Cárdenas. Nas mais antigas, quando era um rapaz, aparece com Arturo de Córdoba, Pedro Infante, Joaquín Pardavé.

— Eu entrevistei todos eles, alguns se tornaram meus amigos.

Ele se levanta e se aproxima dela lentamente.

— Estas são minhas favoritas. — Aponta com os olhos as fotografias de María Felix e Natalie Wood. — Lindas. Mas essas duas são meus verdadeiros tesouros.

— Aponta várias imagens onde aparece com duas meninas, em seguida duas adolescentes e depois mulheres. — Minhas filhas, Esperanza e Rosario.

Elena se aproxima para vê-las melhor.

— São bonitas.

— Felizmente se parecem com a mãe.

Elena sorri, já se sente mais calma e animada para conversar sobre o que tem que conversar.

— É muito estranho estar aqui, você é como um personagem saído de um livro.

— Decepcionada?

— Como?

— Os personagens sempre são melhores em nossa imaginação que no filme ou na vida real. Você não acha?

Elena sorri.

— Você é melhor na vida real.

— Espero que não esteja me paquerando, meus cabelos brancos merecem respeito. — Pisca um olho e ri com a mesma risada que Elena imaginou ao ler o manuscrito de Ignacio. — Você também é melhor pessoalmente.

— Conte-me sobre Ignacio ou Manuel, talvez eu deva ouvir sobre Manuel para entender Ignacio.

Os dois voltam a se sentar, um de frente para o outro.

— Acho que vou abrir uma garrafa de vinho e trazer algo com mais sustância, a conversa será demorada.

Ramón se levanta e vai novamente até a cozinha. Elena hesita por um instante e em seguida vai atrás dele.

— Posso ajudar?

— Não, já está tudo preparado.

Elena dá uma olhada na cozinha.

— Sei o que está pensando.

— O quê?

— Que é uma casa muito arrumada para um homem que mora sozinho.

Elena arregala os olhos e se surpreende com o que ele diz.

— Ignacio não escreveu que você lia a mente.

Ramón ri mais uma vez, dá a gargalhada que Ignacio descreveu como a de um pássaro. Elena se contagia e pensa que tudo nele parece um pássaro.

— Em primeiro lugar, minha esposa me deixou uma ajudante maravilhosa. Em segundo lugar, que deveria ser o primeiro, minha mulher morreu pelos muitos cigarros que fumei na frente dela, o mínimo que posso fazer é manter a casa como ela gostaria.

Ramón entrega a Elena uma taça de vinho, pega com uma mão um prato com uma porção de queijo, presunto serrano, azeitonas e aponta em direção à sala.

— Vamos voltar para o sofá, lá estaremos mais confortáveis do que na cozinha.

Antes de se sentar, Ramón levanta sua taça.

— A Manuel — diz.

— A um desconhecido — brinda ela.

Eles tilintam as taças, dão um gole e permanecem em silêncio, levados pela lembrança de Ignacio/Manuel.

— Eu sinto falta dele, sabe? Recentemente tínhamos nos aproximado novamente. Minha mulher não gostava dele, alegava que tinha uma energia muito pesada. Eu nunca entendi muito bem esse lance de energia, mas Mercedes era suscetível a isso. Foi isso ou o fato de ter ficado muito impressionada por Julián ter matado Clara, ela disse que não queria o irmão de um assassino perto de suas filhas. Depois de sua morte, Manuel e eu recuperamos nossa amizade. Eu sou o único amigo que ele tinha.

— Eu já nem sei o que pensar. Eu me sinto tão confusa, talvez devesse esquecer tudo isso, talvez fosse melhor eu nem ter vindo.

— Calma, calma.

Ramón segura a mão de Elena.

— A medalha de Ignacio. — Aponta para seu pescoço.

— Eu não consegui tirá-la, nem agora que descobri que pertencia a uma mulher assassinada. Deveria arrancá-la. Jogá-la fora.

— Elena, Elena, não pense nisso. Calma.

Elena suspira, o ar fica preso em sua garganta, que quer se fechar. Bebe um gole de vinho, suspira de novo e quando sente que as palavras podem fluir, retoma:

— Conte-me de Ignacio, do Manuel que você conheceu. Você acha que ele pode ter assassinado as garotas de San Miguel?

— Não, não acho. Vou te contar sobre Manuel e depois direi o que penso. Tudo bem?

Elena concorda lentamente, pega sua taça de vinho e dá mais um gole.

— Tenho muitas bebidas — diz ao deixar sua taça ao lado da cerveja e do copo de água.

— Será uma tarde longa, você vai precisar.

Ramón hesita por alguns minutos, observa Elena, ela permanece quieta, com as pernas cruzadas. Ele pega um cinzeiro e tira do bolso de sua camisa um maço de cigarros. Oferece-lhe um e ela aceita.

— Faz muito tempo que não fumo um Kent.

Ele lhe entrega um isqueiro.

— Eu não fumo outra marca. Parei de fumar quando minha mulher ficou doente, muito tarde. É o que chamam de fumante passivo. — Ramón se levanta e abre uma das janelas para que o ar circule. — Mercedes dizia que foi muito passiva em relação ao meu vício. E Ignacio definia a si mesmo como um assassino passivo. A passividade é um modo de vida, talvez o único modo de superá-la. Eu suspeitava que Julián fosse o assassino das Santas, como as nomeou Manuel. Porém, reprimia esse pensamento, não queria duvidar daquilo que ele afirmava em suas notícias. Até que aconteceu com Clara, e Julián foi parar na prisão. Não publicamos nada sobre sua morte nem permitimos que outro jornal o fizesse. Deixamos Manuel viver seu luto sem a pressão da imprensa, apesar de ele ter se dedicado a fazer um espetáculo em cima da tristeza alheia. No final das contas, é nossa passividade ante cada situação que nos define como pessoas, não nossas ações. Talvez a passividade não seja uma inação, e sim uma ação concreta e deliberada.

— Agora entendo por que Ignacio te descreveu como um filósofo.

— Não, não sou nenhum filósofo, só gosto de explicar a vida com palavras que amenizem a experiência e nos façam acreditar que vale a pena estar aqui.

Elena termina o cigarro, apaga-o no cinzeiro e pensa em sua própria passividade.

— Eu também tinha deixado o cigarro até a morte de Ignacio, é melhor encarar a tristeza acompanhada.

— Bela companhia.

— É melhor que nada.

— Outro assassino.

— Pelo visto, eu gosto de assassinos.

Elena dá um sorriso de canto de boca, esconde atrás da orelha uma mecha de cabelo que escapou de seu rabo de cavalo e bebe um gole de água.

— Então? Pode me falar sobre Ignacio? Tudo que está no manuscrito é verdade?

Ramón pega a pasta e começa a folhear as páginas.

— Sabia que Manuel escrevia seus livros e suas notícias a mão? Não utilizava máquina de escrever até ter certeza de todas as palavras que teclaria. Nunca apagava. Copiava de seu caderno, no qual também não riscava, usava parênteses, mudava de página. Você conheceu sua letra minúscula, parecia escrita em código de tão pequena que era. Não entendo como conseguia lê-la. Tive que utilizar uma lupa nas poucas vezes que ele permitiu que eu visse seus escritos. Agora compreendo, havia muito sobre ele que não queria que soubessem.

— Eu sei, nunca pude ler seus cadernos até a sua morte. São obsessivos.

— Era meticuloso em tudo. Igual a mãe.

— Ela era tão malvada como Ignacio conta?

— Não sei. A mulher que conheci na prisão me causou mais lástima que medo. Era uma parteira e uma fazedora de anjos. Nunca vi Manuel nem Julián esvaziarem baldes com restos de bebês, enterrá-los ou jogá-los por aí. Também não posso afirmar que sua mãe tenha matado um bebê ou cortado outro, foi ele quem me contou tudo isso. Havia restos de um ou mais fetos no ralo, eu os vi com meus próprios olhos, mas foi isso, nada fora do normal para alguém que se dedicava a esses ofícios que a sociedade julga tanto. Eu a entrevistei e estive presente quando prestou declaração.

— Você a transformou em um espetáculo — interrompe Elena, e pega mais um cigarro.

— Era o meu trabalho. Manuel me contou a história perfeita para o jornal, talvez tenha inventado a maior parte. Não sei.

Ramón aproxima o isqueiro mais uma vez.

Elena se levanta e olha pela janela, consegue ver um parque onde crianças jogam bola.

— O aborto é um crime — diz enquanto exala a fumaça pela janela.

— Não, tenho minhas dúvidas. Tantos anos escrevendo notícias sensacionalistas, convivendo com delinquentes me fizeram ter outra perspectiva. Muitos desses delinquentes são fruto de uma violação ou são filhos de mulheres e homens que nunca deveriam ter sido pais. Filhos de mulheres que vivem na miséria, maltratadas, violentadas em todos os aspectos. Alcoólatras e drogadas que trazem ao mundo crianças que ninguém quer.

— Isso é só um pretexto.

— Não, não é um pretexto. Julián e Manuel pensavam como você e declararam guerra contra essas mulheres. Quando você me falou sobre o manuscrito, me lembrei de uma das teorias de Jack, o Estripador.

— Não vim falar de teorias sobre assassinos, quero que me fale de Ignacio.

— Mas estou falando dele. Ouça: Jack, o Estripador, morava em uma das regiões mais pobres de Londres, em East End. Lá as mulheres se vendiam por uma miséria, o necessário para não morrer de fome. Atendiam seus clientes em becos escuros. Como sabemos, Jack assassinava esse tipo de mulheres, prostitutas desdentadas, miseráveis, cujo pecado era oferecer a única coisa que tinham para sustentar seus filhos.

— Muito comovente, mas ainda não vejo relação alguma com Ignacio.

— Espere, espere, já chego lá. Alguns estudiosos dizem que ele as matava porque acreditava que fazia um bem para a sociedade ao livrá-la dessas mulheres, um tipo de assassino que foi categorizado como "missionário", um apelido contraditório. Porém, se pararmos pra pensar, os missionários tentavam assassinar qualquer tipo de religião que considerassem um mal para o mundo, matavam as velhas crenças para impor a religião católica.

— De novo filosofando.

— Desculpe, desculpe. Outra teoria diz que não era assassino, mas assassina, uma mulher parteira que também se dedicava a fazer abortos. A semelhança não é incrível? Essa mulher as matava por terem abortado seus filhos. Não era Jack, mas Jill, assim a chamaram. Existem mais teorias, umas mais interessantes e críveis que outras. De algum modo, se o que Manuel escreveu for verdade, Julián é um assassino missionário.

— Por que Ignacio nunca delatou o irmão? Se tivesse feito isso, a história seria diferente, talvez continuasse com Clara e eu jamais o tivesse conhecido, todos seríamos felizes — diz sarcástica. — Acho que ele tinha o mesmo sangue frio que o irmão.

— Não sei. Ele era forte o suficiente para não misturar os crimes que narrava e sua pessoa. Acontece que estar em contato com a morte faz de você uma pessoa diferente das outras. Nós, jornalistas de notícias sensacionalistas, estamos muito perto da maldade do ser humano, convivemos com ela todos os dias. Há uma expressão que diz: "Aquele que luta com monstros deve acautelar-se para não se tornar também um monstro. Quando se olha muito tempo para o abismo, o abismo olha para você".

— O que isso significa?

— Durante todo esse tempo no jornal, conheci muitos jornalistas que não suportam conviver com a escuridão do ser humano. Para outros, é como uma droga presenciar e narrar esses fatos. O sangue é um vício. Além disso, Manuel também tinha o dom de unir as palavras de forma estética. Ele, como quase todos os autores de romances policiais, procurava encontrar a verdade, resolver os crimes que a justiça não resolvia no dia a dia, na vida real. Os jornalistas de notícias sensacionalistas enfrentam a corrupção e a impunidade, sabemos muito bem como funciona a justiça neste país, por isso a ficção.

— Ignacio era o tipo de pessoa que buscava justiça?

— Antes eu teria acreditado nisso.

— Antes?

— Antes de conhecer suas memórias.

Ramón se levanta, sacode as cinzas que caíram fora do cinzeiro e limpa um pouco a mesa com um guardanapo. Coloca mais vinho em sua taça e fica de pé ao lado da janela.

— O sol já vai se pôr.

— Quer que eu vá embora?

Ramón ignora a pergunta de Elena, permanece um momento em silêncio, observando as pessoas que caminham pelo parque, dá um gole em sua bebida e diz:

— O entardecer dura muito mais que o amanhecer, é uma metáfora da vida a que não damos suficiente atenção. O amanhecer em nossa vida dura muito pouco, o resto é um longo entardecer. Minha vida está no auge do crepúsculo, prestes a anoitecer e justo agora recebo esse manuscrito que não me deixará dormir em paz. Mesmo não estando mais aqui, Manuel me coloca mais uma vez em apuros, como quando éramos jovens. Ele viveu o amanhecer de sua vida na escuridão, talvez o sol nunca tenha nascido para ele. Um contínuo entardecer, na melhor das hipóteses. Viveu cercado pela maldade do ser humano, como se estivesse no fundo do mar, onde habitam criaturas que parecem saídas de um filme de terror e que acreditamos serem cegas. São cegas à nossa luz, elas veem o que há no abismo, coisas que para nós são proibidas. O contato com a maldade deu a Manuel e a Julián outra visão. Criaturas da escuridão que tentaram viver na luz.

— A verdade é outra.

— Outra?

— Você sabe o verdadeiro motivo de Ignacio não ter denunciado o irmão.

— Sim, eu sei, pelo mesmo motivo que contei a história da Ogra e muitas outras, por ambição.

— Sim.

— Ignacio queria se tornar um grande jornalista — afirma Ramón.

— Talvez para sair da pobreza, encontrar um estilo de vida — acrescenta ela.

— Há muitos motivos para justificar a ambição.

— Talvez não devêssemos entrar nessa discussão, há algo mais importante: Julián foi solto.

— Quando? Como você sabe? — pergunta Ramón.

— Esteban del Valle investigou.

— O médico-legista.

— Sim, ele acredita que Julián assassinou as garotas em San Miguel. Depois de ler o que havia na pasta de Ignacio e saber que saiu da prisão, diz que pode quase afirmar — explica Elena.

— É a mesma forma com que as Santas foram assassinadas há tantos anos. Mas não podemos afirmar que tenha sido ele. Sabia que depois que Julián foi preso houve mais assassinatos? Nunca foram investigados, quase todas foram mulheres invisíveis, com as quais a justiça não se importa. Prostitutas, pobres.

— Você sabe quantas foram?

— Talvez seis.

— No total seriam umas nove?

— Encontrei uma caixa com sapatos de mulher, nove. Nenhum tinha par — diz Elena.

— Não me lembro se todas as mulheres apareciam descalças ou só com um sapato — diz Ramón. — Posso verificar a hemeroteca.

— No dia dos assassinatos nos deixaram umas fotografias com os corpos e em uma delas estava escrito: "Me procure".

— Me procure?

— Ignacio saiu feito um louco e não soube mais dele até que o vi no necrotério.

— Você acha que Julián as matou?

— Não sei. O caso não foi resolvido porque as garotas saíram com um dos homens mais influentes de San Miguel e o chefe do Ministério.

— Esteban já comunicou suas suspeitas sobre Julián ao promotor? — pergunta Ramón.

— Ele ia fazer isso, daqui a pouco falarei com ele. Amanhã irei à casa do bairro Roma. Quero ver como Ignacio vivia. Embora talvez seus filhos já a tenham esvaziado.

— Gostaria de ir com você, mas amanhã não posso, tenho algumas reuniões que não posso cancelar.

— Preciso ir sozinha, depois podemos ir juntos se quiser. — Elena se levanta, pega sua bolsa. — Amanhã nos falamos pela manhã. Vou deixar a pasta para que possa ler tudo hoje mesmo.

TRINTA E QUATRO

QUINTA-FEIRA, 19 DE SETEMBRO DE 1985.
10H47

Um latido a acorda.

Abre as pálpebras de uma só vez.

Tenta inspirar, encher os pulmões.

Um ataque de tosse faz com que ela perceba a dor no peito.

— Elena?

Ela tenta responder quando para de tossir, mas sua voz não sai e, em vez dela, um soluço vem à tona. A garganta se fecha, quer respirar pela boca, os lábios queimam, a língua.

— Elena, acorde. Não durma.

— Lucy...

Lucina havia chegado às sete e quinze da noite no hotel Gillow, Elena a esperava na recepção. Às seis da tarde tinha começado a dar voltas pelo quarto. Ligou a televisão e ouviu a abertura da novela que passava a essa hora, deu uma olhada na tela e ficou ali parada até a primeira chamada dos comerciais. Depois foi até a janela, de lá era possível ver a rua Isabel la Católica, caótica, com carros buzinando, vendedores ambulantes e pedestres, tão diferente da rua onde está localizada a Pousada Alberto em San Miguel.

— Eu poderia ter morado nesta cidade com você — pensou em voz alta. — Eu gostaria de ter morado aqui, talvez me mude um dia desses, abandone o hotel, a minha mãe, a minha tia e seu caso com meu padrasto. Talvez deva me perder entre a multidão, ser anônima.

A televisão interrompeu seu monólogo-diálogo com o além, voltou a prestar atenção na televisão e a desligou. Foi ao banheiro, sentou-se na privada, era a quinta vez que urinava em uma hora.

— É o nervoso — disse. Lavou as mãos, ajeitou um pouco o cabelo e pintou a boca. Abriu a porta, guardou a chave do quarto na bolsa e desceu para a recepção. Achou que deveria beber uma dose de qualquer coisa para acalmar a ansiedade que sentia até o couro cabeludo. Quando Lucina chegou, já estava na segunda cuba, no terceiro pratinho de amendoins e já tinha ido ao banheiro várias vezes.

— Por que você demorou tanto?

— Um parto não é algo que possa ser cronometrado, não é como um processo de uma fábrica. Além disso, é a primeira vez que dirijo sozinha até aqui desde que me divorciei, meu ex-marido não me permitia, e para encontrar o hotel tive que perguntar três vezes.

— Bom, você já está aqui. Vamos subir para guardar sua mala. Pretendia te esperar mais dez minutos, estou muito nervosa.

No táxi, deram o endereço ao motorista, nenhuma das duas quis dirigir em uma cidade que não conheciam.

— Tomara que dê tempo de dar uma volta pela rua Mesones, para ver onde Isabel morava, talvez algum vizinho se lembre dela.

— Não viemos para passear — disse Elena.

— Quanto tempo você acha que ficaremos na casa de Ignacio?

— Não sei, o tempo que for necessário.

— Você poderia ser menos agressiva comigo.

— Não sou agressiva.

— Olha o tom com que você fala comigo.

— Como?

Lucina a ignorou, Elena revirou os olhos, balançou a cabeça irritada, deu de ombros e olhou pela janela.

— Podemos procurar o cortiço amanhã. Afinal, estamos hospedadas no centro. — Cedeu enquanto ainda olhava para fora.

Olhou de soslaio para Lucina, que também estava concentrada em sua janela. Elena olhou para o vidro e viu seu reflexo. *Ela não teve culpa*, disse mentalmente ao seu fantasma, que flutuava entre as luzes dos carros.

— Acho que ele ficou em San Miguel por você, não por mim. Escreveu tudo aquilo pra você. Não é culpa sua. Eu também não podia engravidar — declarou Elena surpresa com o que acabara de dizer.

— Não seja dramática, Elena, não sabemos por que ele ficou, não sabemos realmente quem era esse homem que dizia ser meu pai. Gostaria de saber alguma fórmula para que você pudesse engravidar. Sinto muito.

Elena deu algumas palmadinhas em sua perna. Suspirou e sentiu o cheiro de pinho vindo do aromatizador que estava pendurado no retrovisor, ao lado de dois rosários, um branco imitando pérolas e outro com contas de madeira. No painel, de costas para o tráfego e com as mãos em oração, uma pequena imagem da Virgem de Guadalupe balançava ao ritmo da música de Juan Gabriel que se ouvia pela rádio.

— O que acha que vamos encontrar na casa? — perguntou Lucina.

— Não sei.

— O que você espera encontrar?

— Talvez nada, os filhos já devem tê-la saqueado.

— Eu gostaria de conhecer meus irmãos.

— Ao pé da letra não são seus irmãos. São filhos de alguma espanhola que quis dá-los à adoção.

— Talvez um dia desses eu vá procurá-los.

— Para quê?

— Talvez eu queira que eles saibam que tem uma... não... Porra. Você tem razão, para quê.

— Estive com Ramón, o amigo de Ignacio.

— E?

— Ele é incrível. Ignacio devia tê-lo elogiado ainda mais. É um homem gentil, amável, com uma vibração maravilhosa. Ele me confirmou quase tudo: que Julián é o irmão. Que ele conheceu Ignacio quando se chamava Manuel. Que Julián matou Clara, mas que não sabia sobre você e quer te conhecer. Ele me deu cópias de todas as notícias de *La Prensa* que escreveu sobre a Ogra... Sua vovozinha — disse Elena dando uma piscadela.

— Rá-rá, engraçadinha.

Elena lhe deu uma cotovela de leve.

— Ele também me deu cópias dos artigos de Ignacio sobre os assassinatos de Julián.

— Podemos ir vê-lo amanhã, antes de darmos uma volta pelos cortiços do centro.

— Talvez.

— Elena, estou nervosa.

— Eu também, Lucy.

O táxi parou em frente à casa número 9 da rua Cerrada de Salamanca.

Lucina estende um braço na escuridão.

— Elena, Elena. Responda. Como você está?

Elena pigarreia para arrancar de sua garganta essa massa feita de saliva e terra.

— Não sei. Meu corpo inteiro está doendo. Não vejo nada. Não consigo respirar! Não consigo respirar!

— Calma, Elena, calma. Tente manter a calma. Não durma novamente.

— Quanto tempo se passou?

Uma luz fraca azul do relógio de Lucina ilumina a escuridão.

— Lucina, estou te vendo, estenda uma mão.

As duas mulheres estendem uma mão e conseguem tocar os dedos.

— Estamos aqui há quase quatro horas desde o terremoto. Você desmaiou.

Desceram do carro com os olhos fixos no portão preto. Fazia tempo que o comércio de baixo havia desaparecido e em seu lugar havia uma garagem, a casa pintada de branco com as grades e as esquadrias das janelas pintadas de preto. Da sacada do edifício ao lado, um cachorro latia. Olharam uma para a outra, Elena procurou a chave dentro de sua bolsa. As chaves tilintaram em sua mão.

— Qual será?

— A que tem a mesma marca da fechadura — destacou Lucina.

Elena procurou a que coincidisse. Tremia.

— Estou com medo.

O cachorro latia mais alto.

Uma mulher que carregava algumas sacolas passou ao lado das duas sem tirar os olhos delas. Um homem saiu para calar o cachorro, deu-lhe duas chicotadas com a coleira.

— Fica quieto! — gritou e viu Elena e Lucina. — Quem estão procurando?

A mulher com as sacolas parou e deu meia-volta para ouvir a resposta. O cachorro gemia em um canto. Elena teve dificuldade para enfiar a chave, o tremor em suas mãos havia aumentado.

— Senhoritas, com licença — insistiu o homem.

A fechadura fez um clique, ela girou a maçaneta e a porta se abriu. Entraram rapidamente. Abriram a porta da frente com facilidade, não tinha nenhum ferrolho, estava trancada apenas com chave. Ambas encostaram na porta com a respiração acelerada.

Tatearam em busca de um interruptor. Tropeçaram em algo, Lucina quase caiu, Elena acendeu a luz. Havia livros e objetos espalhados pelo chão.

— Vamos embora? — perguntou Lucina sem se atrever a dar um único passo.

— Os filhos de Ignacio já estiveram aqui — disse Elena. — Deixaram o quarto do hotel no mesmo estado.

Elas se atreveram a andar, tentaram se esquivar dos objetos, apesar de algumas vezes ouvirem um rangido sob seus pés. Conforme acendiam as luzes a casa mostrava a falta de móveis, apenas uma poltrona, uma mesa de madeira com o verniz descascado.

Andavam sem falar. Lucina passou os dedos pela superfície empoeirada e irregular da mesa. Ambas com o coração disparado, respiravam pela boca.

Na cozinha, encontraram louças sujas e restos de comida espalhados.

— Talvez alguém tenha entrado para roubar — arriscou Lucina. Cada passo se tornava mais difícil, o medo tomava conta de seus músculos. Elena não respondeu, sentia que se abrisse a boca perderia o pouco da coragem que lhe restava.

— Subimos? — perguntou Lucina de frente para a escada. As duas observaram os degraus e deram uma olhada de cima a baixo.

— Subimos.

Elas subiram lentamente, levantavam cada perna como se representasse um grande esforço. Pararam em frente às portas dos dois quartos. No primeiro em que entraram tinha uma cama de solteiro, um colchão manchado, um armário vazio, não havia mais nenhuma mobília, nenhum enfeite, as paredes estavam vazias.

O segundo quarto era o escritório onde Ignacio escrevia, pelo menos foi o que pensaram. As estantes pareciam ter sido saqueadas e todo seu conteúdo estava espalhado pelo chão. Restos de imagens dos monstros e demônios que o escritor colecionava.

Elena perguntara a Ramón se Ignacio praticava algum culto satânico. Ramón riu com vontade. "A culpa foi minha", respondeu. "Para atrair mais leitores, eu escrevi que Felícitas tinha uma caveira com velas pretas porque praticava magia negra. Anos depois, Manuel dedicou várias reportagens aos monstros e demônios, disse que escrevia por mim, porque eu havia afirmado que em sua casa praticavam magia negra e que o mínimo que o adorador do demônio podia fazer era falar sobre ele. Porém, Manuel não acreditava em Deus nem no diabo", concluiu.

Lucina se arrasta tateando o espaço que há em sua frente até alcançar Elena. Ficaram protegidas sob a mesa de aço e uma viga do edifício que caiu sobre a casa. Elena está de barriga para cima, quase sentada, seu pé direito está preso embaixo de uma placa de concreto.

— Acho que já estou do seu lado, não quero me mover muito, poderia derrubar algo. Mal consigo respirar — diz Lucina e estende uma mão para verificar Elena com o tato.

— Estou bem, doutora, acho que só machuquei a perna e sinto dor no peito.

A tosse a interrompe mais uma vez, tão forte que os espasmos arrastam o vômito. Não pode ver a substância amarga que lança para fora.

Um gemido as obriga a ficarem em silêncio.

— Elena?

— Shhhhh.

Um forte golpe na nuca a derrubou ao sair do quarto de Ignacio, Elena caiu de bruços entre os objetos jogados no chão.

Lucina demorou para reagir. Observou Elena correr e em seguida sua queda. Havia uma figura atrás dela. Lucina deu de cara com o olhar de Julián.

— Olá, sobrinha — disse ele.

A primeira a recuperar os sentidos foi Elena. Abriu os olhos devagar, estava deitada de lado, a bochecha sobre o piso. Seu olhar ficou vagando pela escuridão. Uma pontada na base da nuca fez com que levasse a mão a esse lugar sem mover o rosto. Ela queria se ajeitar, mas parecia que sua cabeça estava grudada no chão. Apoiou as mãos com mais força, estava tonta, débil. Ouviu um gemido, quase um sussurro ao seu lado. O quarto estava iluminado pela luz do quintal que deslizava em formato de retângulo da janela. Lucina estava a menos de um metro. De bruços. Um braço debaixo do corpo como uma boneca de pano.

Elena se arrastou até ela. Com uma mão tremendo tentou movê-la. Ela a sacudiu pelo ombro e Lucina emitiu um gemido débil. Sacudiu-a de novo. A filha de Ignacio abriu os olhos, desorientada. Na postura em que se encontrava, a única coisa que conseguia ver era a calça preta de Elena. Ela tentou se levantar, Elena a ajudou. Tremia. Espasmos irregulares sacudiam seu corpo.

Um rosto veio à sua mente.

— Julián — pronunciou com a boca pastosa, os lábios inchados pelo pontapé recebido, a boca com um sabor metálico, salgado. Cuspiu saliva e sangue que desenharam uma mancha disforme no chão.

— Já acordaram.

A voz foi como uma chicotada nas costas. Dentre as sombras, surgiu uma figura que ganhou consistência e cor.

O homem era magro, alto, com o cabelo quase raspado, vestia uma calça preta e uma camisa azul-clara que Elena reconheceu. A roupa era de Ignacio.

— Não imaginei vê-las aqui — disse aproximando-se. As duas se arrastaram, recuando contra a parede, uma ao lado da outra. — Fiquem à vontade porque ficaremos um bom tempo aqui.

Ele se aproximou de Lucina, segurou-a pelo queixo com a mão esquerda, a direita ficou atrás das costas. Levantou seu rosto em direção à luz.

— Você se parece com a Clara.

Ela tentou se levantar, lutar. Julián apontou para ela o revólver que segurava na outra mão.

— Calminha. Vamos conversar. Vocês devem ter algumas perguntas.

Julián arrastou uma cadeira e a colocou onde entrava a luz de fora.

— Conheço as mentiras que Manuel lhes contou, às vezes ele ia à prisão e lia tudo que havia escrito para a filha. Também me entregava os sapatos de mulher que colecionava, cheguei a ter quase dez sapatos sem par.

Lucina apertou a mão de Elena com força.

— Manuel dizia que eu era seu leitor fantasma, em quem pensava. Puta que o pariu, como eu o odiava. Por anos planejei tudo que faria com ele ao sair da prisão, mas o safado morreu antes que pudesse fazer algo. Admito que por minha culpa. Imbecil.

O quarto era um espaço pequeno, claustrofóbico.

Elena deu uma olhada geral no quarto, seus olhos se acostumaram à escuridão. As paredes vazias, como no resto da casa. Lembrou-se da descrição que Ignacio fizera desse quarto, imaginou que devia ser onde Felícitas fazia os partos. Agora nesse espaço havia apenas uma mesa cirúrgica de aço. Como as do necrotério, pensou ao vê-la. Pensou em Esteban, desejou que pudesse ler seus pensamentos nesse instante e fosse até lá buscá-las, o médico-legista prometeu que iria encontrá-las na capital. Levou a mão até a nuca, as batidas de seu coração se concentravam na ferida.

— Deixe-me dar uma olhada — disse Lucina ao vê-la.

— Eu estou bem.

— Não tem por que fazer isso, a pancada ou qualquer outra coisa já não vai fazer diferença.

As mulheres compreenderam a ameaça de morte e deram as mãos.

TRINTA E CINCO

QUINTA-FEIRA, 19 DE SETEMBRO DE 1985.
11H36

Um silêncio sombrio preenche a escuridão. Prendem a respiração, os pensamentos param à espera de outro som.

— Julián?

Escutam uma goteira, rangidos que não podem decifrar, os escombros desabando. Um latido. Primeiro baixinho e depois mais alto.

— Socorro!

— Aqui!

— Socorro!

Gritam para o cachorro. Gritam para a vida que há lá fora, não sabem quantos metros há sobre elas. Estão desesperadas, querem continuar vivendo e gritam com toda força.

— Estamos aqui!

— Socorro!

Elas se calam à espera de outro latido, mas pouco a pouco o silêncio mortal se instala novamente.

Lágrimas quentes escorrem misturando-se com a poeira e o sangue, tornando o rosto de ambas uma máscara irreconhecível.

— Nós vamos morrer — diz Lucina deixando-se levar pelo medo.

— Não, Lucy, não. Isabel não cuidou de você durante todos esses anos para que morresse na casa da Ogra. Seria ridículo.

Uma gargalhada escapa dos lábios de Lucina, seu corpo sacode, libera a pressão, os músculos da laringe e do sistema respiratório dançam. Elena se contagia e a risada a faz sentir uma dor no peito.

— Talvez você não acredite — diz Elena com a respiração agitada —, mas o Ignacio me fazia rir muito. Incrível. Gostava dele porque me fazia rir. Talvez por isso não tenha percebido sua verdadeira natureza e minha mãe estaria...

— Não faça isso, Elena. Não vamos nos culpar.

Elas escutam os latidos novamente.

— Socorro!

— Aqui! Tem alguém aqui! — Escutam o grito de um homem.

— Aqui! Estamos aqui.

— Socorro! — ressoa a voz de Julián na escuridão.

— Vamos esclarecer as mentiras — disse Julián cruzando as pernas, uma sobre a outra em um gesto quase feminino. — O safado do Manuel era muito bom para contar histórias. Sua vida foi uma mentira, nunca soube que não era filho dos meus pais. Manuel foi deixado por uma mulher. Meu pai me contou que se passaram vários dias e ninguém o comprava, ele tinha dois anos, eu tinha acabado de nascer e ele me divertia, meus pais acharam que seria bom se ficasse conosco.

— Ele não era filho da Felícitas? — perguntou Lucina, prestes a ficar de pé.

— Não. O imbecil não tinha a tal herança genética de que ele tanto falava. O safado deixou de ir à prisão durante anos, cheguei a pensar que talvez estivesse morto, mas um dia, quando publicou seu primeiro romance, mandaram me chamar porque um tal de Ignacio Suárez me procurava. A primeira coisa que ele me perguntou foi por que eu tinha matado a Clara. Ele guardou essa pergunta durante anos, até que se tornou outra pessoa e se atreveu a me perguntar. Respondi que tinha feito aquilo porque ele não merecia ser feliz. Eu podia ter respondido qualquer coisa. Que a havia matado porque o odiava, porque queria prejudicá-lo. Ele me entregou um exemplar de seu romance, em que contava os assassinatos que ele mesmo havia cometido. Repetiu seu nome de novo pra mim. Eu ri e disse que era um nome muito idiota.

— Foi você — interrompeu Elena. — Você é o assassino.

— Meu irmão tinha um grande "poder de convencimento" — disse fazendo aspas com os dedos. — Foi ele, eu nem sequer estive presente.

— E quanto à Felícitas? Você a matou? — perguntou Lucina.

— Ele disse que eu também a havia matado?

— É muito fácil culpar um morto que não pode se defender. — Elena percebeu que repetia a mesma frase dita aos agentes.

— Também é fácil culpar um homem preso.

Julián respirou fundo, moveu a cabeça de um lado para o outro e, sem soltar a arma, olhou pela janela. Está muito escuro aqui. Acendeu a luz e o aço da mesa cirúrgica brilhou sob a luz. O vazio do quarto ficou mais evidente, assim como o inchaço no rosto de Lucina e o sangue seco na roupa de Elena.

— O que você vai fazer com a gente? — perguntou Lucina sem soltar a mão de Elena, as palavras que tanto Isabel havia repetido começavam a fazer sentido.

— Manuel assassinou as mulheres que mencionou no livro e no jornal. Eu matei a Clara, essa é a única confissão que tenho a fazer e já paguei por isso.

— E você queria me matar — afirmou Lucina.

— Você? Não, não, não queria te matar. Eu não sou assassino de crianças.

— Você é assassino de mocinhas, quase crianças — interveio Elena.

Julián se aproximou de Elena e colocou o cano do revólver sob seu queixo e levantou seu rosto. Seus olhos se encontraram, ela desviou o olhar e se sentiu um pouco tonta. Ele a forçou a olhá-lo novamente.

— Foi um presente para o meu irmão.

— Matar duas garotas inocentes foi um presente? — perguntou Elena desafiando-o com os olhos.

— "Danos colaterais", como meu irmão chamou em um de seus livros.

Elena sacudiu a cabeça, Julián não a deixou escapar do cano apoiado na cavidade de sua mandíbula. Olhou-a ferozmente e caminhou para trás. Foi até a janela novamente, em breve iria amanhecer. Lá fora se ouvia um coro de latidos.

Uma placa de concreto desmorona e causa um novo desabamento, debaixo da mesa é possível ouvir os fragmentos batendo contra o aço.

— Socorro!

— Estamos aqui!

Gritam desesperadas, mas ninguém responde e a escuridão se torna cada vez mais densa.

— Socorro, por favor.

A voz de Julián ressoa entre os escombros. O coração das duas mulheres está acelerado e o sangue parece que vai congelar.

— Estou preso.

Lucina suspira aliviada, o monstro não pode alcançá-las.

Depois de ouvirem como ele matou Leticia Almeida e Claudia Cosío, tiveram a certeza de que as mataria. Não sabiam, mas o inferno estava prestes a se abrir e as palavras de Julián eram apenas o prelúdio.

— Há quase dois anos Manuel me visitou na prisão pela última vez. Suas visitas sempre foram inesperadas — retomou Julián e voltou a se sentar na cadeira. Voltou a cruzar as pernas, mexia muito as mãos, o revólver dançava na mão direita. — Ele me visitava para me levar seus livros, recortes dos artigos que publicava, cópias de seus roteiros e os sapatos. Eu os lia porque não tinha outra coisa para fazer e, confesso, gostei de alguns. O imbecil escrevia muito bem. Em uma dessas visitas ele me falou de você — disse apontando para Elena com o revólver. — Achei que ele me contava para me deixar com raiva, invejar sua liberdade e o sexo com mulheres. Mas eu não estava interessado.

— Também não estou interessada em conversar com você.

— A parte interessante já vai chegar, Elena, não seja impaciente. Manuel... Ignacio pra você, teve uma briga com a sua mãe. Ela entrou no quarto dele e encontrou umas folhas escritas a máquina, recortes de jornal, fotografias.

O coração de Elena disparou. Durante os três anos que estiveram juntos, ela fez de tudo para que Ignacio não percebesse que a mãe não gostava dele. Impossível esconder. Soledad deixou isso bem claro e quis expulsá-lo do hotel várias vezes, mas Elena sempre a impedia.

— Nessas páginas que sua mãe encontrou, Manuel contava a história dele, a minha, a de nossa família. Estavam com os recortes das notícias sobre minha mãe e os assassinatos das mulheres que minha mãe atendeu. Meu irmão a viu sair de seu quarto e depois viu a bagunça que ela havia deixado. Então, a encurralou na lavanderia, um lugar parecido com o que minha mãe afogou uma gata na frente dele, pelo que pude comprovar quando estive em seu hotel. Ele bateu em seu rosto, a segurou pela nuca e afundou sua cabeça no tanque onde lavava a roupa. Você precisava ver como foi explícito ao me contar, destacou detalhes insignificantes para outros: o respingo da água, a luta de sua mãe para tirar a cabeça, os pássaros que voavam assustados, o barulho de um cortador de grama a distância, seu esforço para ficar quieto e não alertar ninguém sobre o que estava acontecendo, a voz áspera do jardineiro chamando: "Dona Soledad?".

— O que está dizendo?

— Manuel tentou matar a sua mãe, mas foi interrompido.

— Você está louco. Eu não acredito.

— Seu padrasto disse a mesma coisa quando lhe contei uns dias atrás e, no exato instante em que eu lhe contava, o destino fez com que Manuel estacionasse seu carro em frente ao hotel. O marido da sua mãe o enfrentou, eles discutiram. Não pude me aproximar, não queria que Manuel me visse. Perguntou ao homem se eu estava lá, mas ele não lhe deu trégua. Meu irmão pegou seu padrasto pelo braço, o colocou no carro e foram embora. Não sei para onde queria levá-lo, ou se apenas pretendia fugir de mim, talvez tenha sido isso. E nessa fuga, sofreram o tal acidente.

— Você esteve no hotel?

— Estive lá várias vezes.

Elena se levantou do chão como se estivesse sendo puxada e partiu para cima de Julián.

— Você é um mentiroso! — gritou, no momento em que seu relógio e todos os relógios dos moradores da capital marcavam sete horas da manhã, dezenove minutos e quarenta e dois segundos. O amanhecer havia acompanhado as palavras de Julián como uma cortina que acabava de ser aberta.

O chão começou a vibrar. Nos primeiros segundos, Elena não percebeu, até que Lucina gritou:

— Está tremendo!

Julián empurrou Elena com tanta força que a jogou de volta no chão.

Um estalo o distraiu do impulso de bater nela novamente. As paredes e o teto faziam muito barulho. Os vidros quebraram. Julián havia fechado a porta com chave, teve dificuldade para encontrá-la no bolso da calça e colocá-la na fechadura. Conseguiu abri-la ao mesmo tempo em que um estrondo preencheu o espaço acústico e, ao sair do quarto, o edifício ao lado desabou sobre seus alicerces e sobre a casa que uma vez foi a clínica de maternidade de Felícitas Sánchez.

— Elena! — gritou Lucina embaixo da mesa de metal para puxá-la ao seu lado, mas Elena não conseguiu acompanhá-la antes que o edifício desmoronasse completamente.

```
      Sete da manhã.
      Ah, caramba!
      Sete da manhã, dezenove minutos e quarenta e dois segundos,
  hora local na Cidade do México.
      Continua tremendo um pouquinho, mas vamos ficar calmos.
  Vamos esperar um segundo para poder falar...
```

A imagem ficou preta e a apresentadora Lourdes Guerrero não pôde continuar seu jornal matutino. Ramón assistia ao programa *Hoje mesmo* quando começou a tremer, primeiro achou que fosse um enjoo, mas em seguida percebeu que seu edifício balançava no ritmo da terra. Ritmo que derrubou mais de trezentos edifícios nesse instante.

Esteban dirigia pela estrada 57 em direção à capital do país. Entrava no Estado do México quando ligou o rádio. Elena e Lucina prometeram ligar para contar como as coisas estavam, quase não conseguiu dormir à espera da ligação que nunca recebeu, e às seis da manhã já estava na estrada. Passava das oito da manhã, um jornalista alterado falava sobre um terremoto. Ele mudou de estação e pela XEW começou a escutar Jacobo Zabludovsky narrar do telefone de seu carro as cenas que via: "Vários andares do hotel Continental caíram. É necessário pedir às pessoas que não saiam para não atrapalhar o trabalho da polícia e do corpo de bombeiros. Não dá pra ver nada devido às grandes nuvens de poeira e fumaça". Esteban escutou falar dos edifícios caídos, o Hotel Regis, o edifício Nuevo León, o Conalep, o edifício da Marinha, da Televisa. Foi ultrapassado por patrulhas, ambulâncias, a cidade foi tomada pelo uivo de centenas de sirenes.

Na noite passada, havia tentado falar com Lucina e Elena, sabia o nome do hotel e o número do quarto onde se hospedavam. Não conseguiu localizá-las e deixou uma mensagem com a mulher da recepção para que ligassem de volta assim que chegassem. Às seis da manhã, ele já estava na estrada.

O trânsito estava em colapso e para os moradores da capital os edifícios caíam de uma maneira que parecia interminável.

Elena tentava mover a perna direita, o desmoronamento liberou a pressão e ela conseguiu tirar o pé sentindo uma dor insuportável.

— Meu pé!

— O que houve?

— Consegui tirá-lo, mas está doendo muito.

— Não se mova, poderia causar outro desmoronamento. Calma, Elena, tenho certeza de que vão nos tirar daqui.

— Lucy, não ouço nada vindo lá de fora.

— Calma, tenha fé.

Um cachorro volta a latir sobre suas cabeças. Elas não os veem, mas os vizinhos e dezenas de voluntários, de um exército recém-formado, removem os escombros do edifício transformado em montículo.

— Aqui!

— Socorro!

As pessoas lá fora parecem formigas sobre um formigueiro gigante, carregam pedras, móveis, restos dos lugares onde a vida cotidiana acontecia.

— Tem alguém aqui!

São dez horas da manhã.

— Socorro! — grita Julián, fazendo o coração de Elena e Lucina disparar novamente.

Montes de terra, gesso, cimento e vidros caem como pequenas cascatas a cada pedra que é retirada lá fora.

— Aqui! Aqui! — grita Lucina.

A luz e o oxigênio levam vinte minutos para atravessar as brechas que se abrem entre os escombros.

— Devagar, com cuidado.

— Vamos sair daqui — diz Lucina, comovida pelo oxigênio que respira e pela luz que enxerga na escuridão.

Elena é surpreendida por uma ânsia que a faz virar-se de lado, a dor em seu abdômen aumentou de intensidade.

— Elena, você está bem?

— Está doendo.

— Aguenta firme.

O rosto de um rapaz aparece pelo buraco recém-aberto.

— Tira a gente daqui! Por favor — implora Lucina.

— Sim, nós vamos tirar vocês daí, aguentem firme. Quantos são? Vocês estão bem?

— Sim, sim, estamos bem. Somos duas — responde Elena.

— Estou aqui! — grita Julián no momento em que o rapaz coloca a cabeça para fora e diz para outra pessoa:

— Há duas mulheres presas, uma grande laje nos separa delas, talvez eu consiga passar por debaixo ou por cima dela.

A luz entra pelo buraco e ilumina o espaço, os três estão mais próximos do que as mulheres imaginavam, a perna de Julián toca a lateral do corpo de Elena, tem um pedaço de laje em cima.

— Vamos fazer um buraco maior — diz o rapaz que aparece novamente. — Por enquanto vamos passar oxigênio para vocês.

Uma mangueira fina começa a descer pelo buraco e é possível ouvir o chiado da passagem de gás. Lucina lentamente se arrasta por debaixo da mesa.

— Lucina? O que você está fazendo?

Lucina não responde, arrasta-se entre os escombros, as pedras afiadas como facas cortam seus braços, os restos de hastes e metal perfuram todo o seu corpo. Ela não para. Reclama ao sentir as feridas em seu corpo; porém, não para de se arrastar até alcançar Julián. O feixe de luz que entra não é suficiente para iluminar o lugar.

— O que você está fazendo? — pergunta Julián, que tenta chutá-la, mas os fragmentos sobre ele não permitem que o faça. Mesmo assim, causa um leve deslizamento, jogando poeira e fragmentos no rosto de Lucina e do próprio Julián. Lucina limpa o rosto com o antebraço, sente os olhos cheios de areia. Estende uma mão e se arrasta sobre a placa que cobre Julián, quase não cabe entre e placa e os escombros sobre ela.

— O que você está fazendo? — Julián grita novamente e tenta sacudir seu corpo preso, com uma mão empurra a cabeça de Lucina para tirá-la de cima dele. Com a mão esquerda, Lucina luta com Julián e, com a direita, pega uma grande pedra entre os escombros e tenta golpeá-lo. A luta entre ambos faz com que mais escombros caiam.

— Lucina! Lucina! — grita Elena e tenta se arrastar até ela para ajudá-la, mas a perna fraturada não permite que faça isso com agilidade.

— Para! Fica quieta! — exclama Julián, lutando para alcançar o rosto da filha do irmão. Elena consegue esticar o braço até alcançar Julián, imobilizando seu braço por um instante, enquanto Lucina golpeia sua cabeça e depois pressiona a placa sobre Julián, e o filho da Ogra solta um longo gemido.

Como se houvesse rebentado uma bolha dentro da qual estiveram submersas, as duas mulheres de repente percebem as vozes das pessoas que, sobre os restos do edifício, fazem o possível para abrir um buraco maior. O movimento de fora causa a queda de pedras lá dentro, sobre elas e sobre Julián, inconsciente.

Pouco a pouco, o buraco aumenta e o rapaz reaparece, iluminando-as com uma lanterna.

— Vocês conseguem sair?

— Sim, sim — responde Lucina.

O rapaz desliza por um espaço entre uma viga, que não conseguem ver pela escuridão, mas que as protegeu de morrerem esmagadas, como a mesa de aço, coberta com blocos de cimento.

Outro rosto surge pela fresta, a luz fere os olhos das duas mulheres, cujos rostos estão manchados de lágrimas misturadas com terra.

— Lucina! Elena!

— Esteban! — grita Lucina enquanto seu corpo desliza para a saída com a ajuda do rapaz.

Elena está com metade do corpo debaixo da mesa cirúrgica e a outra metade para fora, um grande pedaço de escombro, com parte do mármore do que foi o piso do apartamento, ficou preso entre a viga e algumas hastes, protegendo-a; um verdadeiro milagre.

Esteban recebe Lucina, a abraça com força e imediatamente se viram para receber Elena. Juntos, o rapaz que não tinha nem dezoito anos e um homem de cinquenta conseguem tirar os tijolos e libertar Elena, que se arrasta lentamente. O homem a ajuda a abrir caminho até a saída; então, ao colocar a cabeça para fora, a multidão que está ali aplaude.

— Tem mais alguém lá embaixo? — pergunta-lhes um bombeiro. Não houve tempo para responder porque, de repente, o chão desaba sob seus pés.

— Deslizamento! — grita alguém e o bando de homens e mulheres desce rapidamente pela montanha de escombros antes que o apetite voraz da terra os engula rapidamente.

Conseguem chegar à rua antes que as pedras, o cimento, os tijolos, o mármore, a areia, os móveis, as fotografias, os livros, o ferro, os restos da vida dos habitantes do edifício sejam arrastados pela gravidade.

— Tinha mais alguém com vocês? — pergunta o bombeiro mais uma vez.

— Não — responde Elena.

— Mais ninguém — reitera Lucina.

— Iremos examiná-las — diz o bombeiro, que indica o caminho e dá o braço a Elena para ajudá-la a andar.

Ouvem um latido atrás delas e Elena e Lucina viram-se para ver o cachorro que latia da sacada do edifício que foi reduzido a nada. Ele abana o rabo para elas e se aproxima para lamber a mão de Elena, ela sorri e com um gesto de dor se agacha um pouco para acariciar sua cabeça.

— Max! Max! — grita um homem para o cachorro. — Deixa a senhorita em paz.

O cachorro volta para o lado de seu dono e elas o observam se afastar; ainda sorrindo Elena repete: Max.

Agradecimentos

Durante o processo de escrita tive um desequilíbrio químico que me levou a um transtorno de ansiedade e depressão; portanto, quero agradecer de coração a todos aqueles que me ajudaram a sair desse lugar escuro:

A Luis e a meus filhos, Ana, Luisga, Montse e Juanpa, obrigada pelo amor, pelo carinho, pela paciência infinita e seus longos, amorosos e silenciosos abraços que me deram tanta força e ainda me dão. Obrigada por serem meu refúgio e minha âncora. Eu os amo e aprendo com cada um de vocês.

Puri, obrigada por me levar para caminhar, por me ouvir, gostaria que todas as pessoas tivessem uma amiga como Purificación que, como seu nome, purifica a alma.

Minhas colegas de oficina, minhas parceiras, que não me deixaram e insistiram para que eu continuasse dando aulas, obrigada por me manterem ativa.

A minhas amigas, a todas e a cada uma delas, que preenchem minha alma, que me protegem com seu carinho, que permanecem; compreendo como deve ter sido difícil estar ao meu lado nesses tempos de escuridão, obrigada pela presença incondicional.

Meus tios, meus primos, minha família, eu os amo tanto, obrigada a todos os Llaca por se preocuparem e estarem presentes todos os dias.

Obrigada aos Anaya por me tratarem como uma filha, uma irmã; obrigada por tantos anos de carinho.

A meus irmãos. Mario, obrigada por me escrever e ligar para mim quase todos os dias, obrigada por estar presente e por me ler, mesmo que termine à força. Martha, obrigada por comandar a doença de nossa mãe.

Obrigada a Pablo Sada, Alicia Ortiz, Enrique e Sabine Asencio, Pachy Cambiaso, Carlos Galindo, todos os seus comentários foram inestimáveis para este romance, obrigada pela paciência que tiveram para responder minhas perguntas intermináveis.

Lili Blum, obrigada por me ouvir e me incentivar; principalmente, obrigada por sua amizade.

Gretel, obrigada pela tradução das primeiras páginas e por todo seu carinho.

Vero Flores, obrigada pelo caminho que percorremos juntas, obrigada por tudo que aprendemos.

A Sergio, Pot, obrigada por ser meu leitor desde que éramos adolescentes, por tantos anos de amizade e pela torcida de sempre.

Imanol Caneyada, obrigada pelos conselhos, pelas leituras, pela companhia; suas mensagens me ajudaram a terminar.

Obrigada a David Martínez, meu editor, pela paixão ao seu trabalho e toda sua paciência, foi uma experiência maravilhosa trabalharmos juntos.

Carmina Rufrancos e Gabriel Sandoval, obrigada por embarcarem comigo em outro projeto.

Anna Soler-Point, minha agente, obrigada pela paciência, obrigada por me ouvir com tanta generosidade todas as vezes que nos encontramos, obrigada por tornar este romance realidade, obrigada pela confiança e sua amizade. Seguimos.

Obrigada a María Cardona e toda sua equipe de Pontas por me acompanharem com tanta gentileza e profissionalismo, vocês são maravilhosos.

Obrigada a meus pais; vocês vivem em cada uma das minhas palavras.

Durante o longo processo que este livro teve, um novo integrante chegou à nossa família: Luis César. Obrigada, Ana Pau e César, por me fazerem avó, obrigada por esse bebê que nos enche de luz e felicidade todos os dias; amo vocês.

Obrigada a meu marido, Luis, obrigada por esses trinta anos, pela família que formamos e nossa vida juntos, obrigada pelo seu espírito aventureiro que me confronta e me leva a lugares que eu não imaginava. Te amo.

Leia também:

Esta é a história de três amigos: uma que foi assassinada, uma que foi para a prisão e aquele que está procurando a verdade por 14 anos…

Por quanto tempo você consegue guardar um terrível segredo?

A garota mais popular da escola, Angela Wong, tinha apenas dezesseis anos quando desapareceu sem deixar vestígios. Até então, ninguém suspeitou que sua melhor amiga, Georgina, agora vice-presidente de uma grande empresa farmacêutica, estivesse envolvida em seu desaparecimento, exceto, Kaiser Brody, que se tornou detetive do Departamento de Polícia de Seattle e era colega das duas no ensino médio.

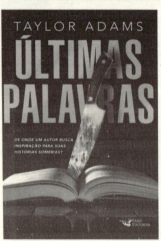

Isolada em uma velha casa à beira-mar, Emma Carpenter vive sozinha em companhia de sua cachorra, Laika. O único contato humano que tem é com o vizinho, Deek.

Ao perceber que Emma é uma leitora assídua, Deek recomenda a ela um livro de terror de publicação independente. Após a leitura, Emma acha a obra fraca e publica uma crítica com uma estrela, fazendo com que uma discussão on-line se inicie com ninguém menos do que o próprio autor.

Logo depois, incidentes perturbadores começam a acontecer ao seu redor. Para ela, isso pode ser apenas uma coincidência. Já foi estranho o suficiente o autor brigar por uma crítica ruim na internet, será que ele poderia estar por trás daqueles eventos?

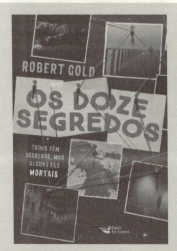

A vida de Ben Harper mudou para sempre no dia em que o irmão mais velho, Nick, foi assassinado por duas meninas. A polícia chamou os assassinatos de aleatórios, uma tragédia sem sentido, mas aquele crime chocante mobilizou todo o país, levando a família e a pequena cidade ao centro do noticiário nacional.

Vinte anos depois, Ben consegue deixar o passado para trás e se torna um respeitado jornalista investigativo. Até que ele se depara com um novo caso de assassinato, que parece ligado à morte do irmão, e todo sentimento de angústia retorna, e sua vida vira de cabeça para baixo. Logo ele se vê preso em uma teia de mentiras, que envolve todos ao seu redor. E em sua busca por respostas, Bem descobre uma verdade muito importante:

TODOS TÊM SEGREDOS. MAS ALGUNS SÃO MAIS MORTAIS

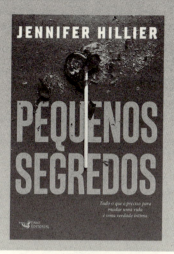

TUDO O QUE É PRECISO PARA MUDAR UMA VIDA É UMA VERDADE ÍNTIMA.

Quatro minutos. Foi o tempo que um menino de quatro anos levou para desaparecer. Desde então, Marin Machado tem como único foco na vida descobrir o que aconteceu e reencontrar o filho.

Passado o tempo normal da investigação, e o FBI arquivando o caso, ela contrata uma detetive particular. Então Marin descobre que seu marido, Derek, está tendo um caso e que sua amante pode ter informações cruciais sobre o que realmente aconteceu naquele fatídico dia.

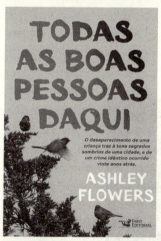

Todos naquela cidade se lembram do infame caso de January, a menininha que foi encontrada morta horas depois ao seu desaparecimento. Margot tinha seis anos na época, a mesma idade de January – elas eram amigas e vizinhas.

Vinte anos depois, Margot amadureceu, formou-se em jornalismo, mudou-se para outro estado, mas sempre viveu assombrada por aquele crime, e com a ideia de que poderia ter sido ela a escolhida pelo assassino… que nunca foi encontrado.

ELA MUDOU O NOME E A APARÊNCIA… MAS NADA PODE APAGAR O QUE TESTEMUNHOU.

Alex Armstrong mudou tudo sobre si mesma: seu nome, sua aparência, sua história. Ela não é mais a adolescente aterrorizada que apareceu na TV, algemada, sendo conduzida da casa onde vivia até a noite em que sua família foi massacrada.

Apelidada de Olhar Vazio pela imprensa, ela foi acusada dos assassinatos, teve a vida duramente exposta pelos veículos de comunicação, mas lutou com todas as suas forças para limpar o seu nome.

ASSINE NOSSA NEWSLETTER E RECEBA INFORMAÇÕES DE TODOS OS LANÇAMENTOS

www.faroeditorial.com.br